묵향 13
외전-다크 레이디
마도 전쟁의 서막

묵향 13
외전-다크 레이디

초판 1쇄 발행일 · 2007년 06월 22일
초판 3쇄 발행일 · 2015년 02월 28일

지은이 · 전동조
펴낸이 · 유용열
기　획 · 김병준
편　집 · 마지현, 김민태
펴낸곳 · 도서출판 스카이미디어

주소 · 서울시 동대문구 용두동 234-35번지 대명빌딩 201호
전화 · (02)922-7466
팩스 · (02)924-4633
E-mail · skymedia62@hanmail.net
출판등록 · 제6-711호

Copyright ⓒ 전동조 2015

값 9,000원

ISBN · 978-89-92133-18-0 04810
ISBN · 978-89-92133-00-5 (세트)

※ 온라인상의 불법 복제물의 유포나 공유는 저작자의 재산권을 침해하는
　중대한 범죄 행위로 관련법에 의거해 처벌 대상이 됩니다.
※ 작가와의 협의에 의하여 인지는 생략합니다.
※ 잘못된 책은 본사나 구입하신 서점에서 교환해 드립니다.

DARK STORY SERIES II

묵향

외전 - 다크 레이디

전동조 장편 판타지 소설

13
마 도 전 쟁 의 서 막

차례
마도 전쟁의 서막

여신의 신탁 …………………………………7
다크의 탈출 …………………………………23
제2근위대의 출현 …………………………37
떠도는 다크의 운명 ………………………61
아르티어스 옹의 잘못된 화풀이 …………74
코린트에 나타난 드래곤 …………………89
그대들의 뜻대로 하라………………………101
토지에르의 믿음직한 수족들………………111
신탁을 받은 수녀……………………………121
황실 병원의 암운……………………………135
아들을 찾기 위한 노력……………………152

차례
마도 전쟁의 서막

드래곤들의 분노 …………………………166
신탁의 해석 ………………………………177
토지에르의 음모 …………………………186
로체스터 공작의 세상 ……………………201
다크와 라나의 재회 ………………………208
몬스터들의 대 진격 ………………………228
아르곤과 알카사스의 위기 ………………238
전면에 나서는 용병대장 키에리 …………247
몬스터와 인간의 대 결전 …………………262
아르티어스의 과거 ………………………281

[부록] 마도 전쟁의 서막 …………………289

여신의 신탁

아르티어스가 협박하고 돌아간 후 미네르바는 한숨을 내쉬며 자신의 집무실로 돌아갔다. 일단 한 가지 일은 해결된 것이다. 저 드래곤의 이목만 피하면 만사가 자신의 뜻대로 될 것은 분명한 사실이었다. 미네르바는 집무실에 마련되어 있는 푹신한 의자에 내려앉듯 주저앉으며 말했다.

"포도주나 한 잔 가져다 다오."

"예, 전하."

"자네도 한잔할 텐가?"

미네르바의 물음에 잔에 포도주를 따르고 있던 이블리스는 황송하다는 듯 말했다.

"예, 전하."

"어쨌건 시작은 좋군. 그린레이크 녀석, 재수 없는 놈이기는 하지만 실력만큼은 큰소리 칠 만하군. 드래곤도 탐지하지 못할 정도의 보호망을 구축했으니까 말이야. 아무래도 그 점이 마음에 걸렸었는데, 이제야 안심이 되는구먼. 자, 이제 드래곤을 따돌렸으니 그녀를 최대한 빨리 코린트로 보내 버려야겠어."

그린레이크는 미네르바의 요청에 의해 다크의 마나를 봉쇄하고, 또 그녀의 기척을 지울 수 있는 팔찌를 만들어 냈다. 물론 그린레이크는 그 두 가지 작용을 한 번에 할 수 있는 것을 만들 만큼 바보는 아니었다. 그 두 가지 작용을 한꺼번에 할 수 있는 마법 도구를 만들기는 한 가지 작용을 하는 것을 만드는 것보다 두 배 이상 어렵기 때문이다. 적국의 마법사나 기사들을 생포했을 때, 그들이 마나를 끌어 모으지 못하게 막는 팔찌는 이미 각국에서 사용하고 있었기 때문에 그는 기척을 숨길 수 있는 팔찌만을 제작해서 미네르바에게 거드름을 피우며 건넸던 것이다. 때문에 다크는 지금 양팔에 팔찌를 하나씩 찬 상태로 뻗어 있었다.

어쨌거나 지금 다크의 마나를 제어할 수 있건 없건 간에, 그녀는 아주 위험한 인물이었다. 지금은 제어할 수 있는 입장이지만, 그것이 지속된다는 보장은 어디에도 없었다. 또, 드래곤이 다음에도 저렇게 조용히 물러난다는 보장도 없었던 것이다. 그것을 잘 알고 있는 이블리스였기에 미네르바의 의견에 전적으로 찬성이었다. 다크도 위험하지만 드래곤을 적으로 삼는다는 것은 너무나도 위험했던 것이다.

"예, 그녀가 본국에 머무는 시간이 짧으면 짧을수록 좋을 것이옵니다."

"그래, 그녀의 상태는 어떻다고 하던가?"

"아직도 변함이 없다고 하옵니다."

"약이 너무 과했던 것은 아닐까? 이대로 죽어 버린다면 큰일이야. 계획의 초점은 그녀를 죽이는 것이 코린트여야 한다는 것 아니었나? 그래야만 드래곤의 분풀이 상대로서 코린트를 방패막이로 만들 수 있으니까 말일세."

"그렇지요. 이쪽은 들통 나더라도 코린트의 '강압'에 의해 어쩔 수 없이 움직였다고 발뺌할 수 있으니까 말이옵니다. 그러기 위해서는 코린트에 건네질 때까지 그녀는 꼭 살아 있어야만 하는 것이지요. 어쨌든 지오그네는 자신의 목을 걸고 그녀가 살아 있을 거라고 장담했사옵니다."

미네르바는 신께 기도하는 심정으로 말했다.

"글쎄······. 그 말이 사실이어야 할 텐데······."

"전하, 원래가 기사들의 그 강인한 육체는 보통 인간의 것과는 다르지 않사옵니까? 하물며 그녀는 최강자의 칭호를 받았던 인물이 아니옵니까? 잘될 것이옵니다, 심려 놓으시옵소서."

"그럴지도······. 어쨌건 깨어나면 즉시 내게 보고하라고 이르게. 일단 청기사도 빼앗아야 하겠지만 몇 가지 의문점도 풀어야 할 테니까 말일세. 그리고 최대한 빨리 이 숨 막히는 초조감에서 벗어나고 싶어."

"옛, 전하."

아주 넓은 방, 아니 중간은 넓은 홀로 되어 있었고, 그 홀의 가장자리에는 푹신한 소파들이 빙 둘러서 놓여 있는 것을 보면 방이라기보다는 무도회장 같기도 했다. 아름다운 문양의 금붙이들이 군데군데 붙어 있는 호화로운 가구들. 모든 가구들은 마호가니나 흑단, 자단 같은 값비싼 목재로 만들어져 있었다. 그리고 그 가구들에 새겨진 문양만 척 봐도 대단한 실력의 장인들이 공들여 제작한 것이라는 것을 한눈에 알아볼 수 있었다. 그리고 천장에는 순은으로 뼈대를 만들고, 여러 가지 색상의 수정들을 붙여 놓은 호화로운 샹들리에가 붙어 있는 것만 봐도 대단한 부호(富豪)의 집인 모양이다.

그런데 특이한 것은 이렇게 돈이 많은 듯한 인물이 만든 듯한 홀에 창문이 하나도 없다는 점이다. 창문 대신 군데군데 세워져 있는 등잔에서 흘러나온 아련한 빛들이 홀을 밝히고 있을 뿐이다. 침실에 이렇게 창문을 만들지 않은 이유는 뭘까?

숙면을 방해하는 햇빛이 조금이라도 들어오지 않도록 방지하기 위해서? 여긴 침실이 아니니까 그건 아닐 것이다. 시간이 얼마나 흐르는지도 모르고 실컷 춤을 추고 싶어서? 하지만 그런 이유라면 두꺼운 커튼을 사용해도 충분했을 것이다. 넓은 창문이 있어야만 여름에 시원한 바람을 받을 수 있고, 또 겨울에 따뜻한 햇볕을 받을 수 있다는 사실 정도는 누구나 다 알고 있을 것이다.

그런데 햇볕을 싫어하는 듯한 이 홀의 주인은 지금 어디에서 뭘 하고 있을까? 그건 알 수 없었지만, 어쨌건 그 홀에 사람이 있는 것은 확실했다. 확실히 홀의 한쪽 구석에는 햇볕을 필요로 하지 않는 짓거리가 한참 진행되고 있었다. 홀의 한쪽 구석에서 얕은 신음 소리가 흐르는 것으로 보아 뭘 하고 있는지는 대충 짐작을 할 수 있었다. 아닌 게 아니라 긴 소파 위에서 아리따운 여인과 두툼한 근육질을 자랑하는 사내의 정사가 한참 진행되고 있었다. 바로 이때…….

"지금 무엇을 하는 것인가?"

문이 활짝 열리는 동시에 날카로운 목소리가 울려 퍼지고, 기겁을 한 여인이 후다닥 자신의 옷가지를 챙겨들고 부리나케 도망쳤다. 하지만 그 근육질의 사내는 도망치는 그 여인의 하얀 엉덩짝을 바라보며 아쉬운 듯한, 또 당황한 듯한 시선을 던졌다. 자신도 저 여인처럼 도망치고 싶었지만 그럴 처지가 못 되었던 것이다. 그는 재빨리 자신의 옷가지를 주워 들어 앞을 가리고, 얼굴이 벌게져서는 쥐구멍으로라도 도망치고 싶은 어조로 말했다.

"어떻게 오셨습니까? 지오그네 각하."

"그러는 경은 지금 뭘 하고 있는 것인가?"

"보시다시피…….”

얼버무리는 사내를 향해 지오그네는 앙칼지게 외쳤다.

"경을 여기에 배치한 것은 시녀와 그 짓이나 하라고 한 것은 아니야."

"저도 물론 알고 있습니다. 하지만 상황에는 아무런 변동이 없고, 원체 무료하기에 그만…….”

"토린 경은?"

"저와 교대한 후 쉬고 있습니다."

"빨리 옷이나 입게."

"옛, 각하."

사내는 옷가지를 쥐고 뒤쪽으로 엉기엉기 걸어간 후 주섬주섬 차려입고는 다시 그녀의 앞으로 나왔다. 빨리 입다 보니 옷차림은 엉망이었지만, 그래도 허리에 빛나는 장검을 차는 것은 잊지 않은 모양이다.

"안내해."

"옛!"

기사는 홀의 한쪽에 있는 문 앞을 막고 있는 묵직한 가구를 옆으로 치웠다. 그가 힘껏 밀어야 할 만큼 그 가구는 육중해 보였다. 기사는 가구를 옆으로 치운 후, 두터운 문을 활짝 열었다.

"들어가시지요, 각하."

"흠……."

문 안쪽으로 연결되어 있는 방도 호화롭기는 마찬가지였다. 그리고 창문이 없는 것 또한 그러했다. 방의 한쪽 구석에는 비단 휘장이 드리워진 넓은 침대가 자리를 차지하고 있었다. 방 안에 홀로 앉아 있던 시녀가 기겁을 하며 일어서서는 인사를 건네 왔지만 지오그네는 그녀를 본체만체하고 장인이 공들여 새겼음직한 각종 문양이 새겨진 흑단 침대에 천천히 다가섰다. 휘장을 옆으로 살짝 치우자 침대 위에 죽은 듯 누워 있는 창백한 안색의 소녀가 보였다.

"의식이 돌아오지는 않았느냐?"

"예, 소녀가 공들여 감시했지만 아무런 이상도 없었사옵니다,

각하."

"그래? 미네르바 전하께서 기다리고 계시는데……. 약이 너무 과했나?"

지오그네의 혼잣말을 듣고 옆에서 기사가 참견해 왔다.

"이렇게 마냥 기다리기만 할 것이 아니라 해독제를 쓰시면 되지 않겠습니까? 각하."

기사의 참견에 지오그네는 시큰둥한 표정으로 대꾸했다.

"해독제? 독약도 아니고 수면제에 무슨 해독제가 있단 말이냐? 그리고 처음부터 저렇게 강한 상대에게 해독제가 존재하는 약을 썼을 리가 없지 않나?"

"그, 그렇습니까?"

지오그네는 말없이 고개만 끄덕이고는 소녀를 다시금 차근차근 살펴보기 시작했다. 과연 얼마나 지나야 깨어날 수 있을까? 이대로 죽어 버리는 것은 아닐까? 그렇다면 큰일이었다. 하지만 지오그네로서도 어떻게 할 수 없었다. 아예 치료가 불가능한 약을 썼으니까…….

"시간만이 해결해 주는 것인가?"

지오그네는 나지막하게 중얼거린 후 밖으로 걸음을 옮겼다. 이때, 소녀의 눈이 살짝 떠지며 밖으로 나서는 그들의 뒤통수를 슬쩍 바라본 후 다시 감기는 것을 그들은 눈치 채지 못했다. 지오그네라는 높은 상관에게 모두의 관심이 집중되어 있었기 때문이다.

기사는 지오그네를 뒤따라 나온 후 문을 닫고는 또다시 힘껏 가구를 밀어서 문을 틀어막았다. 문 앞쪽에 걸쇠나 뭐 그런 것을 붙일 수도 있겠지만, 그렇게 하면 문에 손상이 가기에 이런 편법을 사용하고 있는 것이다. 포로가 이곳에 영구히 갇혀 있을 것도 아니니까.

"철저히 감시하고 뭔가 변동 사항이 있으면 즉시 나에게 연락하도록 하게."

"옛, 각하."

기사는 즉시 대답한 후 조금 걱정된다는 듯 말을 이었다.

"지오그네 각하. 저 소녀, 아무리 혼수상태라고 하지만 4일 동안이나 아무것도 못 먹었는데 괜찮을까요?"

그녀로서도 이것이 조금 걱정되던 차에 부하 녀석이 괜한 참견을 해 오자 짜증난다는 듯 톡 쏘았다.

"그럼 어쩌란 말이냐? 의식도 없는 사람에게 억지로 음식물을 목구멍에 흘려 넣다가 혹시 걸리기라도 하면 질식사한다는 것을 경은 모르나? 쯧쯧……. 하여튼 기사란 것들은 무식하게 검이나 휘둘러 댈 줄 알지……."

자신의 무식함을 들먹이자 기사의 얼굴색이 시뻘게졌다. 하기야 기사들보다야 마법사들이 유식한 것은 사실이고 또 상대는 자신보다 상급자이니 참고 넘겨야 하기는 하겠지만……. 그래도 무식하지 않은 사람보고 무식하다고 하는 것과 진짜 무식한 사람에게 무식하다고 탓하는 것은 조금 얘기가 다르다. 그 기사는 읽을 줄도 모르는 진짜 '무식한' 인물이었기 때문이다. 기사의 얼굴색이 점점 더 붉어지며 숨소리가 거칠어지는 것을 느끼자 지오그네는 자신이 실수했다는 것을 알아채고는 재빨리 화제를 바꿨다.

"미네르바 전하께서 특별히 관심을 가지고 계시는 죄수다. 혹여나 실수가 있다면 경의 그 어깨 위에 달려 있는 것으로 사죄를 해야 할 거야."

"걱정 마십시오. 지하로 들어오는 각 통로마다 경비를 서고 있으니 그 어떤 놈도 여기까지 들어오지 못할 것입니다."

"그렇게 자만할 일이 아니야. 쓸데없는 짓 하지 말고 경비나 잘 서게."

"예, 각하."

기사와 헤어진 후 지오그네는 천천히 걸음을 옮겨 경계 상태를 점검했다. 이곳 지하 구조물은 대단히 넓고도 복잡했다. 마법에 능통한 드래곤이 자신의 아들을 찾기 위해 지하 감옥에 슬쩍 잠입할 가능성도 있었기에, 소녀를 지하 감옥에 가둬 둘 수는 없었다. 처음 이틀 동안은 소녀를 지하 감옥에 넣어 두었지만, 곧이어 이곳으로 자리를 옮긴 것이다.

이곳은 황궁에서 대규모 전투가 벌어졌을 때를 대비하여 지하에 만들어 둔 임시 피난처였다. 황제를 위시한 황족들과 귀족들, 그리고 그 사용인들이 기거할 수 있도록 만들어져 있었기에 대단히 넓었고, 미로와 같이 복잡했다. 하지만 보안상의 편의를 위해 크게 구획(區劃)으로 만들어 놨고, 각 구획의 통로에는 튼튼한 보루(堡壘)를 만들고 경비병들을 배치해 놓고 있었다.

지금은 보안상의 이유와 드래곤의 잠입 위험 등을 고려하여 각 통로마다 오너급 기사 한 명과 기사 두 명, 그리고 마법사 한 명이 견인족 20마리씩을 배당받아 경비를 서고 있었다.

지오그네가 통로로 향하는 문을 열자 타이탄의 이동을 방지하기 위해, 높이는 3미터 정도밖에 안 되지만 마차는 이동할 수 있도록 만들어 놓은 널찍한 복도가 이어졌다. 하지만 그 복도는 20미터 정도밖에 안 되었고, 또다시 강철로 된 문이 앞을 가로막고 있었다. 지오그네는 철문 앞에 서서 가볍게 두 번 문을 두드렸다.

그러자 강철 문에 붙어 있는 작은 창문이 살며시 열렸다. 창문을 통해 통과하려는 인물이 지오그네라는 것을 확인한 상대방은 황급히 문을 열었다. 기기기긱하는 금속음이 울리며 문은 힘겹게 열렸다. 아무런 소리 없이 문이 열리도록 만들 수도 있었겠지만, 첩자의 침입에 대비하여 일부러 소리가 나도록 만들어 둔 탓이었다.

철문 안쪽에는 아주 넓은 공간이 연결되어 있었다. 높이 7미터, 폭 8미터의 아주 넓은 공간. 전쟁이 벌어지면 이곳에 있는 기사는 타이탄을 꺼내 놓고 적을 막게 된다. 이런 데에서 타이탄 한 대가 가로막고 있다면, 그리고 그 안으로 타이탄을 탄 채로 돌입할 수 없을 만큼 통로까지 좁다면 적들은 이 방어선을 뚫기 위해서 상당한 시간을 투입해야만 할 것이다. 타이탄을 이 통로 안쪽으로 집어넣기 위해 통로 전체를 파괴해야만 할 것이기 때문이다.

2미터가 넘는 거구에 강인한 근육질을 자랑하는 견인족. 개처럼 튀어나온 주둥이 사이로 하얗고 날카로운 송곳니가 보였다. 견인족의 통보를 받았는지 공간의 옆쪽에 있는 문이 열리며 기사들이 달려 나와 인사를 건네 왔다. 지오그네는 주위를 쓱 훑어본 후 만족스런 표정으로 말했다.

"그래, 뭔가 수상한 점이라도 없었나?"
"아직까지는 없었습니다, 각하."
지오그네는 마법사인 듯 보이는 사내에게 시선을 던지며 말했다.
"그래, 적의 마법사나 뭐 그런 것들이 침입해 올 수도 있다. 그런 만큼 경의 임무가 막중하다고 할 수 있다. 될 수 있으면 마법 트랙들을 많이 설치하여 대비하도록 해라."
"옛, 각하."
"모두들 고생이 되더라도 며칠만 더 참아 주게."
"옛, 각하."

사라져 버린 코린트의 수도 코린티아로부터 새로이 수도가 된 케락스로 연결되어 있는 악티움 대로. 중무장 보병 여덟 명이 한꺼번에 통과할 수 있을 정도로 넓었고, 도로 양편으로 심어져 있는 족히 수십 년은 묵은 가로수들이 적당한 그늘을 만들어 주어 한낮에도 걸을 만했다.

어쨌든 악티움 대로는 상업 도시 케락스와 수도 코린티아 간의 군수 물자의 이동과 병력 이동을 위해 건설된 것이었다. 하지만 대개의 도로들이 그렇듯 여행자들의 이동을 통제하지는 않았기에 많은 화물들과 여행객들이 이 도로를 애용했고, 그렇기에 그 도시들이 더욱 번성하게 되었던 것이다.

여러 가지 기하학적 도형이 수놓아져 있는 하얀 로브(Robe : 길고 헐거운 겉옷)를 입고 대로 위를 부지런히 걸어가고 있는 두 사람. 한 명은 어른이었고, 또 한 명은 아직 어린 소녀였다.

　소녀와 달리 어른의 경우 로브에 달린 모자를 깊이 눌러쓴 상태라서 얼굴을 알아보기는 힘들었지만, 나긋나긋한 걸음걸이와 언뜻언뜻 로브 아래로 드러나는 늘씬한 다리의 곡선으로 보아 여성인 듯했다. 어른은 차분한 눈길로 정면을 한 번씩 주시하며 걸음을 옮기고 있었지만, 소녀는 달랐다. 그녀는 주위를 두리번거리며 마차의 행렬을 구경하거나, 노새를 끌고 가는 사람들 혹은 등짐을 지고 가는 사람들을 호기심 어린 표정으로 바라봤다.

　그러다가 소녀는 그것도 지겨워졌는지 저 앞쪽으로 시선을 돌렸다. 곧게 펼쳐진 넓은 대로. 지평선 끝까지 일직선으로 연결되어 있었다. 그들은 벌써 몇 날 며칠 동안 이 대로를 걸어왔는지 모른다. 소녀는 고개를 위로 올리며 상대에게 말을 걸었다.

　"수녀(修女)님."

　소녀의 부름에 답하여 돌아오는 음성은 아주 부드러웠다.

　"왜 그러느냐?"

　"수녀님께서는 왜 마차를 안 타시고 걸어가시는 건가요? 마차를 빌릴 수 있을 정도로 여비는 충분하잖아요."

　비싸게 마차를 빌릴 필요도 없이, 악티움 대로를 왕복하는 승합마차(乘合馬車)라는 값싼 대중교통 수단도 있었다. 20여 명은 탈 수 있는 거대한 마차에 여러 사람이 탑승하여 부대끼며 가는 것이기에 속도도 느렸고, 쾌적도도 떨어졌지만 어쨌건 걸어가는 것보다는 한결 나았다. 소녀의 말투에서 약간의 짜증을 읽어 낸 상대는 미소를 지으며 답했다.

"후훗, 네가 발이 아픈 모양이구나."

수녀가 정곡을 찌르자 소녀는 당황해서 말했다.

"그건 아니구요."

"그러느냐? 그건 그렇고 저쪽에 앉아서 쉴 만한 장소가 있으니 거기에서 잠시 쉬었다 가자꾸나."

"예."

수녀는 나무 그늘 밑에 자리 잡은 제법 큰 돌덩어리가 길가에 있는 것을 보고 그쪽으로 걸음을 옮기기 시작했다. 소녀는 종종걸음으로 뒤따르며 다시 질문을 던졌다.

"수녀님께서 마차를 달라고 부탁하셨으면 충분히……."

"그건 네가 잘 몰라서 하는 말이란다. 신을 받드는 사도들이 육체의 안락을 꾀하면 안 되는 것이야. 아주 급한 일이라면 또 모르지……. 하지만 신탁에서 정해 놓은 때까지만 케락스에 도착하면 돼."

소녀는 수녀의 옆에 얌전히 앉았다. 싱그러운 가을바람이 상쾌했다. 이제 곧 겨울이 올 테지만, 그전에 목적지에 도착할 것이기에 도보로 여행하기에는 최적의 계절이었다.

"좀 빨리 가시면 안 될까요? 아무리 다음에 다가올 암흑의 세기를 막아 줄 영웅이 케락스에 나타난다는 신탁이 내렸지만, 그가 누군지 또 어떤 사람인지는 하나도 알지 못하잖아요? 조금이라도 빨리 케락스로 가서 조사를 해 보시는 것이 좋지 않을까요?"

수녀는 소녀를 향해 사랑을 가득 담은 부드러운 미소를 보냈다. 그녀도 과거에 그러했듯, 이 소녀 또한 범상한 신분은 아니었다.

다음 세대의 종단을 이끌어 갈 뛰어난 인재들 중의 하나였던 것이다. 소녀는 모든 것에 호기심을 느끼며 수많은 얼토당토않은 질문을 던져 대고 있었지만, 수녀는 언제나 한결같이 차분하면서도 부드러운 어조로 대답해 줬다. 이렇듯 소녀의 인성과 지성을 다듬어 가는 것에 무한한 재미를 느끼면서도, 옛날 자신이 세상 구경을 나가서 저질러 댔던 얼토당토 않은 짓거리를 회상해 보면 미소가 절로 지어지기도 했다.

어쨌든 종단에서는 이런 식으로 다음의 인재들을 교육시켰고, 수녀 또한 시간이 흐를수록 이 교육 방법이 매우 좋다고 깊게 공감하고 있었다. 사원 안에서만 쌓은 경험과 지식은 아무래도 세상의 그것과는 분리될 수밖에 없을 테니까 말이다.

"이미 케락스로 가라는 신탁이 내린 이상, 그 대부분의 힌트는 아데나신께서 가르쳐 주신 셈이라고 봐야 하겠지."

"어째서요?"

"그 강력한 암흑의 기운을 몰아낼 수 있을 만한 강력한 기사단을 가지고 있는 나라는 아마 전 세계를 통틀어 코린트뿐일 거야. 지금은 오랜 전쟁으로 인해 코린트의 세력이 많이 약화되었다고 하지만, 코란 근위 기사단이 세계 최강이라는 것에는 누구도 이의를 제기하지 못하지 않느냐?"

이제야 뭔가 짚힌다는 듯 소녀는 고개를 까딱였다.

"영웅이란 옛날부터 전해 오는 전설에 나오는 것처럼 그렇게 갑자기 튀어나오는 것이 아니란다. 전설에서야 농부의 아들이 갑자기 신의 계시를 받거나, 아니면 이름 없는 시골 무사가 드래곤으로부터 강력한 무기를 얻어 내어 영웅으로 등장하지만, 현실은 그렇게 될 수가 없는 것이지. 그만큼 타이탄이란 것은 모든 것을 바꾸어 놓았으니까 말이야."

"그렇다면 수녀님께서는 케락스로 가서 아그립과 4세 폐하를 만나시고 도움을 청하실 건가요?"

소녀의 철없는 물음에 수녀는 씁쓸한 미소를 머금으며 대답했다.

"내 신분으로는 도저히 황제 폐하를 알현할 수 없단다."

사실 아무리 엘리트 코스를 밟아 왔다고 하지만 젊은 그녀에게는 경험과 실적이라는 것이 부족했다. 그렇기에 아직 '수녀'라는 말단직에 머물러 있었다. 수녀로서 교단의 계율을 지키고 몸과 마음을 수양하는 단계를 지나 수양 정도를 인정받게 되면 지금과 같이 누군가를 지도할 수 있는 자격을 얻게 된다. 하지만 하나의 신전을 책임질 수 있는 대사제(大司祭)의 직함을 받으려면 아직도 더 많은 수련을 거쳐야 하고, 또 자신이 맡은 제자들을 훌륭하게 성장시켜야만 했던 것이다. 그러기 위해서는 더욱 많은 시간이 흘러야만 했다.

코린트의 황제에게 감히 알현을 청할 정도가 되려면 신녀(神女)나 그녀를 보좌하는 교령(敎令) 정도는 되어야 했다. 대사제가 되기에도 아직까지 까마득한 여정을 가지고 있는 그녀가 알현을 청하기에 코린트의 황제 폐하는 너무나도 지고(至高)한 신분을 가진 존재였던 것이다.

"그렇다면 왜 신녀님께서 수녀님께 영웅을 찾으라는 교시(敎示)

를 내리신 것일까요? 드로아 대 신전에는 수녀님보다 훨씬 능력이 크신 분들이 많으시잖아요?"

"내가 가야만 한다고 아데나 여신께서 신탁을 내리셨단다. 어떻게 여신님의 깊은 뜻을 한낱 인간인 우리가 이해할 수 있겠니? 가 보면 그분의 뜻을 알 수 있겠지."

"그렇다면 어떻게 해서 영웅을 찾으실 거죠? 무작정 케락스시를 헤맨다고 만날 수 있을까요?"

"아데나신께서 도우신다면 그것도 한 방법이겠지. 하지만 일단 케락스가 목적지인 것으로 보아 영웅은 코린트의 기사일 확률이 높지 않겠느냐? 그리고 코린트의 기사들 중에서도 근위 기사거나 아니면 그보다 높은 지체를 가지고 계신 분일 가능성이 크겠지."

"으음, 그렇다면 누구를 만나 뵈어야 하는 거죠?"

권력의 구조나 기타 그런 것에 대해서는 잘 알지 못하기에 심각하게 궁리하는 소녀였다. 수녀는 그런 자신의 제자를 재미있다는 듯 바라봤다. 물론 자신의 신분으로 봤을 때 황제는 고사하고 근위 기사도 만나기를 청하기는 힘들었다.

"우리가 직접 찾아가는 것보다는 케락스에 있는 신전에 도움을 청하는 것이 좋을 듯하구나. 자, 이만 일어서자. 갈 길이 멀단다."

다크의 탈출

"죄수가…, 죄수의 상태가 이상합니다, 나으리."

실내에 울려 퍼지는 시녀의 다급한 외침 소리를 듣고, 기사는 뭔가 잘못되었음을 직감했다. 그는 정신없이 문을 가로막고 있는 가구를 옆으로 밀쳐 낸 후 황급히 문을 열어젖혔다. 평상시에는 묵직하게 느껴졌던 가구가 그렇게 가벼울 수가 없었다.

"무슨 일이냐?"

시녀는 당황해서 침대 옆에서 발을 동동 구르며 외쳤다. 뭔가 이상이 생긴다면 그녀의 목으로 대가를 치러야 할 만큼 침대 위에 죽은 듯이 누워 있는 죄수의 안위는 중요했던 것이다.

"아무래도 죽은 것 같습니다요."

기사는 시녀의 말이 채 끝나기도 전에 그녀를 밀쳐 버리고는 죄수의 옆에 다가섰다. 과연 시녀의 말대로 창백하기 그지없는 안색이었다. 하지만 어떻게 보면 여기에 잡혀 올 때나 별반 차이가 없는 듯도 보였다. 그가 처음에 이곳에서 죄수의 얼굴을 봤을 때도 이렇듯 창백했기 때문이다.

그렇기에 그는 먼저 상대의 호흡을 살폈다. 역시 죄수는 숨을 쉬지 않고 있었다. 그것을 확인하는 순간 기사의 심장은 세차게 뛰기 시작했다.

'이런 제기랄! 이렇게 중요한 죄수가 하필이면 내가 당번일 때 죽어 버리다니……. 죽고 싶으면 아까 지오그네 경이 왔을 때 죽었으면 좋았을 거 아냐? 이 일을 어떻게 처리하면 되지?'

그는 마지막으로 소녀의 경동맥 위에 살짝 손가락을 대고 상대의 맥박을 살폈다. 만약 맥박이 아직 희미하게나마 뛰고 있다면 손 쓸 길이 남아 있을 것이 분명했기 때문이다.

"신이시여 감사합니다! 아직 죽지 않았다. 희미하지만 맥이 살아 있어."

기사는 이제 갓 자라나기 시작한 듯한 소담한 소녀의 가슴에 그 커다란 손을 대고 세차게 압박했다가 풀었다가 하기를 반복하며 황급히 시녀에게 외쳤다.

"너는 빨리……."

기사는 시녀를 보내 봐야 그녀의 걸음걸이로는 도저히 제시간에 닿을 가능성이 없다는 생각이 문득 들었다. 소녀는 죽어 가고 있었다. 아마도 약을 너무 과하게 쓴 탓일 것이다. 한시가 급했다.

"너는 여기에서 내가 돌아올 때까지 소녀의 심장이 뛰도록 도와라. 나는 가서 도움을 청하고 오겠다."

"예, 나으리."

기사는 정신없이 문을 박차고 달려 나갔다.

기사가 달려 나가고 난 후 3분쯤 지났을까? 콧등에 땀방울이 맺힐 정도로 열심히 가슴을 지압하고 있던 시녀는 문득 죽은 듯이 누워 있는 상대가 빤히 자신을 바라보고 있음을 느꼈다. 그리고 그 순간 죄수는 쏜살과도 같이 손을 뻗쳐 왔다. 상대의 턱과 뒤통수를 잡고 휙 돌리자마자 우두둑하는 기괴한 음향이 들려왔다. 그리고 죄수는 자신의 위에 쓰러져 있는 시녀를 옆으로 밀치면서 일어섰다.

"휴~."

소녀는 한숨을 내쉬며 침대 밑에 놓여 있는 자신의 작은 신발은 신을 생각도 안 하고 곧장 밖으로 달려 나갔다. 언제 기사가 돌아올지 모른다. 미네르바에게 직접 보고를 하러 달려갔을 수도 있고, 도중에 다른 기사를 만나 그에게 연락을 청하고는 다시 돌아올 수도 있었다.

소녀로서는 최대한 빨리 밖으로 도망쳐야 하는 것이다. 하지만 그 바쁜 와중에도 소녀는 기사가 먹다가 놔둔 빵 한 덩어리와 큼직한 고기 조각 하나, 그리고 물병을 챙기는 것을 잊지 않았다.

소녀가 달려 나가고 나서 한 5분 정도 지났을까? 마리아 지오 그녀가 사색이 다 되어 도착했다. 그녀는 마법사에게 이 기막힌 소식을 전달받은 즉시 이곳으로 공간 이동해 왔던 것이다. 소녀는 살아 있는 채로 코린트에 넘겨줘야만 했다. 그래야만 드래곤의 진노를 코린트에게로 떠넘길 수가 있는 것이다. 만약 여기에서 죽는다면…, 그 뒤는 생각하기도 싫었다.

마리아 지오그네는 실내의 전경에 벌어진 입을 다물지 못했다. 시녀는 목이 휙 돌아간 채 엎어져 있었다. 정면으로 보이는 시녀의 얼굴 표정으로 보아 그녀는 자신의 죽음을 최후의 순간까지도 모르고 있었던 것 같이 보였다.

바로 이때, 각 구획을 나누는 통로에 대기 중인 마법사에게 위급 사항을 전달하고 곧장 이곳으로 다시 돌아온 기사가 헐떡거리며 도착했다. 기사 역시 실내의 전경을 보고 벌어진 입을 다물지 못했다.

얼빠진 듯한 표정을 하고 있는 부하를 잡아먹을 듯이 노려보던 지오그네는 음산하게 외쳤다.

"빨리 죄수를 찾아라. 각 통로는 막혀 있다. 그러니 이 구획 내의 어딘가에 숨어 있을 거다. 빨리 찾앗!"

"옛, 각하!"

후다닥 달려가는 기사의 뒤통수를 바라보던 지오그네는 인원을 좀 더 동원해야 한다고 생각했다. 말이 좋아서 한 구획이지 이곳은 엄청나게 넓고 복잡했다. 결단코 기사 한 사람이 이곳저곳 뒤져서 숨어 있는 쥐새끼를 찾아낼 수 있는 곳이 아니었다.

"멍청한 것! 죄수를 감시하는 일 하나도 제대로 처리하지 못하다니."

지오그네는 곧장 당직실로 달려가서는 어젯밤을 새운 후 자고 있는 토린을 두들겨 깨워서 함께 통로 쪽으로 달려갔다. 통로에는 각 구획을 차단하는 방어 거점이 있었고, 거기에 가면 비밀리에 신속하게 투입할 수 있는 병사들이 있었기 때문이다.

기사단의 기사나 방어 사령부의 병사들을 추가로 뽑아서 수색 작전에 투입하지 못할 것도 없었지만, 그렇게 하려면 사령관의 허가를 받아야 했다.

"쾅! 쾅!"

세차게 철문을 두들기자 작은 창이 열리며 두 개의 눈이 드러났다. 상대는 철문 앞에 씨근덕거리며 서 있는 사람이 누구라는 것을 알아보자마자 곧장 철문을 열었다. 부하의 보고를 받고 서둘러 달려 나온 기사는 깍듯하게 인사를 건넨 후 의아한 표정으로 물었다. 이런 한적한 곳에서 하루에 두 번씩이나 만나기에는 지오그네의 신분이 너무나 높았던 것이다.

"어쩐 일이십니까? 각하."

"빨리 병사들을 풀어라."

"예? 하지만 보루의 병사들을 풀려면 그에 따른 절차와 허가서가 있어야만 합니다."

기사의 말에 지오그네는 짜증스런 어조로 외쳤다.

"내가 그걸 모르는 줄 아나? 경도 들었겠지? 포로의 신상에 뭔가 일이 벌어졌다는 것을 말이야."

"예, 각하. 저희 보루를 통해서 각하께 보고가 올라갔으니 그건 당연하지요."

"그 포로가 탈출했다. 죽은 체한 것은 연극이었다 이 말이다."

알겠나?"

지오그네의 말에 기사는 기가 찬 듯 중얼거렸다.

"그럴 수가……."

"경도 포로가 탈출하는 데 일조를 한 이상, 전하의 귀에 이 사실이 들어가기 전에 일을 조용히 마무리 짓도록 도와주는 것이 좋지 않을까?"

기사는 재빨리 머리를 굴렸다. 포로가 각 구획을 나누고 있는 보루를 파괴할 힘이 없는 한 탈출은 불가능했다. 또, 그 어떤 곳의 보루도 파괴되었다는 연락을 받은 적이 없으니 물론 이곳 어딘가에 숨어 있을 것이다. 병사들을 대량으로 투입한다면 금방 찾아내겠지만, 소수의 병사들로 못 찾을 것도 없었다. 그 말은 열심히 뒤진다면 상급자들에게 보고가 들어가기 전에 지하에 남아 있는 인력만으로 포로를 찾아낼 수도 있다는 말이었고, 충분히 가능성이 있었다.

"알겠습니다, 각하."

"각 보루에서 기사 한 명과 견인족 열 마리씩 차출하여 수색 작전에 투입해라. 남은 인원만으로도 경비 태세는 충분히 유지할 수 있을 것이다."

이곳 지하는 다섯 개 구획으로 나누어져 있었고, 그 다섯 구획은 여덟 개의 통로를 통해 연결되어 있었다. 따라서 이곳에는 여덟 개의 보루가 있다는 말이었고, 동원 가능한 인력은 기사 여덟 명과 견인족 80마리였다. 그 정도면 구획 하나가 아무리 넓다고 해도 얼마 지나지 않아 포로를 찾아낼 수 있을 것이다. 거기에다가 특히나 견인족들은 후각이 뛰어나지 않던가?

"옛, 각하."

지오그네는 자신과 함께 달려왔던 토린에게로 시선을 돌렸다.

"경은 보루에서 인력을 할당받는 즉시 로린스 경과 합류하여 수색을 시작하라."

"옛!"

"두 시간의 여유를 주겠다. 그게 내가 경에게 줄 수 있는 최대의 시간 여유다. 그 안에 찾아낸다면 이번 일은 내 손에서 무마시킬 수 있다. 알겠는가?"

"옛, 각하."

"이런 젠장!"

다크는 한 모금 가득 물을 들이켠 후 욕설을 내뱉었다. 병을 흔들어 보고는 속에 액체가 들어 있는 것만 확인하고 가져왔는데, 이게 물이 아니고 포도주였던 것이다. 그 속에 뭐가 들어 있는지 확인할 겨를도 없었던 탓이었다.

"끄윽! 완전히 빈속에 마셨더니 술기운이 오르는데? 가만, 이럴 때가 아니지. 시간이 없어."

다크는 고기를 한입 크게 베어 물고 우물거리면서 달려가기 시작했다. 발에는 아무것도 신지 않았기에 그녀의 발걸음 소리는 거의 들리지도 않았다.

"무슨 건물이 이렇게 커? 하기야 크루마의 황궁이니 클 만도 하겠지……."

한동안 달려왔는데도 불구하고 변한 것이 거의 없었다. 마차 두 대는 족히 지나갈 수 있을 만한 넓은 복도, 그리고 또 마차 한 대 정도 지나갈 만한 복도, 그리고 그 사이사이로 중무장한 병사 두세 명이 통과할 수 있는 복도들이 층층이 얽혀 있었다. 그리고 수많은 방들이 그 안에 있었다.

사람들이 거의 살지 않는지 넓은 복도들을 제외하고는 햇불이 놓여 있지 않았기에 전체적으로 컴컴했다. 오히려 그편이 다크를 안심시켰다. 몸을 숨기기에는 제격이었던 것이다.

그녀는 처음에는 햇불을 하나 뽑아 들고 달려가다가 어떤 방인지 기억나지는 않지만 한 곳에서 묵직한 촛대 한 개를 주워 들었고, 촛대가 놓여 있던 가구의 서랍을 뒤져서 부싯돌도 찾아냈다. 그런 후 햇불은 버렸다. 햇불이 이런 곳에서 움직이는 데 도움이 되는 것은 확실하지만 아무래도 들킬 확률이 높았기 때문이다.

다크는 무슨 이유에서인지 모르겠지만 기를 끌어올릴 수가 없었고, 그로 인해 어둠 속에서 보통 사람보다 조금 더 나은 시력밖에 가질 수 없었다. 그래서 사용한 방법이 이것이다.

"탁!"

부싯돌이 섬광을 발하는 순간 주변의 지리를 머릿속에 기억한다. 그런 후 움직이는 것이다. 물론 다크는 한 번 요령이 생기자 그다음부터는 달려가면서 부싯돌을 한 번씩 탁탁 쳤다.

다크는 한참을 달려가다가 막다른 벽에 부딪쳤다. 여태까지는 연결되는 크고 작은 통로가 있었지만, 이 부분에서 단절되어 있었다.

"이건 또 뭐지? 아하……. 그렇군. 건물의 외벽이야."

다크는 촛대로 벽면을 슬쩍 두들겨 봤다.

"툭툭."

들려오는 소리는 아주 둔탁했다. 속이 꽉 차 있다는 증거였다. 그리고 이 벽의 두께가 매우 두껍다는 증거이기도 했다.

'이거 1, 2미터 두께 정도가 아닌 것 같은데? 하기야 타이탄이 설쳐 대니 그럴 수밖에 없겠지. 하지만 어딘가에 통로가 있을 거야.'

다크는 벽을 따라 달려가기 시작했다. 그리고 얼마 지나지 않아 육중한 강철 문을 발견할 수 있었다. 그녀는 힘껏 그것을 밀어 봤지만 꼼짝도 하지 않았다. 자신의 힘이 모자라거나, 아니면 문이 잠겨 있다는 증거였다.

"제기랄!"

그녀는 낮게 욕지거리를 내뱉으며 또 다른 통로를 찾아 움직이기 시작했다. 혹시나 열려 있는 통로가 있을지도 모르기 때문이었다. 하지만 그녀의 움직임은 그리 오래 지속되지 않았다. 복도의 저편에서 불빛이 비쳐 왔던 것이다. 그 불빛은 움직이고 있었고, 두런두런 말소리까지 들려오고 있었다. 그녀는 재빨리 벽 쪽에 바싹 붙어서 숨었다. 횃불을 들고 있는 사람들, 아니 괴물들 같았다. 사람의 몸통이었지만 머리는 꼭 커다란 개대가리 같았으니까 말이다. 그들은 한 번씩 바닥에 엎드려 쿵쿵대기도 하면서 천천히 이동해 오고 있었다. 그러면서 통로 주변에 있는 모든 문을 열면서 철저하게 내부를 수색하고 있었다.

"최악의 사태군."

다크는 서둘러서 빛이 없는 구석진 곳으로 슬그머니 달려가기 시작했다. 다크가 몸을 숨긴 후, 드디어 수색대가 지척에까지 도착했다. 잠시 바닥에 코를 대고 냄새를 맡아 본 견인족은 고개를 들면서 말했다.

"냄새를 찾았습니다!"

"어느 쪽이냐?"

"이쪽으로 간 것 같습니다."

견인족 사내가 가리킨 곳은 통로가 있는 방향이었다. 견인족의 보고를 들은 기사는 서두르지 않았다. 그쪽으로 가 봐야 통로가 굳게 잠겨 있다는 것을 잘 알고 있기 때문이다.

"너, 이쪽을 수색해 봐. 그리고 너는 저쪽!"

기사는 양쪽에 있는 건물에 또다시 견인족을 한 마리씩 집어넣어 수색하게 하고는 냄새를 따라 추격하기 시작했다. 그들이 10여 미터쯤 전진했을까?

"깨갱!"

어디선가 뭔가에 두들겨 맞는 개 소리가 울려 퍼졌다. 물론 여기서 말한 개 소리는 아무렇게나 지껄이는 당치도 않은 말을 뜻하는 것이 아니라, 진짜로 개가 내는 소리를 말함이다.

"저쪽이닷!"

기사와 견인족들은 그쪽으로 잽싸게 달려갔다. 하지만 그들이 볼 수 있었던 것은 이마에 커다란 혹이 난 채 기절해 있는 견인족 한 마리뿐이었다. 그리고 그 견인족이 가지고 있던 무기도 사라진 상태였다.

"이런 젠장할! 끝까지 말썽을 부리는군. 빨리 흩어져서 찾아라. 멀리는 가지 못했을 거다."

"옛!"

기사는 재빨리 견인족들을 지휘하여 통로를 차단한 후 샅샅이 뒤졌지만 소녀를 찾을 수 없었다. 마나를 운용할 수도 없을 텐데 그 잠깐 사이에 어떻게 도망쳤을까? 그 소녀의 가냘픈 체구를 생각했을 때, 도저히 상상할 수가 없었다. 여기저기서 소녀를 찾을 수 없다는 보고가 들려오는 가운데 기사는 처음부터 뭔가 실수를 하고 있는 것이 아닐까하는 의구심이 들지 않을 수 없었다.

'처음부터 그녀에 대한 예상이 잘못된 것일까? 가냘픈 소녀가 달리는 속도라면 절대로 포위망을 벗어날 수 없어. 그녀는 대단한 검객이라는 말을 들었다. 그런데도 얕잡아보고 시작을 했으니……'

수색을 끝마치고 또 다른 지시를 받기 위해 모여든 견인족들에게 기사는 마음을 정한 듯 분명한 어조로 외쳤다.

"도망치는 상대를 소녀라고 생각하지 마라. 상대를 소녀가 아니라 매우 잘 단련된 검객이라고 생각해라. 그녀의 체력이나 속도, 근력 그 모든 것을 우수한 검객에 맞춰 행동하라는 말이다. 알겠느냐?"

"옛!"

"너희 둘은 딴 수색조들에게도 이 말을 전해라. 마나를 쓰지 못한다고 해서 그녀의 힘과 속도를 가냘픈 소녀쯤으로 지레짐작하지 말라고 말이다."

"옛!"

견인족 둘이 달려가고 난 후, 기사는 또다시 수색을 시작했다. 이제는 한층 더 조심스럽게…….

"젠장할! 더럽게 무겁군."

다크는 가쁜 숨을 몰아쉬면서 투덜거렸다. 약간의 위험을 감수하긴 했지만, 그래도 상대가 포위망을 갖추기 전에 탈출하는 데 성공했다. 그리고 검까지 빼앗은 것이다. 자신의 손에 검이 들려 있는 이상 더 이상 겁나는 존재는 있을 수 없었다. 비록 몸 상태가 정상이 아닐지라도.

어느 정도 숨을 고른 후 다크는 왼손을 앞으로 쭉 뻗었다. 그리고 오른손으로는 검을 단단히 쥐었다. 검이 조금 무거워서 힘들기는 했지만, 그녀는 자신의 오랜 숙련도를 믿고 있었다. 검을 높이 들어 올린 후 그녀는 망설이지 않고 내리찍었다.

"팡!"

검은 곧장 팔찌를 향해 떨어졌지만, 팔찌의 아주 가까운 거리에서 뭔가의 힘에 가로막혀 불꽃을 번쩍이며 튕겨 나갔다. 그리고 동시에 지독한 고통이 시작되었다.

"으갸갸갹!"

한참 동안 몸에 찌릿찌릿한 전기가 통하는 듯한 고통에 이를 악물었던 그녀는 곧이어 고통이 멈추자 한숨을 내쉬며 투덜거렸다. 검으로 힘껏 내리찍었는데도 흠집도 없었을뿐더러, 온몸에 찌릿

찌릿한 충격까지 안겨 주어 놀랐던 것이다.

"젠장! 사람 놀라게 하고 있어!"

하지만 이것은 다크였으니까 그냥 찌릿찌릿하고 끝난 것이었지, 보통 사람이었다면 감전에 의한 충격으로 기절에까지 이르게 하는 보호 장치였다. 그렇지만 그녀는 과거 블루 드래곤 카드리안의 뇌전을 자신의 마나로 끌어 들여 흡수해 버린 전례가 있다. 그 때문에 그녀에게 흘러들었던 강력한 전기 충격의 대부분은 상당 부분 뇌전의 기운이 모여 있는 단전으로 끌려 들어갔기에, 그녀가 직접적으로 받은 충격은 크지 않았던 것이다.

어쨌든 이놈의 구속 도구들을 풀어 버릴 수는 없다는 것이 명확해졌다. 있다면 길은 한 가지, 이곳을 탈출하여 아르티어스에게 부탁하는 것뿐이었다. 아르티어스라면 손쉽게 이것을 풀어 줄 것이다.

"포위망은 어떻게 되어 가나?"

"워낙 쥐새끼처럼 잘 도망치기에 이번에는 아예 폭넓게 둘러쌌습니다."

"포위망이 약하지 않을까?"

"방금 전에 마지막 병력이 합류했기에 충분할 것입니다."

아무리 넓은 지하 공간이라고 해도, 시간이 조금씩 흐르면서 각 보루에서 증원병들이 차례차례 도착하여 순차적으로 투입되었으므로 처음에는 잡기 힘들었지만, 지금은 그렇지 않다는 말이었다.

이제 포위 인원이 완전히 다 도착한 지금, 기사 아홉 명과 그들의 지휘를 받는 견인족 80마리가 포위망을 구성하게 된 것이다.

"좋아. 마지막 병력까지 합류했다면 이제부터 포위망을 좁혀 들어가라고 이르게."

"예."

"독 안에 든 쥐이기는 하지만, 조심하라고 해! 언제 물지 모르니까."

제2근위대의 출현

"헉헉헉~."

 혹시나 빠져나갈 구멍이 있을까해서 이리저리 열심히 뛰어다니다 보니 얼마 지나지 않아 숨이 가빠 오고 있었다. 다크는 이제 더 이상 견디지 못하고 멈춰 서서 숨을 고를 수밖에 없었다. 이렇게 숨이 가빠 온 것이 몇 년 만이었던가? 이 여자 애의 육체로 뒤바뀌었을 때, 한동안 나약한 육체로 인해 고통을 받았었다. 그러다가 또다시 힘을 되찾았을 때 이후로 그녀는 땀 한 방울 흘린 적이 없었다.

 두 번의 환골탈태를 거친 강력한 육체의 힘은 똑같은 신체 조건을 가진 계집아이와 비교할 수 없을 만큼 강했고, 거기에다가 마나까지 효율적으로 이용하면 순간적으로는 수십 배 이상의 힘까지 낼 수 있었다. 하지만 갑자기 마나를 쓸 수 없게 된 지금, 너무나 처량한 상태로 떨어져 내린 것이다.

"헉헉, 젠장! 한동안 게으름을 부렸더니 그 덕을 톡톡히 보는군. 헉헉."

다크는 아무리 뒤져 봐도 결과는 마찬가지일 거라는 생각이 문득 들었다. 이런 때는 아직까지 포위망이 느슨할 때 뚫고 나가는 것이 좋을 것이다. 포위망이 좁혀지기 시작한다면 그 두께는 더욱 두꺼워질 것이 분명하지 않은가?

그녀는 살금살금 다가가서 놈들이 포진하고 있는 곳 앞쪽의 으슥한 곳에 자리를 잡았다. 일단 실내라서 바람이 불지 않았기에 바람 때문에 위치 선정에 신경 쓰는 성가신 작업을 할 필요는 없었다. 그녀는 차근차근 숨을 고르며 상대가 움직이기를 기다렸다. 아마도 포위망이 완전해지면 놈들은 앞으로 조금씩 움직이기 시작할 것이다.

한동안 기다리자 "삐이이익!"하는 소리가 실내에 울려 퍼졌다. 그리고 곧이어 여기저기서 삑삑거리는 응답 소리가 들렸다. 그녀의 저 앞쪽에 위치한 똥개들도 그것에 답하듯 뭔가를 입에 물고 삐이익하는 날카로운 소리를 냈다. 그러고 나서 그들은 천천히 앞으로 움직이기 시작했다.

실내였기에 그들은 복도를 중심으로 천천히 앞으로 이동해 들어가면서 문을 만나면 두세 마리가 그 안으로 조심스럽게 들어갔다. 밖에 대기하고 있는 똥개들은 실내의 수색이 완전히 끝날 때까지 대기했다. 괜히 수색조가 나오기 전에 앞으로 나가게 되면 또 다른 문을 만나게 될 것이고, 또다시 병력을 분산해서 그 안에 투입해야 하지 않겠나? 그들은 최대한 많은 병력을 유지하기 위해 노력하고 있었던 것이다.

점차 그들과 다크와의 거리는 좁아지기 시작했다. 상대와의 거리가 약 10미터 정도로 좁아졌을 때, 그들은 또 다른 문을 만났고 세 마리를 안으로 들여보냈다. 그리고 다크는 그것을 기다리고 있었다. 남은 것은 일곱 마리. 처음에 서너 마리씩 보일 때 치고받는 편이 좋았을 텐데, 괜히 탈출할 곳을 찾는다고 싸우는 것을 회피한 것이 후회스러웠다.

다크는 똥개들이 실내를 뒤지는 데 걸리는 시간을 대충 측정해 두었기에, 잠시 더 기다려서 수색조가 실내로 깊숙이 들어가기를 기다렸다가 돌진해 들어갔다.

"삑삑삐이이익! 삑삑삐이이익!"

제일 뒤쪽에 서 있던 견인족이 동료들을 끌어들이기 위해 신호를 보내는 순간, 다크는 상대의 지척까지 거리를 좁혔다. 남은 똥개들도 저마다 검을 뽑아 들고 상대를 잡기 위한 준비 태세를 끝낸 상태였다.

하지만 여기에서 다크에게 매우 유리한 점이 한 가지 있었다. 똥개들은 포로를 무조건 살아 있는 채로 잡아올 것을 명령받았지만, 다크는 똥개들을 살려 주건 죽이건 보신탕을 끓여 먹건, 마음대로 할 수 있다는 단 한 가지 사실이었다.

아무리 마나를 쓰지 못한다는 제약이 가해졌다고 하더라도, 일단 달릴 수 있고, 뛸 수 있고, 팔을 휘두를 수 있고, 또 손에 검을 줠 수 있는 한 다크를 겨우 똥개 몇 마리가 사로잡을 수는 없는 노릇이었다.

그녀는 일부러 상대의 중심으로 파고들었다. 견인족들은 매우 큰 체구를 가지고 있었고, 또 두툼한 근육질을 가지고 있는 아주 강인한 족속이었다.

묘인족이나 호인족(虎人族) 등 고양이과(猫科) 수인족의 경우 덩치와 힘에 다소 차이는 있지만, 고양이 특유의 유연하면서도 매끄러운 몸놀림을 가지고 있다는 공통점이 있었다. 하지만 견인족 같은 개과(犬科)는 그런 유연한 몸놀림보다는 강력한 힘과 초인적인 맷집으로 승부하는 족속들이었다. 정면으로 맞부딪쳤을 때는 어떤지 모르겠지만 이렇게 미꾸라지처럼 파고든 그녀를 잡는 데는 그러한 그들의 특성이 상당한 걸림돌로 작용했다.

상대가 '죽여 주쇼' 하면서 저돌적으로 달려들었지만, 그들은 그 순간에 검을 휘두르지 못했다. 사로잡아야 하기 때문이었다. 자신들의 강한 팔 힘으로 검을 휘두르면 소녀의 몸은 그대로 두 토막이 날 것이 확실했다. 하지만 그 한순간의 망설임이 끝났을 때 요란한 개 잡는 소리가 지하에 울려 퍼졌다.

"컹!"

"캥!"

두 마리의 견인족이 다크의 검에 치명상을 입은 후에야 그들도 살기 위해서는 상대를 전투 불능으로 만들어야 한다는 것을 깨달았지만, 그렇다고 무턱대고 상대에게 검을 휘두를 수도 없는 노릇이었다. 우선 동료들과의 거리가 너무 가까운 데다가 상대는 미꾸라지 같은 몸놀림으로 이리저리 움직이며 동료들을 방패막이로 쓰고 있었다. 그리고 가장 큰 문제점은 놈을 '생포'하라는 명령이었다.

거기다가 세 마리는 실내를 수색하러 들어갔기에 동료들과의 합류가 아주 조금 늦었다. 수색조 세 마리가 도착했을 때, 이미 두 마리는 확실히 저세상에 한 다리를 걸치고 있는 상태였고, 네 마리는 크고 작은 부상으로 완전한 제 실력을 낼 수 없었다. 거기에 셋이 더해져 봐야 이미 기울어진 전세를 뒤집기는 힘들었다. 또, 이곳 자체가 기나긴 복도를 통한 미로의 구조였기에 저쪽에 있는 아군들이 합류해 들어오는 데도 시간이 꽤나 필요했다.

"히힛! 아주 좋은 것을 발견했군. 그렇다면 탈출은 식은 죽 먹기겠어."

다크가 방어는 완전히 무시하고 왕성한 공격력을 보일 수 있었던 것은 처음 부딪칠 때 똥개들이 과감하게 검을 휘두르지 못하는 것을 직감적으로 느꼈기 때문이다. 그리고 그 느낌은 싸우면 싸울수록 확실하게 전달되었다. 상대는 그녀를 죽이지 못한다는 것을 말이다. 설혹 자신들의 숨이 끊어진다 하더라도.

다크는 모든 똥개들을 처치한 후 싸우느라 가빠진 숨을 고르며 다시금 암흑 속으로 달려갔다.

"아차! 늦었군."

뒤늦게 달려온 기사들은 기가 막힐 수밖에 없었다. 그들이 알고 있는 견인족들의 전투 능력은 대단했다. 그렇기에 충분히 그녀를 붙잡고 있을 것이라고 예상했었는데, 도착하고 보니 이미 포위망이 뚫려 있었던 것이다.

"믿을 수가 없군요. 견인족 열 마리라면 웬만한 기사도 막을 수 있는데……. 그녀는 지금 마나가 봉인되어 기사급의 파워를 낼 수 없지 않습니까?"

"그런데 사실인 것을 어떻게 하겠나?"

그중에 계급이 높은 듯한 기사가 우선 지시를 내렸다. 일단 추격도 중요했지만, 죽어 가는 견인족들을 살리는 것도 중요했다. 견인족 한 마리 한 마리가 얼마짜리인데…, 그냥 죽게 놔둘 수는 없었다. 그리고 황궁 내에도 견인족은 통틀어 2백 마리도 안 된다. 그런 그들의 숫자가 줄어든 이유를 위에 보고해야만 할 것이고, 그에 대한 문책 또한 따르지 않을 수 없었다. 이래저래 입맛이 쓴 생포 작전이었다.

"아직 죽지 않은 놈은 빨리 보루로 호송해서 치료를 받게 해라. 그리고 나머지는 그놈을 추격한다."

"옛!"

"병력을 좀 더 지원해 주십시오."

"뭐라고?"

지오그네는 기사가 허겁지겁 달려오기에 생포에 성공했다는 보고를 올리려고 온 줄 알았다. 그런데 들어오자마자 저따위 소리나 지껄이고 있다니, 정말 저 기사 놈의 입을 찢어 버리고 싶었다. 상관의 눈초리가 아주 매서워지는 것을 포착한 기사는 재빨리 말을 이었다.

"견인족 30마리가 당했습니다."

"뭣?"

"지하가 너무 넓어서 포위망을 구축하기가 너무 힘듭니다. 거기에다가 칼부림까지 해 대는 상대를 겨우 그 인원으로 생포해 오라는 것은 너무 무리하신 명령입니다."

"이런 멍청한 녀석들! 겨우 힘없는 계집애 하나 못 잡아온단 말이냐?"

상관의 질책에 기사는 묵묵부답으로 저항했다. 그렇게 자신 있으면 네가 가서 잡아 보라는 무언의 시위였다. 그 꼴을 보며 지오그네는 화가 머리끝까지 뻗었다. 이렇게도 쓸 만한 놈이 없다니……. 그녀는 하마터면 자신이 내려가겠다는 말을 내뱉을 뻔했다. 하지만 그녀는 그 말을 내뱉지 않았다. 자신이 내려가 봐야 바뀔 것은 하나도 없다는 것을 잘 알기 때문이었다. 탁 트인 공간도 아니고, 미로와 같이 복잡한 곳에 자신이 내려가 봐야 좋을 게 하나도 없었다. 견인족도 죽어 나가는 판에 공격 속도가 느린 마법사가 내려가서 뭘 할 수 있단 말인가? 또, 멀찍이서 막강한 마법 공격을 퍼부을 수도 없었다. 지하 궁전을 박살 내 놨다는 것이 들통 나면, 그녀를 잡고 못 잡고 간에 목이 떨어져 나갈 것이 뻔하기 때문이었다.

"할 수 없지. 전하께 말씀드리는 수밖에. 경은 밑에 내려가서 일단 수색 작전을 잠시 중지하고 현 상태를 유지하고 있으라고 전하게."

"옛, 각하."

"포로가 탈출했다고?"
"예, 전하. 긴급히 병력을 투입했사오나 견인족 30여 마리만 사상을 당했사옵니다."
지오그네는 불호령이 떨어질 줄 알고 기어 들어가는 목소리로 보고했다. 미네르바는 잠시 생각하는 듯하더니 지시를 내렸다. 예상외로 그녀의 목소리는 별로 화가 난 것 같지 않았다.
"제2근위대를 비밀리에 투입해라. 그녀가 아무리 마나를 쓰지 못한다고 해도, 생포하는 것은 그렇게 녹록한 일이 아닐 것이야."
미네르바는 일부러 생포라는 단어에다가 힘을 줘서 말했다. 미네르바는 이미 일이 어떻게 전개된 것인지 짐작했던 것이다. 견인족의 전투력은 매우 강력하다. 기사에는 못 미치겠지만, 그래도 수련 기사 정도의 전투력은 지니고 있는 강인한 종족이었던 것이다. 하지만 아무리 그렇다고 해도 상대를 죽이는 것이 아니고 생포하라는 명령이 떨어진 이상 그 능력을 제대로 발휘할 수는 없었을 것이다. 아예 죽여 버리겠다고 덤비지 않는 한 잡기 힘든 상대임을 미네르바는 잘 알고 있었기 때문이다.
"제2근위대 전원에게 전해라. 포로의 목숨만 붙어 있으면 되니까 마음껏 싸우라고 말이야. 대신 빨리 잡아서 끌고 오라고 해."
"하지만 전하, 그렇게 지시했다가 큰 상처라도 입히면 어떻게 하옵니까?"
다급한 지오그네의 조언에 미네르바는 의미 있는 미소를 씩 지으며 비꼬듯 말했다.

"그때는 자네가 목숨을 걸고 살려 내야겠지. 안 그런가?"

"예, 전하."

지오그네는 미네르바의 말에 얼굴색이 새하얗게 탈색되었지만, 일단 상관의 물음에 대답은 했다. 너무나도 심한 상처라면 자신의 마법 실력으로 살릴 수 없을지도 모른다. 하지만 그녀가 일단 대답을 한 이유는 제2근위대에 명령을 전달하는 것은 자신이었기 때문이다.

난데없이 휴식 중이었던 제2근위대에 비상소집령이 비밀리에 내려지고, 기사들이 하나 둘씩 복귀하기 시작했다. 비번이라서 술집에 처박혀 있던 인물들이나, 오랜만에 애인이나 가족들과 단란한 시간을 보내던 인물들도 있었고, 또 친구들과 취미 생활을 즐기던 인물들도 있었기에 모든 인원을 소집해 들이는 데는 시간이 조금 걸렸다.

"무슨 일이야? 비밀 소집령이 내려지다니."

"글쎄? 나도 잘 모르겠는걸?"

"마법사들이 빠진 것을 보니 어디에 파견 가는 것은 아닌 것 같고, 기사들만 모아서 뭐 하자는 거지?"

나지막한 어조로 서로가 아는 정보를 교환하는 기사들. 제2근위대의 오너급 기사 20명과 정찰조 20명을 한자리에 모아 놓고 기다리라는 지시뿐이었으니, 기다림에 지쳐 저마다 쑤군댈 만도 했다. 그것도 비밀리에 소집한 것이 아닌가?

모두들 갑자기 소집되어 와서 그런지 행색도 가지각색이었다. 사냥복을 입고 있는 기사부터 시작해서, 데이트 중이었는지 연미복으로 정장을 한 인물들, 그리고 일부는 입에서 술 냄새까지 팍팍 풍기고 있었다.

마지막 기사가 도착한 후에 지오그네가 슬며시 등장했다. 그리고 그녀가 모습을 드러내자 모두들 잡담을 멈췄다. 지오그네는 득실대는 엘프들 덕분에 크루마 궁정 마법사들 중에서 서열이 그렇게 높지 못했지만, 총사령관이자 근위 기사단장인 미네르바의 심복이었기에 그녀를 통해 종종 지시가 내려졌었기 때문이다.

"한 가지 긴급한 사안이 발생했기에 모처럼 휴식을 즐기고 있던 경들을 불러내어 죄송하게 생각합니다."

지오그네는 기사들 중에서 제일 앞줄에 앉아 있는 브랜트 베리어스 후작을 바라보며 떨떠름한 어조로 경칭을 사용해 브리핑을 시작했다. 브랜트는 드래곤 슬레이어였던 타론이 전사한 후 제2근위대를 이끌고 있었다. 그녀는 분명히 부하에게 집합 대상에 그를 빼라고 지시했었는데, 아마도 근위 기사들 중 누군가에게 주위듣고 따라온 모양이었다.

제2근위대장이라면 그녀가 아무리 영광스런 드래곤 슬레이어에다가 궁정 마법사라 하더라도 계급에서 밀렸다. 그 때문에 그를 뺀 것이었는데, 상대는 이미 와 버렸으니 돌려보낼 수도 없는 노릇이 되어 버린 것이다. 또 가라고 갈 사람도 아니었고…….

"긴급한 사안이란 게 뭔가?"

제2근위대장인 브랜트는 오만한 자세로 다리를 꼬고 앉은 채

툭 질문을 던졌다. 이곳에 자기보다 높은 사람이 아무도 없으니 그의 행동은 당연한 것이었다. 지오그네의 얼굴이 조금 더 찌그러들었다. 기사들에게 일장 훈시를 내린 후 투입 명령을 내릴 작정이었는데, 처음부터 계획이 틀어지고 있는 것이다.

"예, 수감 중이던 포로가 탈출했습니다. 전하께서는 지하 궁전에 숨어 있는 그 포로를 생포해 올 것을 명령하셨습니다."

지오그네는 '생포'라는 단어에 힘을 줘서 말했다. 그러자 기사들끼리 다시금 쑤군거리기 시작했다. 수감 중이던 포로라면 지하 감옥에 있었을 텐데 어떻게 지하 궁전까지 숨어들 수 있단 말인가? 거기에다가 지하 궁전의 각 통로에 설치된 보루는 제1, 2근위대가 교대로 지키고 있지 않던가? 포로가 그 보루를 뚫고 통과했다는 것은 있을 수 없는 일이었다.

"조용히 해라. 여기가 선술집인 줄 아느냐?"

브랜트는 뒤를 슬쩍 보면서 짜증스레 외쳤다. 그도 부하들처럼 오랜만의 휴식이 물거품이 된 상태라 별로 기분이 좋지 않은 상태였다. 그리고 여기 와서 설명을 들어 보니 자신이 올 일도 아닌 것이다. 거기에다가 설상가상으로 겨우 탈출한 포로 하나 잡자고 제2근위대 전체를 소환하다니! 자신이 지휘하는 제2근위대의 실력을 뭐로 보는 것인가? 그 때문에 그는 더욱 기분이 안 좋아지고 있는 중이었다. 브랜트는 지오그네를 빤히 올려다보며 말했다.

"공작 전하의 명령서는 가지고 있겠지?"

브랜트는 그녀가 감히 명령서도 없이 제2근위대를 소환할 수가 없다는 것을 잘 알면서도, 일부러 명령서 제시를 요구했다. 제2근위대장인 자신이 미네르바가 아닌 마법사 따위에게 지시를 받을 이유가 없다는 것을 지오그네에게 명확하게 인지시키기 위한 행동이었다. 상대의 속셈을 잘 아는 지오그네는 소태 씹은 얼굴로 서류를 내밀었다.

"여기 있습니다, 각하."

브랜트는 앉은 채로 서류를 받아 들고는 꼼꼼히 읽어 봤다. 읽어 보니 지오그네의 말과는 약간 다른 점이 눈에 띄었다. 그것이 지오그네의 고의인지 아니면 실수인지 모르지만, 그에게는 그것이 꽤나 마음에 드는 차이점이었다. 브랜트는 살짝 고개를 뒤로 돌려 부하들을 향해 호기롭게 외쳤다.

"공작 전하께서는 포로가 살아 있기만 하면 된다고 하셨다. 조금이라도 저항하면 반쯤 죽여 놔."

안 그래도 소중한 휴식을 박탈당한 부하들은 살기등등하게 외쳤다.

"옛!"

"그리고 그 망할 포로 녀석을 최대한 빨리 내 앞에 대령해라. 알겠나?"

"옛! 각하!"

"그놈을 생포해 오는 놈에게 금화 20골드의 포상금과 선술집에서 동료들에게 술을 살 수 있는 영광을 주겠다."

겨우 20골드 받아서 이 술고래들에게 술을 사 준다면 결국 포상금은 얼마 남지도 않을 것이다. 하지만 기사들은 대장의 말을 듣고 환호했다. 그렇게 작은 포상금을 제시한 것을 보면 휴식 시간을 날려 버린 부하들을 위로하기 위한 이 술자리의 술값을 대장이 내면서도 그 영광을 잡은 사람에게 돌리는 것이라는 것을 눈치챘기 때문이었다.

"우와와앗!"

근위 기사들이 환호성을 지르며 앞 다퉈 우르르 눈에 살기를 띤 채 지하 궁전 쪽으로 달려갔다. 지오그네는 '생포'를 원했지만, 자신들의 대장은 '반쯤 죽여 놓기'를 원하고 있었다. 그렇다면 그들은 누구 말을 들어야 옳겠는가? 당연히 자신들의 대장 말을 들어야 한다. 또, 안 그래도 열 받는 김에 그들은 화풀이할 사냥감이 하나 생겼다고 좋아서 달려간 것이다. 그것을 보며 지오그네의 얼굴색은 새하얗게 탈색되었다. 이제 포로 체포 작전에 대한 지휘권은 자신의 손을 떠난 것이다.

기사들은 자신들의 실력을 믿기에 지하 궁전에 도착하자마자 견인족 한 마리씩을 거느리고 흩어졌다. 그들은 견인족의 전투력이 아닌 코를 필요로 했던 것이다. 그리고 샅샅이 뒤지기 시작했다. 기사가 50여 명이나 투입되었기에 토끼 사냥은 맹렬한 가속도를 붙이며 전개되었다. 이렇듯 맹렬히 뒤지는 상황에서 아무리 지하 공간이 넓다고 하지만, 다크가 계속적으로 몸을 숨긴다는 것은 불가능했다.

"캉!"

검과 검이 부딪치며 작은 불꽃을 튕겼다. 다크가 숨어 있다가 일격을 날렸지만, 상대 또한 노련한 기사답게 여유 있게 검으로

막았다. 이미 견인족이 냄새로 상대가 이 근처에 있다는 것을 알려 줬기에, 충분히 대비를 하고 있었던 덕분이었다.

"쥐새끼 같으니라고……. 여기 숨어 있었군."

다크는 기습 공격이 실패로 돌아가자 재빨리 뒤로 물러서서 방어 자세를 취했다. 기사는 이제 자신의 눈앞에 서 있는 포로를 찬찬히 살펴볼 수 있었다. 그리고 문 밖에서는 견인족이 동료를 불러 모으기 위해 불어 대는 호각 소리가 시끄럽게 들려왔다.

"이거 순 꼬맹이 아냐?"

기사는 허탈한 듯 중얼거렸다. 이런 계집애를 잡기 위해 제2근위대를 총출동시키다니……. 얼마나 윗사람들이 제2근위대를 만만하게 봤으면 이딴 일을 시키겠느냐는 생각도 들었지만, 그래도 이 정도 인원을 투입한 것을 보면 이 꼬맹이가 뭔가 한가락 하는지도 알 수 없었다. 그래서 기사는 상대의 실력을 가늠해 보기 위한 공격을 슬쩍 던졌다. 기사의 검이 아름다운 은빛 궤적을 남기며 소녀의 눈앞을 통과했다. 물론 처음부터 소녀의 눈이나 기타 딴 곳을 공격할 의도를 가진 것이 아니라 기선 제압 및 상대의 대응 행동을 관찰하기 위한 허위 공격이었다.

그 기사에게는 불행한 일이지만, 이런 검술 대결은 다크의 주특기가 아니던가? 상대의 속셈을 빤히 아는 이 음흉하신 다크 어르신은 상대의 검이 눈앞을 통과하기를 기다렸다가 그제야 그것을 눈치 챈 듯 깜짝 놀란 표정을 지으며 폴짝 뒤로 물러섰다. 그것을 본 기사는 이 꼬맹이가 진짜로 검술에 있어서는 맹탕이라고 단정 지어 버렸다. 자신의 검이 지나간 다음에야 반응을 보이지 않는가? 더 이상 생각할 필요도 없이 기사는 씁쓰레한 미소를 지으며 일격에 꼬맹이를 제압하겠다는 듯 큰 기술을 휘둘러 왔다. 그리고 노련한 다크의 숙련된 눈은 그 기술의 숨겨진 허점을 재빨리 찾아냈다.

그러나 다크는 상대의 허점을 눈으로는 찾아냈지만, 자신의 육체가 그 허점을 재빨리 공격할 정도로 민첩하지 못하다는 것을 알고 있었다. 그렇기에 그녀는 일부러 허둥거리면서 엉뚱한 방향을 막는 척했다. 기사는 자신의 검이 흘러가는 방향도 제대로 파악하지 못해서 딴 방향으로 느지막이 검을 움직이는 소녀를 완전히 얕잡아보고는, 자기 무덤을 파고 있는 줄은 상상도 못하고 끝까지 검술을 밀어붙이려고 들었다.

목표는 지금 흘러가는 검의 방향과는 달리 상대의 오른쪽 어깨였다. 어깨에 검상을 입으면 더 이상 반항을 하지 못할 것이 분명했기에 취한 공격이었다. 기사의 검이 아주 기괴한 곡선을 그리며 다크의 어깨를 관통하려는 그 순간 다크의 어깨가 아래로 푹 꺼지며, 동시에 여태껏 기사의 검로도 찾지 못하고 허둥대던 것처럼 보였던 다크의 검은 어느새 조금 더 움직여 상대의 오른편 어깨를 꿰뚫고 있었다.

"크윽!"

요란하게 호각을 불며 동료들을 모으고 있던 견인족은 활짝 열린 문을 통해 기사가 검상을 입고 비틀비틀 물러서는 것을 보고는 기사를 구하기 위해 황급히 돌진해 들어왔다. 삽시간에 검을 뽑아 들며 맹렬한 기세로 돌진해 오는 견인족의 위용은 과연 대단했다. 하지만 다크에게 그것은 불을 좇아 뛰어드는 불나방의 행동과 다를 것 없게 느껴졌다. 다크는 일부러 견인족이 휘두르는 검 끝에 자신의 머리통을 들이밀었다. '생포'라는 명령을 받고 있는 견인족은 놀라서 황급히 검을 뒤로 뺐다. 그리고 그것으로 끝이었다. 그 순간 다크의 검이 견인족의 가슴을 관통해서 심장 깊숙이 꿰뚫고 들어갔던 것이다.

"이 정도는 식은 죽 먹기지. 헤헤헷!"

다크는 믿을 수 없다는 눈빛으로 자신을 바라보며 꺽꺽거리고 있는 견인족의 몸통을 힘껏 차서 뒤로 밀어 버리며 검을 뽑아냈다. 다크의 검이 뽑힌 곳에서는 분수와도 같이 피가 솟구쳐 올랐다. 다크는 피 묻은 검을 들고 살기 어린 미소를 지으면서 뒤로 돌아섰다.

거기에는 자신을 만만하게 보고 덤비다가 도리어 깊은 검상을 입고 허우적거리는 기사가 경악한 듯 두 눈을 부릅뜨고는 다크를 노려보고 있었다. 방금 전에 견인족이 호각을 불기는 했지만, 또 다른 견인족이 이곳까지 오려면 약간의 시간이 필요할 것이다. 다크는 그것을 경험으로 이미 알고 있는지라, 이 기사 놈까지 해치운 후에 달아나기로 작정했다.

"잠깐!"

다크는 갑자기 들려온 또 하나의 목소리에 멈칫 해서는 뒤로 슬그머니 돌아봤다. 그녀의 등 뒤에는 또 다른 기사가 이미 도착해 있었다. 그 녀석 또한 견인족 한 마리를 뒤에 달고 있었다. 여태까지는 견인족들끼리 패거리를 지어서 다녔었는데, 이제는 그것이 잘 안 통한다고 생각했는지 기사들이 투입된 것이다. 다크는 괜히 여기에서 지체했다고 후회하며 다시금 검을 앞으로 들이밀어 방어 자세를 잡았다.

술 냄새를 풍기면서 워렌은 중얼거렸다. 워렌은 일부러 검을 슬슬 돌리면서 음흉한 어조로 말했다.

"솜털도 벗겨지지 않은 계집애를 얕잡아보고 덤비다가 상처를 입다니. 아직도 미숙해. 무슨 짓을 했는지는 잘 모르겠지만 나한테는 그게 통하지 않지. 나는 밀러처럼 몸과 마음이 약하지 않거든."

워렌은 빈정거리듯 부드럽게 말을 하다가 갑자기 거친 어조로 말을 끝맺었다.

"반항하면 반쯤 죽여 놓을 거야. 어떻게 할 거냐? 빨리 선택햇!"

다크는 바짝 긴장하며 검을 중단으로 올린 후 상대가 먼저 공격하기를 기다렸다. 저런 뛰어난 놈을 상대로 선제공격을 가해 봐야 좋을 것이 없었다. 하지만 상대가 공격하는 틈을 노린다면 방금 전 밀러라는 놈이 당했듯이 가능성은 충분히, 아니 넘치도록 있었다.

미숙하다는 질책에 밀러는 도와주지 말까하는 생각이 잠시 들었지만, 그래도 상관에게 조언을 안 해 줄 수는 없었다. 그러면 부상자가 또 한 명 더 생길 것은 자명한 노릇이 아닌가? 양심이 아무래도 간질간질했던 밀러는 퉁명스레 말했다.

"워렌 경, 저 계집을 조심하십시오. 보통 실력이 아닙니다."

"그 정도는 나도 알아."

워렌은 상대가 저항할 의사를 확실히 해 오자, 밀러의 조언에 퉁명스레 대꾸한 것과는 달리 매우 조심스레 상대하기 시작했다. 밀러도 수준이 떨어지기는 했지만 그래듀에이트급이었다. 그런 그가 당한 것을 보면 뭔가 숨겨 놓은 한 수가 있는 듯했다.

워렌이 처음 날린 검의 방향도 밀러처럼 상대의 얼굴이었다. 원래 이렇게 반반한 계집애들의 경우 자신의 얼굴을 끔찍하게 아끼니까 선택한 목표였다. 워렌의 검이 날아간 순간, 다크의 검은 살짝 위로 들려졌다. 저 옆에 있는 기사 놈이 조언을 해 줬으니 이번에는 연약한 척 속이기 힘들 것이 분명했기에 다크는 처음부터 대비에 들어간 것이다.

그대로 검을 그었을 때 상대의 얼굴도 절단이 나겠지만, 동시에 자신의 손목도 함께 날아간다는 것을 워렌은 즉각 눈치 챘다. 그렇다고 검을 멈출 수는 없었다. 맹렬히 휘두르는 기세 때문에 멈추기도 쉽지 않으려니와 그동안에 상대의 검이 어떻게 움직일지 알 수 없는 노릇이 아닌가?

워렌은 검을 계속 휘두르면서 손을 살짝 안으로 당겼다. 그에 따라 워렌의 검이 그리고 있던 궤도 또한 약간 수정되었다. 이번 목표는 상대가 쥐고 있는 검의 측면이었다. 이때 다크는 살짝 손목을 움직여 검신을 옆으로 돌렸다. 그와 동시에 '챙' 하는 소리가 울렸다. 워렌의 롱 소드는 의도와 달리 미들 소드를 박살 내지 못하고 엇비슷하게 부딪치며 튕겨 버렸다. 그리고 그와 동시에 다크의 검이 옆으로 누운 채 앞으로 쑥 밀고 들어왔다.

"헉!"

워렌은 화들짝 놀라서 뒤로 물러섰다. 잘못하면 배에 구멍이 뚫릴 뻔한 것이다.

"이런 망할 계집애가?"

콩알만 한 계집애에게 조롱을 당했다는 생각에 안 그래도 술에 취해서 조금 벌겋던 얼굴이 더욱 벌게졌다. 그리고 옆에는 방금 전에 그가 미숙하다고 욕까지 한 밀러가 보고 있는 것이다. 그는 신경질 난 김에 다짜고짜 달려들었다. 그리고 뒤쪽에서 그들의 격투를 지켜보던 견인족은 동료들을 부르기 위해 건물 밖으로 달려 나간 후 호각(號角)을 불기 시작했다.

"삑삑삐이이익! 삑삑삐이이익!"

견인족이 호각을 얼마 불지도 않아 기사들이 속속 도착했다. 밀러를 안내하던 견인족이 이미 호각을 불었었기 때문이다. 그들은 앞 다퉈 실내로 들어선 후 안의 광경을 보고 놀랐다. 실내의 한쪽 구석에는 커다란 견인족이 큰 대(大) 자로 뻗어 있었고, 밀러는 동료들을 보고는 고통을 참는 듯 인상을 찡그리며 걸어 나왔다. 그의 어깨에서는 피가 샘솟듯 뿜어 나오고 있었다. 그리고 실내의 중앙에서는 신호를 듣고 제일 먼저 달려온 워렌과 포로 간의 대결이 한창 진행되고 있는 중이었다.

워렌은 상당한 검술 실력을 지닌 오너급 그래듀에이트였다. 그런 그가 한낱 계집애를 상대로 광분하고 있는 모습이 보였다. 이미 그의 얼굴 한쪽에는 살짝 칼에 긁힌 상처가 나서 피가 조금씩 흘러나오고 있었고, 옷의 여기저기가 조금씩 잘려 있었다. 아무리 그가 술에 취해 있다고 하지만, 동료들로서는 도저히 믿을 수 없는 광경이었다.

"으아아아! 죽여 버릴 테닷!"

자신이 아무리 검을 휘둘러 대도 상대의 검은 정말 머리꼭지가 돌 정도로 얄밉게 움직이며 방어와 공격을 병행하고 있었다. 검을 휘두르는 속도로는 도저히 따라갈 수가 없으니 조금씩 살짝살짝 움직이면서 워렌의 공격을 모두 무위로 돌리고 있었다.

워렌 또한 대단한 실력자이니만큼, 상대 검 끝의 움직임을 세심히 관찰하고 있었고, 상대의 움직임에 대항하여 휘둘러 대다 보니 상대는 거의 검을 안 움직이는데 비해, 워렌은 아예 혼자서 칼춤을 추고 있었던 것이다. 그러다가 조금이라도 틈을 보이면 상대의 검이 이때라는 듯 그 틈을 노리고 들어와서 작은 상처들을 안겨 줬다.

여태껏 벌여 놓은 자신의 추태(?)가 수많은 동료들에게 적나라하게 드러나자 드디어 워렌은 이성을 잃었다. 이제 계집을 사로잡겠다는 생각은 아예 없어졌다. 자신에게 이런 치욕을 선사한 계집을 토막토막 잘라 놓고 싶을 뿐이었다.

워렌의 롱 소드에 마나가 한껏 주입되자 제법 두터운 검이었음에도 불구하고 요동치듯 떨리며 웅웅거리는 소리를 내기 시작했다. 그리고 워렌이 무슨 짓을 하려고 드는지 눈치 챈 동료들은 기절할 듯이 놀라서 외쳤다. 포로는 무슨 일이 있어도 생포해야 하는 것이다. 저런 기세라면 생포는 고사하고 온전한 시체도 건지기 힘들 것이 분명했다.

"워렌! 안 돼!"

하지만 이미 분노로 인해 이성을 상실한 워렌에게 그딴 소리는 들려오지도 않았다. 이 좁은 실내에서 절정의 검술을 사용한다면 사방으로 뿜어져 나가는 검기 때문에 건물이 내려앉을 수도 있었고, 사방에 있는 동료들에게까지 피해가 갈 수도 있었다. 그리고 무엇보다도 포로를 생포하는 것은 불가능해질 것이다. 검법이 끝났을 때쯤 그의 눈앞에는 아마도 조각조각 잘려진 고깃덩이만이 존재할 테니까 말이다. 하지만 분노에 눈이 먼 그에게 그런 하찮은 것은 안중에도 없었다.

다크는 상대의 눈, 어깨와 팔, 그리고 손목에 정신을 집중했다. 그것들이 움직이고 나서야 검은 따라서 움직이니까 검의 움직임은 생각할 필요가 없었다. 방금 전까지는 상대방의 검이 움직이는 1미터라는 간격(間隔)까지 생각해야 했지만, 이제는 그것도 생각할 필요가 없어졌다. 상대가 검기나 검강을 쓰려고 작정한 이상, 간격을 유지한다는 것이 아무런 필요가 없어진 것이다.

검술의 진로에 따라 사방으로 검기가 뿌려지는 가운데, 다크는 상대의 검이 움직이기 전에 자신의 몸을 움직였다. 전과 달라진 점이 있다면 검의 예상 경로에서 살짝 뒤로 몸을 빼던 것이, 이번에는 옆으로 살짝 비켜서야 했다. 왜냐하면 그쪽으로 검기의 덩어리가 지나가니까 말이다. 그런 후 다크는 여태껏 그렇게 해 왔듯 검술의 고수만이 가지고 있는 예리한 안목으로 상대의 빈틈을 찾아내어 주저하지 않고 거기에 검을 쑤셔 넣었다.

이렇듯 적이 고급 검술을 쓰건 그렇지 않건 그를 상대함에 있어서 다크에게는 이전과 별로 달라진 것이 없었다. 대신 그녀를 상대하고 있는 워렌에게는 엄청난 차이가 있었다. 그냥 휘두르는 상황이었다면 상대의 움직임에 기민하게 대처할 수 있었겠지만, 최대한 마나를 끌어올려 고급 검법을 가동하는 상황이라면 얘기가 달랐다. 상대의 검이 쓱 들어오는 것을 보며, 그에게 남은 것은 둘 중 하나의 선택뿐이었다. 일단 맹렬하게 움직이기 시작한 마나의 흐름을 강제적으로 멈추고 뒤로 빠지든지, 아니면 그대로 곧이곧대로 검을 휘두르고는 한 칼 맞든지…….

사방에 뿌려지는 검기 때문에 기겁을 한 동료들은 저마다 방어 태세에 들어갔다. 저 검기에 휩쓸리면 목숨을 바쳐야 하기 때문이었다. 모두들 방심하지 않고 대비를 하는 가운데 요란한 소리가 들려왔고, 사방의 벽이 먼지를 뿜어내며 검기가 뿌려진 기나긴 흔적들을 만들어 냈다. 그리고 갑자기 워렌이 뒤로 후다닥 물러섰다. 그런 후 술기운과 분노 때문에 벌겋던 워렌의 안색이 갑자기 창백해졌다.

"우웨에엑!"

갑자기 피를 토하는 워렌. 일단 급속도로 돌기 시작한 마나를 강제적으로 멈추면서 크게 내상을 입은 것이다. 하지만 동료들은 왜 갑자기 워렌이 피를 토하는지 알 수 없었다. 하지만 한 가지는 알 수 있었다. 부상을 당한 워렌을 구출해야 한다는 사실 말이다.

두 명의 기사가 달려 들어가 또다시 소녀를 상대하는 동안, 또 다른 기사 두 명이 워렌을 구출해서 끌고 나왔다. 안에서 워렌이 부축을 받으며 밖으로 나오면서 여태껏 문 앞에서 와글거리던 기사들과 견인족들이 옆으로 비켜서며 길을 열어 줬다. 그리고 그 길을 통해서 안에서 무슨 일이 벌어지고 있는 것인지 알고 싶어 호기심을 불태우고 있던 샤트란 페르가 들어섰다.
"저… 저건?"
샤트란 페르는 경악했다. 기사들이 상대하고 있는 포로는 꿈에 나올까 무섭던 바로 그녀였다. 이 시대 최강의 검객이자, 스펜을 죽인 원수! 처음 그녀라는 것을 알자마자 샤트란은 재빨리 도망치려고 했다. 상대에 대한 공포가 그만큼 컸기 때문이었다. 하지만 그녀의 바람과는 달리 동료들에게 가로막혀 밖으로 나갈 수가 없었다. 1백여 명이나 되는 기사들과 견인족들이 문을 중심으로 우글대고 있으니, 그건 어쩔 수 없는 결과였던 것이다.
이렇게 되면 방법은 하나뿐이다. 샤트란은 남아 있는 모든 용기를 끌어 모아 검을 뽑아 들며 적을 향해 돌아섰다. 하지만 예상과 달리 누구도 그녀를 공격하는 사람은 없었다.
"샤트란, 갑자기 왜 그래? 너도 몸이 근질근질하냐?"
"마음은 이해하지만 너까지 끼어들 틈이 없어."
옆에서 그녀를 보고 있던 기사들이 저마다 한마디씩 했다. 좁은 실내에서 포로와 기사 둘이서 싸우고 있었다. 기사들은 원기왕성하게 검을 휘두르고 있었고, 소녀는 헉헉거리며 이리저리 회피 동작을 하면서 살짝살짝 검을 움직이고 있었다. 그 모습은 샤트란 페르에게 있어서 이해할 수 없는 광경이었다. 그녀가 겨우 저 정도 기사 둘을 상대로 가쁜 숨을 몰아쉬다니 말이다. 이때 그녀는 다크의 손에 채워져 있는 팔찌를 볼 수 있었다. 그리고 그와 동시에 그녀의 얼굴에 핏기가 돌기 시작했다. 샤트란은 그것이 무엇을 뜻하는 것인지 잘 알고 있었던 것이다. 그리고 그와 동시에 샤트란은 싸우고 있는 동료들에게 외쳤다.

"이봐! 큰 기술을 쓰지 말고 상대를 지치게 만들어!"

"뭐?"

"아무리 미들 소드라도 무겁잖아. 그 계집애의 힘을 빼란 말이야."

샤트란의 말을 들은 기사들은 그제야 깨달았다. 상대의 검술이 예상보다 훨씬 정밀하면서도 매끄러운 것에 놀라고 있었지만, 일단 상대는 장시간 싸울 만한 힘이 없다는 사실을 말이다. 벌써부터 가쁜 숨을 몰아쉬고 있었고, 이마에는 땀방울이 맺혀 있지 않은가? 그들은 그때부터 큰 기술을 쓸 생각은 아예 하지 않고, 방어에 힘을 쓰며 장기전(長期戰)으로 들어가기 시작했다.

떠도는 다크의 운명

"그래, 지하에서의 산책은 즐거웠나?"

다크가 꽁꽁 묶여서 돌아오자 미네르바는 만면에 미소를 지으면서 반겨 맞이했다. 그녀가 미들 소드를 휘두를 힘도 바닥나 버려 지쳐 쓰러진 것을, 여태껏 고생한 기사들이 지근지근 밟아놨기에 군데군데 멍이 들어 있었지만 그런 건 아예 미네르바의 눈에 들어오지도 않았다. 그녀는 일단 상대가 건강하게 돌아왔다는 것에 만족했던 것이다.

"지…하…라고?"

"그럼. 황궁 깊숙이 마련되어 있는 지하 궁전이었지. 요소요소에 마련되어 있는 거점만 막고 있다면 마법사가 아닌 한 절대로 탈출할 수 없는……."

"그랬었군."

이제야 다크는 그 괴상했던 실내 구조를 이해할 수 있었다.

"이봐, 시작하기로 하지."

"전하, 정말 정신계 마법을 써도 상관없겠사옵니까?"

지오그네가 이렇게 물어본 것은 따로 이유가 있었다. 고문 같은 것은 행해 봐야 육체만 절단 날 뿐이지만 정신계 마법은 달랐다. 훨씬 힘이 적게 들고, 빨리 알아낼 수 있다는 장점은 있지만 상대의 정신에 심각한 타격을 줄 수도 있었기 때문이다. 하지만 미네르바의 입장은 달랐다. 다크가 바보가 돼든, 아니면 또 다른 어떤 후유증이 생기든 그건 중요하지 않았다. 정신은 엉망이 되어도 상관이 없었지만 육체는 말짱해야만 했던 것이다. 코린트에 넘겨 줘야 했으니까 말이다.

"잠깐만 기다려!"

"뭐지?"

미네르바는 궁금한 듯 물었다. 상대는 정신계 마법을 두려워하는 것일까? 그렇다면 일이 좀 더 쉽게 풀릴 수도 있었다.

"마법을 걸든 뭘 하든 상관은 안 하겠는데, 한 가지 궁금한 점이 있어서……."

곧 있다가 다크의 운명이 어떻게 풀릴 것인지 대충 짐작하는 미네르바는 호기롭게 응해 주었다. 얼마 지나지 않아 상대는 죽은 목숨이나 다름없을 텐데, 죽기 전에 소원이나 들어주겠다는 심정으로.

"좋아, 뭐냐? 크게 중요한 것만 아니면 가르쳐 주지."

"나한테 쓴 약이 뭐지? 나도 꽤 조심한다고 했는데, 왜 그렇게 되었는지 알다가도 모르겠단 말이야."

"호호홋, 그거야 간단하지. 검술의 고수에게 내가 미련하게 독약을 썼겠냐? 수면제를 썼지. 그것도 아주 특이한 것으로 말이야. 먼저 음식에다가 약을 썼고."

"음식은 아무렇지도 않았는데? 그리고 너도 같이 먹었잖아."

"물론 같이 먹었지. 그리고 또 하나 술에도 약을 썼지."

"술은 시녀가 시음을 했었는데? 그년은 멀쩡했잖아."

"물론이지. 술과 음식에 들어간 약은 서로 달라. 그리고 그 둘은 합쳐져야 약효를 발휘하지. 코끼리도 잠들 정도로 강력한 약효를 말이야."

다크는 이제야 모든 것을 이해할 수 있었다. 왜 그렇게 조심했는데도 약에 당했는지 말이다. 그리고 다시는 그딴 방법에 당하지 않을 거라고 속으로 다짐했다. 그런 그녀를 보며 미네르바가 이죽거렸다.

"아마도 다시는 그런 약물에 속지 않겠다고 다짐하고 있겠지?"

다크는 미네르바를 빤히 올려다봤다. 속으로는 당연하지 하고 대답하면서 말이다.

"내가 이렇듯 친절하게 알려 준 이유가 뭐라고 생각해? 아마 짐작도 못 하겠지. 내가 이렇듯 알려 준 이유는, 너에게 다시는 그런 약을 쓸 필요가 없다고 생각하기 때문이야. 알아? 너는 이제 죽은 목숨이라구. 호호홋! 자, 지오그네. 빨리 시작해."

미네르바가 지시하자 지오그네는 곧장 정신계 마법을 썼다. 다크는 적의 마법 공격을 막아 주는 그 어떤 마법 도구도 가지고 있지 않았다. 그리고 적의 정신계 공격을 막기 위해 마나를 구동시킬 수도 없는 입장이었다.

거기에다가 설상가상으로 그녀가 쌓은 마나의 근원은 모든 사악한 대법을 저절로 막아 준다는 정종(正宗)의 내공 심법인 태허무령심법도 아니었다. 그녀는 공력을 상실한 후 태허무령심법으로 내공의 기초를 쌓다가 나이아드의 방해에 가로막히자 그것을 포기하고, 곧장 무리를 해서 매우 불안정하기 그지없는 마교의 정통 심법을 이용하여 속성으로 내공을 쌓았던 것이다. 그렇기에 그녀의 정신력이 아무리 강하다 하더라도 정신계 마법 공격을 막을 수는 없었다.

"끼야아아아악!"

머리가 빠개지는 듯한 지독한 고통에 다크는 드디어 참지 못하고 비명을 질렀다. 그녀의 강력한 정신력이 정신계 마법이 침투해 들어오는 것을 막으면 막을수록 그 고통은 엄청나게 가중되고 있었다. 그리고 어느 순간, 다크의 눈빛은 뭔가에 홀린 듯 흐리멍텅하게 바뀌었다. 그리고 끝나지 않을 것 같던 그 고통도 멎었다.

"다 되었사옵니다, 전하."

"좋아."

미네르바는 흡족한 미소를 지으며 다크에게 질문을 던지기 시작했다.

"그대의 이름은?"

〔묵향.〕

"무키앙? 이상하군. 그래, 그대는 누구에게 검술을 배웠나?"

〔여러 사부들에게 배웠다.〕

지오그네를 바라보며 미네르바는 어리둥절한 표정으로 말했다.

"이거 어느 나라 말인지 알아듣겠나?"

"잘 모르겠사옵니다, 전하. 이게 말로만 전해 듣던 저 머나먼 서방 땅의 언어가 아닐지……. 그녀가 가지고 있는 검의 모양도 그렇고……."

"서방 땅이라고? 그렇게 먼 곳에 있는 녀석이 왜 여기까지 왔단 말인가? 또 왜 크라레스의 일에 간섭하고 있는 거고?"

"글쎄요."

"이봐, 너는 왜 크라레스를 돕는 거지?"

미네르바의 질문에 다크는 몽롱한 어조로 대답했다.

〔나에게 자신들을 도와주면 그 대가로 고향에 돌아갈 수 있게 해 준다고 했으니까.〕

미네르바는 짜증난다는 듯 외쳤다.

"이쪽 말로 해. 알아들을 수가 없으니까."

"나에게 자신들을 도와주면 그 대가로 고향에 돌아갈 수 있게 해 준다고 했으니까."

"고향에 돌아간다고?"

그로부터 몇 시간에 걸쳐 미네르바의 심문은 계속되었다. 그런 후 미네르바가 알아낸 사실은 너무나도 놀라운 것이었다. 상대가 다른 세계에서 날아온 인물이라는 점은 미네르바에게 가히 충격적인 것이었다.

"어떻게 하는 것이 좋을까? 만약 이게 사실이라면 그녀를 이쪽에서 이용할 수도 있다는 결론이 나오지 않나?"

"물론 그럴 수도 있을 것이옵니다, 전하. 이쪽이 크라레스 따위보다는 훨씬 더 마법이 발달한 상태니까요. 하지만, 이런 방식으로 그녀를 잡아온 이상 분노로 이성을 잃은 그녀가 협상에 응할까요? 또, 그녀 같은 강자가 만약 약속을 저버리고 배신한다면 도저히 손 쓸 방법이 없사옵니다."

지오그네의 말에 미네르바는 고개를 끄덕이지 않을 수 없었다. 확실히 그녀가 생각하기에도 풀려난 후에 다크가 약속을 지킨다는 보장은 어디에도 없었다.

"글쎄……. 그건 그래. 그녀가 풀려났을 때 제어할 수 없다는 것이 가장 큰 문제지."

"이렇게 하면 어떻겠사옵니까?"

"어떻게 말인가?"

"여태껏 타국의 기사를 체포했을 때 했듯이 세뇌를 하는 것이옵니다. 그렇게 하면 그녀를 마음껏 써먹을 수가 있지 않겠사옵니까?"

그 말에 미네르바는 콧방귀를 뀌었다. 그녀가 만약 혼자였다면 이런 궁리를 할 이유가 있었을까?

"만약 그랬다가 그녀의 아버지라는 그 드래곤이 찾아온다면?"

미네르바의 말은 잠시 지오그네가 잊어버리고 있던 사실을 떠올리게 했다.

"그렇군요. 우리가 그녀를 써먹는다면 분명히 소문을 듣고 드래곤이 찾아오겠죠."

"과거의 기억만을 봉인한 채 코린트에 넘기는 것은 어떨까? 코린트가 그녀를 이용할 수 있는 근원을 제거해 버리는 거지."

"그럴 필요가 있겠사옵니까? 기억을 봉인하는 마법은 마법사가 조금만 조사를 해 보면 금방 눈치 챌 것이옵니다. 그리고 능력 있는 마법사라면 손쉽게 풀 수 있겠지요. 그냥 코린트에 넘겨준다고 해도, 코린트가 그녀를 이용하려고 들 이유는 없사옵니다."

"왜 그런가?"

"코린트는 그녀가 없다고 해도 현재 최강의 자리를 잡고 있사옵니다. 물론 기사단 전력을 회복하기 위한 시간이 필요하겠지만 말이옵니다. 그런 상황에서 언제 누군가가 또다시 그녀에게 좋은 조건을 제시한다면 돌변할지도 모르는 것을 뻔히 알면서 그녀를 이용하는 모험을 감행할까요? 오히려 그들은 변수를 없애기 위해 그녀를 즉각 없애려고 들 것이 분명하옵니다. 그녀의 힘을 빌릴 필요가 없을 정도로 그들은 강하기 때문이옵니다."

"그들이 그녀를 반드시 죽인다고 장담할 수 있을까? 드래곤이 있는데……."

미네르바의 말에 지오그네는 음흉한 미소를 지으며 답했다.

"염려 마시옵소서. 코린트에서는 그녀가 드래곤의 양녀라는 사실을 모르고 있사옵니다. 전하께옵서도 그 브로마네스 사건 이후에 아르티어스의 레어에 찾아가신 후에야 아시지 않으셨사옵니까?"

미네르바는 고개를 주억거리면서 말했다. 자신이 그녀와 드래곤의 연관 관계를 알아낸 것은 그야말로 운명의 수레바퀴가 돌다가 한 곳에서 일치했기에 얻어 낸 행운이었던 것이다. 다크는 절대로 그녀의 아버지가 드래곤이라고 떠든 적이 없었으니까 말이다. 그렇다면 코린트는 그 사실을 절대로 알지 못할 것이다.

"그렇군……. 하지만 그들이 그녀를 세뇌한다면?"

"그건 방금 말씀드렸듯이 드래곤의 존재로 인해 오히려 더 피해가 클 것이옵니다. 만약 본국이 세뇌당한 그녀에게 기습을 당한다면 상당한 타격을 받을 것이옵니다. 하지만 그 사실을 드래곤에게 넌지시 알려 주면 어떻게 될까요? 바로 그날로 코린트는 끝장이옵니다. 안 그렇사옵니까? 헤헤헷."

"그렇군. 경의 말이 옳아. 자, 이제 그녀에 대한 처리 방법이 결정되었으니, 타이탄부터 빼앗아야 하겠지? 그런 다음 곧장 코린트에 넘겨줘!"

"옛, 전하."

지오그네는 다크를 다그쳐서 타이탄과의 계약을 해지하도록 했고, 이미 이성을 잃고 있는 다크는 그 맹세를 따라했다. 그러자 공간이 열리면서 거대한 타이탄이 슬쩍 모습을 드러냈다.

〈전에도 말했지만 너와 헤어지고 싶은 마음은 하나도 없다. 앞으로도 그딴 일로 나를 성가시게 하지 마라.〉

그런 후 타이탄은 다시금 공간 저편으로 모습을 감춰 버렸다.

계약을 해지한 타이탄이 갑자기 모습을 감춰 버렸기에 당황한 미네르바가 외쳤다. 계약을 해지한 타이탄이 모습을 감춘다는 것은 절대로 있을 수 없는 일이었기 때문이다. 의도적으로 미스릴을 입히지 않은 헬 프로네라면 혹 모르겠지만, 그렇지 않은 경우 계약이 해지되면 거의 반 장님이나 다름없는 타이탄은 그 자리에 남아 있어야만 하는 것이다.

"어떻게 된 일이냐?"

타이탄과 주인 간에 이루어지는 대화가 다른 사람에게 들릴 리가 만무했기에, 지오그네 또한 어떻게 일이 돌아가는 것인지 알지 못하기는 매한가지였다. 그렇기에 지오그네는 다크에게 물어 봤다.

"왜 갑자기 모습을 감춰 버린 것이지?"

다크는 멍한 표정으로 대답했다.

"안드로메다는 나와의 계약을 해지할 수 없다고 했다."

"그럴 수가 있나? 타이탄이 주인의 말을 거역하다니 있을 수 없어!"

그런 지오그네를 바라보며 미네르바가 조용히 말했다.

"아니다. 충분히 있을 수 있는 일이야. 헬 프로네 정도만 해도 자아가 강한데…, 그보다 더 강력한 청기사라면 능히 그럴 수 있겠지."

"그렇다면 치레아 대공을 없애지 않는 한은 타이탄을 뺏을 수 없겠군요."

"그렇다고 없앨 수는 없지 않나? 그녀를 죽이는 것은 코린트에게 떠넘겨야 할 테니까 말이야."

"그냥 넘겨줄까요?"

"아깝긴 하지만 어쩔 수 없군. 언제 또다시 드래곤이 찾아올지도 모르는 상황에서 타이탄 한 대 빼앗자고 시간을 낭비할 수는 없지. 빨리 코린트로 데려가게."

"옛, 전하."

"현재 각 군단들은 예정된 목표지를 향해 순조롭게 진격 중에 있사옵니다. 지금과 같은 상황이라면 예정대로 5일 후에 알카사스의 전위군(前衛軍)과 만날 수 있게 될 것이옵니다. 그렇게 되면……."

로체스터 공작이 기사들 및 군의 고위급 장교들과 함께 회의를 열고 있는 도중에 마법사 한 명이 슬쩍 들어오더니 공작에게 다가가서 귓속말을 건네 왔다.

"전하! 크루마에서 사신이 도착했사옵니다."

공작은 한 장교의 보고를 경청하던 중이었기에 미간에 주름을 잡으며 퉁명스레 말했다.

"크루마에서 사신이 한두 번 온 것도 아닌데 뭐가 급하다고 회의 중에 들어온 것인가?"

공작의 질책에 마법사의 얼굴이 벌겋게 달아올랐다. 하지만 그렇다고 보고를 올리지 않을 수도 없었다. 매우 중요한 보고였기에 회의가 끝나기를 기다렸다가 보고를 올렸다가는 경을 칠 우려가 있었던 것이다.

"크루마의 사신이 한 소녀를 데리고 왔사옵니다. 그의 말로는 그 소녀가 치레아 대공이라고 하옵니다."

드디어 미네르바가 약속을 지킨 것이다. 이제나 저제나 하고 기다리고 있는 중이었던 공작의 안색이 활짝 펴졌다.

"뭣이? 흐흐흐……. 드디어 그녀가 우리의 손에 들어왔군."

공작은 모여 있는 기사들 및 장교들을 향해 외쳤다.

"경들! 대단한 희소식이 접수되었소. 치레아 대공이 본국의 손에 넘어왔다는 보고외다."

그녀로 인해 엄청난 고생을 했던 코린트군에게 있어서 이것은 그야말로 경사스러운 소식이었다. 회의장에 모여 있던 기사들 및 장교들이 회의고 뭐고 까맣게 잊어버리고 이 경악할 만한 소식을 두고 저마다 쑤군거리는 가운데, 로체스터 공작은 한껏 희열에 들뜨기 시작했다. 이제 드디어 복수를 할 수 있게 된 것이다!

하지만 가장 큰 장애물을 제거할 수 있게 되었다는 흥분감이 과도한 탓인지 온몸을 부들부들 떨고 있는 로체스터 공작과는 반대로 용병대장의 눈빛은 착잡하게 가라앉아 있었다. 총사령관인 로체스터와 달리 권력의 전면(前面)에서 물러난 용병대장에게 있어서 그녀는 더 이상 얄미운 적이 아니었기에 냉정할 수 있었던 것이다. 그렇기에 오히려 뛰어난 무인이었던 상대가 이렇듯 허무하게 생을 종료해야 하는 것에 대한 동정심까지 느끼고 있었다.

"당장 그 계집을 처형할 준비를 하도록 하여라."

로체스터 공작은 마법사에게 지시한 후 다시금 회의장 쪽으로 시선을 돌리며 통쾌하게 외쳤다.

"나는 경들에게 가장 큰 방해물이었던 그녀가 처형되는 모습을 직접 보여 주겠다!"

로체스터 공작은 포로를 공개 처형할 생각임을 공식적으로 선포한 것이었다.

"우와!"

부하들의 환희에 찬 함성을 들으며 로체스터 공작은 여태껏 자신이 이 말 한마디를 하기 위해 살아온 것이 아닌가 하는 착각까지 들었다. 그만큼 통쾌했던 것이다. 로체스터 공작에게 있어서 그녀는 검술이나 뭐 그런 것에 대한 경쟁자가 아닌, 오로지 모든 일에 사사건건 방해를 놓는 훼방꾼 이상의 의미가 없었다. 그렇기에 손쉽게 죽여 버리려고 하는 것이다.

로체스터 공작은 명령을 내려놓고 이제 손 안에 들어온 '웬수'를 구경하기 위해 자리에서 일어섰다. 로체스터 공작이 막 자리에서 벗어나려는 순간 그를 가로막는 사내가 있었다.

"잠깐!"

용병대장은 친구가 이렇게 빨리 손을 쓰려고 들 줄 몰랐기에 당황했다. 그리고 당황한 김에 평소에 하던 대로 친구의 앞을 막아 선 것이다. 하지만 그런 그를 이해해 줄 수 있는 것은 진실을 알고 있는 로체스터 공작뿐이었고, 다른 사람들은 아니었다. 그와 동시에 주변에 있는 기사들이 벌 떼와 같이 달려들었던 것이다. 감히 천한 용병대장 따위가 총사령관의 가는 길을 막아섰으니 그럴 만도 했다. 하지만 로체스터 공작은 기사들을 물리친 후 용병대장에게 낮은 어조로 말했다.

"무슨… 일인가?"

용병대장은 주위의 눈을 의식한 탓인지 아주 정중한 어조로 부탁했다.

"전하, 잠시만 시간을 내주실 수 있겠사옵니까? 긴히 말씀 올릴 의견이 있사옵니다."

"허락하네. 경은 나를 따라오게나."

로체스터 공작은 용병대장을 이끌고 멀찍이 떨어진 후 속삭였다.

"무슨 일인가?"

"그녀를 이렇듯 급하게 죽일 필요가 있을까?"

"그렇다면 자네는 어쩌자는 건가?"

"그녀에 대해 좀 더 조사해 보는 것이 좋겠지. 아무래도 그녀의 아버지라는 드래곤도 좀 마음에 걸리고 말이야. 또 크루마가 순순히 그녀를 이쪽에 넘겨준 것도 좀 의외거든. 그들의 속셈도 좀 더 철저히 분석해 본 후에 처리하는 것이 좋을 듯하네."

용병대장의 얘기를 들으면서 로체스터는 감정을 가라앉혔다. 차분히 생각을 정리하니 친구의 말이 꽤나 일리가 있었다. 적은 손아귀에 들어온 상태인데, 서둘러서 죽여 버릴 이유가 없었던 것이다. 로체스터는 기사들이 모여 있는 곳으로 되돌아가서는 최종적인 명령을 내렸다.

"죄수를 지하 감옥에 가둬라."

기사들이 웅성거렸지만 로체스터 공작은 그들의 의견을 간단히 무시하며 외쳤다.

"좀 더 조사해 볼 것이 있어서 그러는 것이니 경들은 자숙하고 해산하라."

아르티어스 옹의 잘못된 화풀이

 아르티어스 어르신은 크루마에 다녀온 후 그런 식의 조사로는 아무래도 다크를 찾을 수 없겠다는 생각에 식음(食飮)을 전폐하고 며칠 동안 머리를 감싸 쥐고 궁리를 시작했다. 아무리 아르티어스가 드래곤이라고 하더라도 어디에 숨었는지도 모르는 호비트 한 마리를 찾기는 거의 불가능에 가까웠던 것이다.
 호비트의 개체수가 드래곤처럼 몇 백 마리뿐인 것도 아니고, 수십억에 이르지 않던가? 그 엄청난 숫자에서 하나를 찾는다는 건 쉬운 일이 아니었다. 끙끙대며 고민하던 아르티어스 옹이 갑자기 손가락을 딱 소리가 나게 튕기며 벌떡 일어섰다. 그렇게나 애타게 찾아 헤매던 방법이 떠올랐던 것이다.
 "맞아! 그 방법이 있었지. 그 녀석의 몸속에는 엄청난 마나가

축적되어 있으니 그걸 목표 삼아 차근차근 찾아보는 거야."

확실히 아들 녀석의 몸에 축적된 마나는 보통 사람들의 그것에 비해 엄청났다. 물론 아들을 납치한 놈들이 마법진을 이용한다든지 해서 그것을 조사하지 못하게 막는다면 몰라도 그렇게 조심성이 없는 놈들이라면 드래곤인 자신의 능력으로 충분히 찾아낼 수 있을 것이다. 그 잘난 척하는 호비트나 엘프 마법사라면 불가능하겠지만······.

일단 아르티어스 어르신은 드래곤인 본체로 돌아간 상태에서 마법을 사용하기 시작했다. 아무래도 트랜스포메이션한 육체로 끌어 모을 수 있는 마나에는 한계가 있음을 잘 알고 있었기 때문이다. 아르티어스는 레어의 중앙에 마련되어 있는 거대한 홀에서 본체로 변신했다. 하지만 본체로 변신하고 보니 자신의 몸집에 비해 레어가 터무니없이 작았다.

〈제기랄! 본체는 너무 몸집이 커. 오랜만에 변신을 하니 더 좁아 보이잖아.〉

아르티어스 어르신은 투덜거리면서 몸을 돌돌 말기 시작했다. 꼬리를 몸쪽으로 돌돌 말고, 머리도 마찬가지로 돌돌 말고······. 일련의 작업이 끝나고 나자 제법 여유 공간까지 생겼다.

〈흐흐흐, 보아라! 브로마네스여. 내 레어도 크지 않느냐? 성룡이 들어가고도 공간이 이만큼이나 남았잖아. 괜히 레어 확장한다고 쓸데없는 데 신경 쓰느니 나 같으면 낮잠이나 자겠다.〉

아르티어스 옹은 호기롭게 중얼거린 후 작업을 시작했다. 하지만 괜히 호비트와 관계를 맺어 이런 쓸데없는 생고생을 사서 하고 있는 아르티어스가 현명한 것인지, 아니면 자신의 욕구를 충실히 쫓아가고 있는 브로마네스가 현명한 것인지, 그건 누구도 판단할 수 없을 것이다.

〈끄응……. 여기에도 그 정도 클래스가 한 놈 있었군.〉

아르티어스는 한쪽에 놔둔 자그마한 잉크병 안에 그 거대하면서도 날카로운 손톱의 끝을 조심스럽게 살짝 담갔다가 꺼냈다. 그런 다음 낑낑거리며 그 옆에 놔둔 작은 종잇조각 위의 한 지점에 손톱 끝을 콕 찔렀다. 그러자 그 종잇조각 위에는 새까만 작은 점 하나가 찍혔다.

그 종잇조각이 드래곤의 몸체에 비했을 때 매우 작은 듯 느껴지겠지만, 사실 드래곤의 몸집이 너무 큰 것이지 그 종잇조각이 작은 것은 결코 아니었다.

그 종잇조각은 각 국가에 1천 명 이상이 거주하는 작은 마을들까지 표시되어 있는 상당한 정밀도를 자랑하는 지도였기 때문이다. 호비트들이 와이번을 길들여 탑승하기 시작한 이후로 지도의 정밀도는 엄청난 가속을 붙여 매우 정밀해졌기에 꽤 신뢰성이 높아졌다고 할 수 있었다.

거의 3일 동안 전 세계를 탐색 마법으로 뒤지는 '무식한 짓'을 한 후 아르티어스 어르신은 탈진해서 일주일 정도 뻗어 버렸다. 아무리 그가 드래곤이라고 해도 그런 식으로 마법을 쓰는 것은 정말 미친 짓 이상도 이하도 아니었던 것이다. 아르티어스는 그것이 상당히 무모한 방법이라는 것을 잘 알면서도, 그 이상 좋은 해답이 떠오르지 않았기에 밀어붙였던 것이다.

아르티어스 어르신은 잠에서 깨어난 후 지도를 보기 쉽게 호비트의 몸체로 트랜스포메이션을 했다. 아르티어스 어르신의 자그마한(?) 레어에 비해 그의 거대한 본체는 너무나도 거추장스러웠으니까 말이다.

　그런 다음 여섯 장의 지도를 만족스런 표정으로 훑어보았다. 여섯 장의 큼직한 지도 위에는 군데군데 시커먼 점들이 큼직하게 찍혀 있었다. 또 어떤 것은 힘 조절을 조금 잘 못하여 지도에 아예 커다란 구멍을 뚫어 버린 것들도 있었다.

　"그러니까 전부 다 했을 때, 한 50군데 정도 되는군. 자, 이제 생각을 정리해 보자······."

　드래곤이 용언 마법을 쓰기 시작했을 때에야 상대 드래곤은 이웃이 가지는 용언의 힘을 느낄 수 있다. 아르티어스는 성체인 드래곤만이 뿜어내는 그 독특한 존재감을 느낄 수 있다. 하지만 헤즐링은 다르다. 헤즐링은 아직 용언 마법을 쓸 정도의 능력이 안 되기에 드래곤의 존재감을 드러내기 힘든 것이다. 그렇기에 오차까지 아주 많은 초 원거리 탐색 마법으로 전 세계를 뒤지다 보면 이게 헤즐링인지, 아니면 호비트인지, 엘프인지 알아낼 재주가 없는 것이다.

　또 웝급 드래곤 정도 되면 드래곤으로부터도 자신의 기척을 숨길 수 있었다. 하지만 영역을 지키며 평화롭게(?) 살아가는 드래곤이 드래곤만 알아볼 수 있는 자신의 기척을 숨길 이유는 거의 없었고, 사실 그럴 필요도 없었다. 하지만 언제나 그런 것을 즐기는 어긋난 오크 발톱 같은 괴짜가 한두 마리는 꼭 있는 법이다.

또 헤즐링과 그 아버지가 함께 살고 있다면 그 둘이 함께 있다는 사실 하나만으로 자신이 포착한 그 존재가 헤즐링이라는 것을 눈치 챌 수 있다. 그러나 24시간 내내 헤즐링과 함께 꼭 붙어서 놀아 주는 드래곤은 거의 없었다. 위험하지만 않다면 주변에 놀러 다니는 것까지 막지는 않았고, 아버지인 드래곤도 뭔가 일이 생기면 따로 돌아다닐 수도 있는 것이다.

그 외에도 생각하기 힘든 여러 가지 오차 및 부정확성으로 인해 아르티어스가 확인할 수 없는 것들도 있었다. 그렇기에 아르티어스 어르신이 처음부터 자신의 아들이 아니라고 생각한 것은 처음부터 여기에 표시를 하지 않았음에도 불구하고 표적이 동쪽 대륙에 전역에 걸쳐 56개나 되었던 것이다. 그렇기에 이제 아르티어스 어르신의 기억에 의존한 '확인 사살'이 시작된 것이다. 어쨌든 찾아다니는 수고를 덜려면 최대한 머리를 굴려야 했으니까 말이다.

아르티어스는 붉은색 잉크가 찍힌 펜을 가지고 와서 지도에다가 또 다른 표시를 하기 시작했다. 아르티어스는 산맥이 그려진 한쪽 구석에 찍혀 있는 검은 점에 엑스(X) 표시를 하며 중얼거렸다.

"이건 아마도 아르메디아가 낳은 헤즐링일 거야. 론다 산맥 남서쪽에 산다고 들었으니까 말이지. 그리고 이놈은……."

아르티어스는 기억을 더듬으며 자신이 주워들은 헤즐링들의 서식지를 지워 나가고 있는 것이다. 물론 아르티어스는 키아드리아스와 함께 살고 있는 카렐을 지워 버리는 것도 잊지 않았다.

"자, 이렇게 해서 24개만 남았군. 흐흐흐……. 예상보다는 좀 많이 남았지만 뭐 좋아. 이제 하나씩 개별적으로 방문하면서 알아 보면 손쉽게 찾아낼 수 있겠지. 자, 아들아! 힘들더라도 조금만 참고 있어라. 아빠가 간다."

아르티어스는 그 말과 동시에 공간 이동해 버렸고, 이제 주인이 떠나 버린 텅 빈 레어만이 남았다.

아르티어스는 공간 이동을 시작한 지 몇 초 후 지상 1킬로미터쯤 높이에서 모습을 드러냈다. 그는 공간 이동을 끝내자마자, 에이비에이션 마법을 통해 고도를 떨어뜨리지 않으면서 또다시 탐지 마법을 사용했다. 레어에서 행한 광범위 탐지 마법으로는 정확한 위치를 잡을 수 없었기에, 이곳까지 공간 이동해 온 상태에서 또다시 탐지 마법을 사용해야만 했던 것이다.

막강한 정신력을 갖춘 드래곤으로서는 두세 가지 마법을 동시에 사용하는 것은 식은 죽 먹기였기에, 이제 노룡이 다 되어 가는 아르티어스로서는 더 말할 나위가 없었다. 곧이어 자신의 시야에 상대의 위치가 잡혔다. 아르티어스는 눈에 힘을 주며 중얼거렸다.

"이번에도 엉터리는 아니겠지?"

하지만 도착해 놓고 보니 이번에도 번지수를 잘못 짚은 것이었다. 아르티어스가 도착한 곳에는 아름다운 엘프 소녀가 꽃을 따고 있었다. 그녀는 붉은색의 아름다운 꽃을 따다가 귀 위에 꽂았다. 붉은색의 꽃이 그녀의 푸른 머리색에 아주 잘 어울려 보였다.

그러다가 그녀는 갑자기 광포한 기운을 느끼고는 재빨리 시선을 그쪽으로 돌렸다.

처음에는 몬스터인 줄 알았지만 그건 아니었다. 하지만 그녀는 상대가 몬스터 따위와는 비교도 할 수 없을 정도로 두려운 존재라는 것을 본능적으로 느끼고 있었다. 그녀는 눈앞에 갑자기 모습을 드러낸 흉악스런 기운을 내뿜는 붉은 머리를 길게 기른 미청년을 두려운 시선으로 바라보았다.

상대의 의도는 뭘까? 그리고 왜 아버지의 영역에 이렇듯 허락도 없이 들어와서는 자신을 노려보는 것일까? 그녀가 아버지에게 교육받기로는 드래곤은 될 수 있는 한, 남의 영역에 들어가서는 안 되며 혹시 들어갈 일이 있다면 정중히 허락을 구해야만 한다고 들었던 것이다.

"야, 꼬맹이! 너 이리로 와 봐."

손가락을 까딱거리며 자신을 부르고 있었지만, 쌍심지를 잔뜩 돋운 상대의 무섭기 그지없는 표정으로 봤을 때 결코 좋은 뜻으로 부르고 있는 것은 아닌 듯했다.

"예? 저 말인가요?"

주위를 아무리 둘러봐도 자신밖에 없었기에 엘프 소녀는 죽을상을 하고는 아르티어스를 향해 주춤주춤 다가갔다. 아르티어스는 다가서는 소녀의 멱살을 다짜고짜로 잡아 쥐고는 으르렁거렸다.

"너 말이야. 용언의 힘을 쓸 능력도 안 되는 주제에 왜 이렇게 나돌아 다니는 거야? 응? 한번 죽도록 맞고 싶냐?"

여러 번의 헛걸음으로 슬슬 열이 오르기 시작한 아르티어스 옹이 화풀이를 하려는 찰나 뒤에서 점잖은 여성의 목소리가 들려왔다. 그녀는 갑자기 자신의 영역 저 한 귀퉁이에서 막강한 드래곤의 존재감이 잡히자 서둘러서 이쪽으로 공간 이동해 왔던 것이다.

"누구신데 제 영역에 허락도 없이 들어오셨습니까? 그리고 왜 제 아이를 괴롭히고 있는 거죠?"

뒤에서 척 봐도 붉은 머리 청년이 드래곤, 그것도 전성기를 맞이한 노회한 드래곤이라는 것을 알 수 있었기에, 상대의 잘못을 잘 알면서도 이렇듯 정중하게 물어 온 것이었다. 하지만 불행하게도 그런 정중함 따위를 이해할 수 있을 정도로 아르티어스 어르신의 정신 상태는 온전하지 못했다. 아르티어스 어르신은 잡고 있던 소녀를 던져 버린 후 뒤로 휙 돌아서면서 노기에 찬 어조를 터뜨렸다. 꼬맹이보다는 화풀이하기 더 좋은 상대가 제 발로 나타난 것이다.

"뭐야? 그래, 너 잘 만났다. 자식새끼를 낳았으면 여기저기 인사를 다니면서 소개를 해 둬야 할 거 아냐? 싸가지 없게도 이런 곳에 처박혀서 애를 길러서는 나로 하여금 또다시 헛걸음을 하게 만들어? 너 오늘 한번 죽어 봐라."

"무슨 말씀을 하시는 건지……. 제, 제발 이러지 마세요. 꾸에에엑~~~."

상대방 드래곤의 말은 더 이상 이어지지 않았다. 끓어오르는 성질을 수습하기 위해 분풀이 상대를 찾고 있던 아르티어스 옹에게

아르티어스 옹의 잘못된 화풀이 81

재수 없게도 잘못 걸린 것이 그들에게는 불행이었던 것이다. 아르티어스는 이곳에 온 목적은 까맣게 망각하고 대뜸 막강한 마법 공격부터 퍼부으며 상대의 기선을 제압해 나갔다.
 블루 드래곤은 황급히 마법 방어막을 치면서 회피했지만, 상대는 아예 자신을 죽일 작정인지 그 공격의 강도를 더욱 더해 가고만 있었다. 옷이 여기저기 찢어진 비참한 몰골의 엘프 여성은 화가 머리끝까지 난 듯 외쳤다.
 "이런 미친 드래곤 같으니라구. 나도 더 이상은 못 참겠다."
 그녀는 순간적으로 비행 마법을 사용하여 엄청난 속도로 공중으로 비상해 버렸다. 얼마나 빨리 이동했는지 그녀의 몸은 순식간에 작아졌고, 곧이어 푸른 하늘만이 보였다.
 "훗! 하늘로 도망치면 못 쫓아갈 줄 알았냐?"
 아르티어스도 곧바로 하늘로 몸을 날렸다. 그런데 엘프 여성이 사라졌던 저 먼 하늘 위에서 희미한 푸른빛이 뿜어져 나오고 있었다. 저건 화가 단단히 난 상대가 드래곤으로 현신하고 있음이 분명했다.
 "흥! 본체로 현신하면 겁먹을 줄 알았나? 그래 봐야 바뀌는 것은 하나도 없어."
 곧이어 아르티어스의 몸도 찬란한 금빛 광채에 휩싸이기 시작했다. 하지만 아르티어스가 본체로 돌아가는 것을 채 끝내기도 전에 저 멀리서 블루 드래곤 한 마리가 엄청난 속도로 접근해 오고 있었다. 물론 그 녀석은 먼저 본체로의 현신을 시작했던 화가 머리끝까지 난 이웃이었다.

아르티어스는 상대가 지척에 도달했을 때 가까스로 본체로의 현신을 끝낼 수 있었다. 아르티어스의 눈에, 회심의 미소를 지으며 머리 한가운데 난 뿔에서 스파크를 뿜어내고 있는 블루 드래곤의 얄미운 대가리가 순간적으로 보였다. 아마 곧이어 블루 드래곤의 브레스가 터질 것이다.

"이동(移動)!"

뇌전이 대기를 가르며 뿜어져 나갔다. 하지만 그사이에 끼여서 전기 충격을 받으며 뼈저리게 반성을 하고 있어야 할 그 노망난 골드 드래곤의 모습은 보이지 않았다. 뇌전이 뿜어져 나오는 그 순간 무식하게도 본체 그대로 공간 이동해 버렸던 것이다. 아무리 드래곤의 용언 마법이 강하다고 하지만, 그 무거운 본체를 통째로 용언 마법만으로 공간 이동하는 것은 상당히 무리한 일이었던 것이다.

〈어디 있지?〉

블루 드래곤이 고개를 이리저리 흔들며 상대를 찾는 그 순간, 블루 드래곤은 자신의 머리 위에 뭔가 이질적인 섬뜩한 마나의 기운을 느낄 수 있었다. 블루 드래곤이 재빨리 옆으로 몸을 틀려는 순간 불로 지지는 듯한 무지막지한 고통이 전해져 왔고, 그와 동시에 엄청난 폭발음이 들려왔다. 아르티어스가 양손에 만든 헬파이어를 각각 상대의 양쪽 날개에 던져 버렸던 것이다.

"쿠에에엑!"

엄청난 고통에 블루 드래곤은 괴성을 질러 댔다. 활짝 펼쳐져 있는 취약한 날개를 향한 일격! 이건 정말 치명적이었다. 아무리 드래곤 본으로 덮여 있고, 또 방어 마법으로 보호된다고 하더라도 헬 파이어의 충격을 완전히 막아 낼 수는 없는 것이다. 그리고 이어진 아르티어스의 공격. 이건 드래곤들끼리의 전투를 꽤 많이 해 본 그의 숱한 경험이 깔려 있었다. 물론 간 크게도 말토리오 산맥에 들어온 애송이들을 족치며 얻은 것이었지만…….

아르티어스는 헬 파이어 여섯 방을 상대의 날개에 연속적으로 퍼부은 후 급속히 상대와의 거리를 좁혀 들어갔다. 그런 후 아직 충격의 여파에서 벗어나지 못하고 있는 상대의 몸 위에 올라서서는 힘껏 오른쪽 날개를 향해 발길질을 해 버렸다. 우지끈하는 괴성이 울려 퍼지며 오른쪽 날개가 꺾였다. 그리고 블루 드래곤의 거대한 몸체는 땅으로 곤두박질치기 시작했다.

〈으헤헤헤! 이런 거야 식은 죽 먹기지.〉

아르티어스 어르신은 만족스런 미소를 지으며 날개를 한껏 몸에 붙여 추락하는 블루 드래곤을 따라 급강하하기 시작했다. 이제 최후의 일격을 먹일 시간이 점점 다가오고 있는 것이다.

저 높은 하늘 위에서 떨어져 내린 블루 드래곤의 몸은 엄청난 굉음을 토해 내며 땅에 처박혔다. 그리고 얼마 지나지 않아 황금색 드래곤 또한 블루 드래곤이 방금 만들어 낸 거대한 구덩이 옆에 날개를 퍼덕이며 우아하게 착륙했다.

블루 드래곤은 마법을 이용해서 순간적으로 대지와 자신의 몸 사이에 완충 공간을 만들었지만 워낙 높은 곳에서 떨어지다 보니 그 충격을 완전히 해소한다는 것은 불가능했다. 그러다 보니 정신이 오락가락했고, 온몸은 크고 작은 상처들로 만신창이였다.

그는 무지막지한 고통을 참으며 우선 회복 마법을 몸에 걸었다. 그런 후 분노에 찬 괴성을 질러 대며 방금 자신의 몸뚱이가 대지와 격돌하며 만들어 낸 구덩이에서 기어 나왔다. 그리고 곧이어 블루 드래곤은 구덩이 위에서 기다리고 있는 거대한 골드 드래곤을 볼 수 있었다. 상대는 만반의 준비를 갖추고 먹이가 튀어 나오기만을 기다리고 있었던 것이다.

블루 드래곤의 눈이 절망으로 물드는 순간, 골드 드래곤의 거대한 발이 대기를 갈랐다. 퍽하는 둔탁한 소리가 났고, 블루 드래곤의 몸이 수십 미터는 날아가서 곤두박질 쳤다.

아르티어스는 힘겹게 일어서려고 하는 상대를 향해 그 거대한 다리를 튕기며 순식간에 거리를 좁혀왔다. 그러면서 아르티어스는 광기에 물든 표정으로 통쾌하게 외쳐 댔다.

〈감히 내 허락도 없이 말토리오 산맥에 둥지를 틀다니. 맛 좀 봐라.〉

블루 드래곤으로서는 도대체가 무슨 뜻인지 이해하기 힘든 말을 내뱉은 아르티어스는 한쪽 발을 한껏 들었다가 상대의 무릎 부분을 모질게 짓밟았다.

우드드득!

〈쿠아아아악!〉

블루 드래곤의 관절은 기괴한 음향을 내며 부서졌고, 곧이어 고통에 찬 비명이 길게 길게 울려 퍼졌다. 블루 드래곤은 "여기는 말토리오 산맥이 아닌뎁쇼?"하고 항변하려 했지만 고통 때문에 더 이상 생각이 연결되지 않았다. 생전 처음 당해 보는 너무나도 강렬한 고통에 기절해 버렸던 것이다. 블루 드래곤의 길쭉한 목은 요란한 소리와 함께 먼지를 피워 올리며 땅바닥에 무너져 내렸다. 아르티어스는 쓰러진 상대의 몸 위에 한쪽 발을 올린 채 승리의 괴성을 질러 댔다.

〈쿠오오오오오!〉

감히 자신에게 도전한 놈은 어떻게 되는지를 과시하기 위해 한껏 드래곤 로어를 뿜어내던 아르티어스는 갑자기 이게 드래곤 간의 영역 싸움이라든지 뭐 그런 것이 아니라는 생각이 문득 떠올랐다. 딴 건 다 좋았는데 여기는 말토리오 산맥이 아닌 것이다. 이건 순전히 잘 지내고 있는 온순한 이웃 드래곤을 찾아가서 무조건 박살 낸 것이 아닌가? 그것도 비슷한 등급도 아니고 3천 살도 안 되는 애송이를 말이다.

〈크에엑! 이런 실수가 있나. 그냥 주변 어른들한테 인사 하지 않았다고 따끔하게 '훈계'만 할 생각이었는데……. 하기야 이것도 훈계는 훈계군. 내가 생각해도 좀 심하긴 했지만 말이지.〉

아르티어스는 쓰러져 있는 블루 드래곤의 몸에 회복 마법을 걸어 준 후 길쭉한 꼬리를 슬슬 흔들면서 뒤뚱거리며 헤즐링이 있는 곳으로 다가갔다. 자기 딴에는 약간은 쑥스러운 듯한 걸음걸이였는데, 그걸 바라보는 헤즐링의 입장에서 그건 더 이상 도망칠 곳도 없는 먹이를 앞에 두고 그 순간을 즐기며 공포감을 조성하는 것 외에 아무것도 아니었다.

헤즐링은 너무나도 공포에 질린 나머지 자신의 본체로 돌아갈 생각도 못 하고, 도망칠 생각도 못 한 채 작은 바위틈에 꼭꼭 숨어 있었다. 또 여태껏 자신이 살아오면서 가장 강할 거라고 생각하고 살아왔던 자기 아버지도 손도 못 쓰고 박살 나는 판에 자신이 본체로 돌아가서 발악해 봐야 한주먹 거리도 안 될 것은 당연한 사실이었다.

아르티어스는 황금빛 찬란한 고개를 아래로 쭉 내려 오들오들 떨고 있는 엘프 소녀를 쳐다봤다. 물론 자신의 행동이 과했기에 조금 미안한 듯한 감정이 담긴 눈길이었지만, 그 눈길을 받은 소녀는 너무나도 공포에 질려서 뒤로 털썩 주저앉아서는 오줌을 지리고 있었다. 아르티어스 옹은 상대가 자신을 악마로 생각하든 뭐로 생각하든 그런 것은 신경도 안 쓰고 자신의 생각대로 중얼거렸다. 일단 이렇게 해 둬야 나중에 뒷수습이 될 테니까 말이다.

〈너의 아비가 깨어나거든 주변에 살고 있는 어른들에게 인사 좀 하라고 전해라. 헤즐링을 출산하는 경사스러운 일을 치렀으면, 그 기쁨을 이웃 모두와 함께 나눠야 할 것 아니냐? 안 그래?〉

수긍하지 않으면 자신을 죽일 것 같았기에 소녀는 기를 쓰고 대답을 하려고 했다. 하지만 너무나도 떨려서 목소리가 나오지 않았기에 열심히 고개만 끄덕였다.

〈그래, 너도 그렇게 생각하지? 착한 아이로군. 흐헤헤헤. 아무리 드래곤이 혼자서 생활한다고 하지만, 그래도 살아가면서 예의라는 것이 필요한 때가 있단다. 무슨 말인지 알겠냐?〉

무슨 뜻인지 이해할 생각도 못하고 소녀는 죽자고 고개를 아래위로 흔들었다.

〈너도 앞으로 예의바르게 생활해야지. 연장자들에게 인사도 꼬

박꼬박 하고 말이야. 흐흐흐……. 그럼 나는 바빠서 이만 가 봐야겠다.〉

어느 정도 뒷수습을 해 놓고 아르티어스 옹은 재빨리 그 자리를 벗어났다. 물론 그 뒷수습도 자기 마음대로 한 것이었지만, 그에게 그런 것은 중요하지 않았다.

'한바탕 난리를 쳤더니 속은 시원하군.'

아르티어스는 거대한 날개를 활짝 펼쳐 하늘 위로 한껏 날아오른 후, 맹렬한 속도로 케락스를 향하여 날아가기 시작했다. 다음 목표가 케락스시에 있었기 때문이다. 하지만 잠시 후 아르티어스는 인간의 모습으로 다시금 변신하지 않을 수 없었다. 황금빛 나는 거대한 드래곤인 채로 그곳에 가 봐야 좋을 것이 없다는 생각이 문득 들었기 때문이다.

〈젠장, 귀찮기는 하지만 또다시 트랜스포메이션해야겠군. 딴건 다 좋은데 이 덩치는 너무 거추장스럽거든.〉

아르티어스 어르신은 투덜거리며 하늘을 나는 도중에 곧바로 호비트로 트랜스포메이션했다. 물론 자신의 몸은 그 순간 떨어지기 시작했지만, 곧이어 떨어지는 것을 멈췄다. 비행 마법이 시작되었기 때문이다. 그런 후 그의 몸에서 희뿌연 빛이 뿜어져 나오는 순간 아르티어스는 더 이상 그곳에 존재하지 않았다. 케락스시로 공간 이동했던 것이다.

코린트에 나타난 드래곤

"이제 며칠 후면 모든 것이 끝이군."

로체스터의 중얼거림에 용병대장도 고개를 살짝 끄덕여 동의했다. 크라레스는 이제 완전히 끝장이 난 상태였다. 항복 문서에 조인하기 위해 크라레스의 황제가 10일 후 수행원들을 거느리고 케락스에 오기로 되어 있었던 것이다. 그리고 이어지는 개선 축하 행사에서 코린트의 황제인 지그문트 드 아그립파 4세 폐하에게 전쟁의 신전에서 무릎을 꿇게 될 것이다. 그것은 적국의 황제에게 엄청나게 치욕적인 일일 테지만 크라레스는 감수할 수밖에 없었던 것이다.

"또다시 떠날 건가?"

"더 이상 여기 남아 있을 이유가 없지 않나?"

"그거야 그렇지만……. 그래도 이번 전쟁이 남긴 상처는 너무나 크다네. 나는 자네가 도와줬으면 해. 리사가 못다한 몫까지 자네가 해 줘야 할 것 아닌가? 자네에게는 그래야만 하는 책임이 있어."

해골의 눈구멍으로 보이는 용병대장의 눈은 씁쓸함을 담고 있었다.

"책임은 있는지 모르지만, 내게는 그럴 자격이 없네. 또 세월이 지나면서 그러고 싶은 마음도 없어졌어."

도저히 참고 있기 힘든 듯 로체스터는 벌떡 일어서서는 화가 난 어조로 외쳤다.

"그렇게 떠나 버리면 나 혼자 어떻게 하라는 거야? 그라세리안도 떠나고 리사도 떠났어. 그리고 자네까지 떠나 버리면 남은 나는 어쩌라는 거야? 나도 이딴 거 다 때려치우고 떠나라는 거야? 처음부터 난 남들 앞에 서서 이러쿵저러쿵 하는 거 싫어했잖아. 친구라는 놈들은 다 떠났는데, 왜 내가 하기도 싫은 총사령관 자리에 남아 있어야 하나? 젠장! 그것도 이렇게 어지러운 시국에 말이야."

"자네 마음은 충분히 이해하네. 하지만 나로서도 어쩔 수 없다는 것 잘 알잖아."

"제기랄, 그렇겠지. 나도 슬슬 떠날 준비를 해야겠어. 나한테는 총사령관 자리는 별로 안 맞는다는 것을 내 스스로도 잘 알고 있으니까 말이야."

"그렇지 않아. 자네는 제국 전쟁을 승리로 이끌었지 않은가? 앞으로도 잘해 나갈 걸세."

"놀고 있군. 그게 속편하게 떠나는 자네가 할 소린가? 이왕 이렇게 된 거 나도 떠나겠어. 이제 그 지겨운 라이지엔 공작 새끼 낯짝도 볼 만큼 봤고, 폐하에게 아첨으로 일관하는 무능한 귀족 새끼들한테도 질렸어. 또 그런 놈들을 두둔하고 있는 황제에게도……."

"자네, 너무 말이 심하군."

"빌어먹을! 심할 것도 없어. 이놈 저놈 다 자기 편한 대로 산다는데, 나 혼자서 여기에 미쳤다고 남아 있을 거야? 무슨 영화를 누리겠다고……."

이렇게 둘이서 아웅다웅하고 있을 때 갑자기 지축이 진동하는 듯한 폭발음이 울려 퍼졌다.

"이건 또 무슨 일이야?"

아무리 떠나는 것을 궁리하고 있었지만, 로체스터는 그런 괴성을 무시할 수 없었기에 벌떡 일어서서 창가로 달려갔다. 하지만 용병대장은 그런 그를 한심하다는 듯 바라보며 심드렁한 어조로 중얼거렸다.

"이런 일 한두 번 당해 보나? 뭘 놀라고 그래. 타이탄 연구소 쪽인가? 아니면 마법 실험실?"

타이탄 연구소나 마법 실험실은 간혹 폭발 사고를 일으키는 곳이었다. 심지어 그라세리안이 흑기사의 엑스시온을 연구할 때는 연구소가 통째로 날아간 일까지 있을 정도였으니까 말이다. 하지만 로체스터는 고개를 가로저으며 심각한 어조로 말했다.

"그쪽이 아니야. 별궁 쪽인 것 같은데?"

"뭐야? 그렇다면 무슨 일이지?"

그들이 허둥지둥 정문 쪽으로 달려가고 있을 때, 반대편에서 달려오는 기사가 눈에 띄었다. 로체스터는 상대가 정문 쪽에서 달려오고 있음을 알아채고는 외쳤다.

"무슨 일이냐?"

그 기사는 상대가 로체스터 공작임을 알고 곧장 방향을 틀어 상대를 뒤따라가며 외쳤다.

"옛, 동쪽 별궁 방향에 침입자가 들어왔사옵니다."

"별궁에까지? 그렇다면 외곽 경비들은 도대체 뭘 하고 있었단 말이냐?"

"곧장 공간 이동해 왔기에 어쩔 수 없었사옵니다."

공간 이동해 왔다는 말에 로체스터 공작은 놀라지 않을 수 없었다. 물론 공간 이동 마법 자체가 놀라울 것은 없었다. 흔히들 써먹는 방법이었으니까 말이다. 하지만 한 국가의 모든 전력이 집결해 있는 황궁 한복판으로 공간 이동을 할 미친놈들이 있을 거라고는 상상도 해 본 적이 없었다. 기사 몇 명이 적진 한복판으로 공간 이동해서 들어와 봐야 타이탄을 꺼내기도 전에 전멸당할 가능성이 크기 때문이었다.

"공간 이동해 왔다고? 감히 어떤 놈들이 그렇게도 대담할 수가 있단 말이냐? 도대체 적의 규모는 어느 정도냐?"

"옛, 마법사 한 명이옵니다."

의외의 대답에 로체스터는 달리던 것도 잊어버리고 속도를 줄이며 도대체 이해할 수 없다는 듯 되물었다.

"뭣이? 단 한 명?"

"옛, 전하."

"양동 작전이나 그런 것도 아니고, 단 한 명이란 게 사실이냐?"

"옛, 전하."

"겨우 마법사 한 명이 침입했다고 이 소란이란 말이냐?"

"겨우 한 명이 아니옵니다. 엄청난 마법사이옵니다."

그러는 와중에 또 한 번의 대 폭발이 일어났다. 그리고 곧이어 그들은 놀라운 광경을 목격하게 되었다. 엄청난 돌개바람이 몰아치며 붉은색 타이탄 2대가 서로 뒤엉키며 둥실둥실 떠오르는 광경이었다. 붉은색 타이탄이라면 말할 것도 없이 근위 기사단의 주력 타이탄인 적기사Ⅱ였다. 하지만 적기사Ⅱ가 보통 헤비급 타이탄인가? 110톤이 넘는 그 육중한 타이탄이 지금 바람의 힘만으로 하늘로 날아오르고 있는 것이다. 그것을 본 로체스터 공작의 입은 쩍 벌어질 수밖에 없었다.

"엄청나구먼!"

용병대장은 옆에 서 있는 기사를 힐끗 바라보며 조심스럽게 말했다.

"예, 전하. 소신도 처음 보는 광경이옵니다."

"도대체 어떤 마법사기에 저런 마법을 사용한단 말인가? 빨리 가 보세."

로체스터 일행이 그곳에 도착했을 때, 그 일대는 완전히 난장판이었다. 수많은 병사들의 시체가 널려 있는 가운데 별궁의 한쪽 귀퉁이는 흔적도 없이 날아간 상태였고, 하늘 위로 날아 올라갔던 적기사Ⅱ 2대는 땅바닥에 처박힌 채, 푹 파인 구덩이 안에서 빠져나오려고 애쓰고 있는 중이었다.

그리고 또 다른 적기사Ⅱ 1대가 마법사를 향해 용맹스럽게 돌진해 들어갔다. 그 순간, 마법사의 손에서 붉은 광채가 뿜어져 나왔고 대 폭발이 이어졌다. 엄청난 굉음과 함께 화염과 먼지가 피어올랐다. 그리고 돌진해 들어갔던 타이탄은 뒤로 튕겨 나와서 건물의 잔해에 부딪쳤다. 방패의 앞부분은 너덜너덜해진 상태였고, 몸체 앞부분에 칠해져 있던 붉은색 페인트가 거의 다 벗겨진 처참한 몰골이었다.

"크하하하핫! 벌레들 주제에 간 크게도 내 앞을 가로막다니! 오늘 공포라는 것이 뭔지 가르쳐 주겠다!"

그 난장판의 중간에 서 있는 마법사는 호기롭게 외쳐 대고 있는 중이었다. 그것을 바라 본 용병대장은 기억을 더듬으며 중얼거렸다.

"가만……. 저 마법사 어디서 본 것 같지 않나?"

"뭐라고?"

로체스터 공작은 용병대장의 말에 타이탄을 꺼내려다 말고 전장의 한복판으로 시선을 집중시켰다. 방금 전 마법의 여파로 인해 엄청난 흙먼지가 피어올라 있는 상태였기에 시야가 상당히 좋지 못했지만, 로체스터 공작은 그 먼지 구덩이 속에서 움직이고 있는 사람을 포착할 수 있었다.

"헉!"

"역시 그렇군. 그녀의 아버지가 맞지?"

로체스터 공작은 고개를 끄덕이며 앞으로 달려 나갔다. 이미 로체스터 일행이 도착할 때쯤에는 근위 기사들이 상당수 더 도착한 상태였기에, 곳곳에서 더 많은 수의 붉은 타이탄들이 모습을 드러내고 있었다.

로체스터 공작은 부하들을 말려야 했다. 저 마법사, 아니 드래곤과 싸워 봐야 좋을 것은 하나도 없었다. 하지만 로체스터가 막아서기 전, 이미 3대의 적기사Ⅱ가 상대가 드래곤인지도 모르고 돌진해 들어갔다. 제아무리 마법사가 강하다고 해도 타이탄의 대검(大劍) 한 방이면 두 토막이 날 것은 뻔한 이치라고 생각했기 때문이다. 타이탄들의 검이 마법사를 향해 휘둘러지는 그 순간 마법사의 몸이 하늘 위로 날아올랐다. 퍽퍽하는 소리를 내며 타이탄의 검들이 땅바닥을 파고드는 그때, 마법사는 안전한 하늘 위에 자리를 잡고 있었다.

붉은 머리카락을 흩날리며 아르티어스는 오만한 눈초리로 밑에 모여 있는 타이탄들을 훑어봤다. 까짓 거 저런 것쯤 상대한다고 본체로 현신할 필요는 없었다. 물론 자신의 자랑스런 브레스 한 방이면 이 성을 초토화시킬 수 있겠지만, 아들과 비슷한 기척이 저 난장판 속에서 느껴지는 가운데 그런 초강수를 쓸 수는 없었던 것이다.

"역시 웬만한 마법 가지고 저 고철 덩이를 해결할 수는 없군. 역시 헬 파이어가 저런 거 잡는 데는 최고지."

성질을 참지 못한 아르티어스가 침입자로 오인하고 공격을 가해 오는 병사 한둘을 죽인 것으로 시작된 전투였기에, 아르티어스는 갑작스럽게 돌진해 들어오는 타이탄들을 향해 강력한 마법을 쓸 시간 여유가 없었다. 인간으로 변신해 있는 상태로 끌어 모을 수 있는 마나의 양에는 한계가 있기 때문이었다. 그렇기에 그는 처음에 바람의 정령 마법을 주축으로 하는 마법 공격을 퍼부었었다.

하지만 이렇게 멀찌감치 떨어진 상태라면 얘기가 다르다. 이제는 시간 여유를 가지고 주문을 외울 수 있는 것이다. 아르티어스의 눈빛이 광기를 더해 가는 가운데, 주문은 급격하게 완성되고 있었다.

바로 이때, 저 밑쪽에서 외치는 소리가 들려왔다.

"잠깐만 기다리십시오, 위대한 분이시여. 무슨 오해가 생겨서 그렇게 분노하셨는지 모르겠지만, 노기를 가라앉히십시오. 서로가 대화로 해결을 할 수 있지 않겠습니까?"

로체스터는 저 하늘 위에 떠서 주문을 외우고 있는 젊은이를 향해 힘껏 소리쳤다. 로체스터는 상대의 주위에 파동 치는 막강한 마나의 기운을 느꼈고, 그것이 곧이어 뭔가 형체를 완성할 것을 이미 느끼고 있었다. 그렇기에 그는 더욱 다급하게 외쳤던 것이다.

밑에서 들려오는 소리에 아르티어스는 주문 외우기를 멈추고는 요동치는 마나를 해방했다. "위대하신 분이시여" 어쩌구 하는 것으로 봐서 상대는 이미 자신의 정체를 알고 있는 것이 분명했다. 그렇다면 괜히 드잡이질한다고 시간 낭비할 것이 아니라 곧장 본

론으로 들어갈 수 있을 것이 아닌가? 아르티어스는 풍계의 주문을 외워 자욱하게 치솟아 있는 먼지를 흩어 버렸다. 곧이어 아르티어스는 저 밑에서 와글거리는 호비트 떼거리를 볼 수 있었다.

굳건한 자세로 전장의 한가운데 서 있는 호화로운 복장의 호비트가 보였다. 아마도 저 녀석이 자신을 부른 것이리라. 그리고 아들 녀석과 유사할 정도로 강렬한 마나의 기운을 뿜어내는 존재가 아주 가깝게 느껴졌기에 그쪽으로도 시선을 돌렸다. 그리고 아르티어스의 얼굴에는 실망감이 떠올랐다. 아들은 저따위 해골바가지를 뒤집어쓰고 돌아다니지 않기 때문이다. 그리고 아들이라고 의심해 보기에는 그 호비트의 덩치가 너무 컸다.

"네놈은 호비트냐?"

아르티어스가 그렇게 크게 소리친 것도 아니었건만, 밑에 있는 모두에게 그의 목소리는 잘 들렸다.

"호비트라구요? 예, 호비트가 인간을 말씀하시는 것이라면 그렇습니다. 위대한 분이시여."

"네놈 말고 저 해골바가지 덮어 쓴 녀석 말이다."

갑자기 질문을 당한 용병대장은 침착한 어조로 대답했다.

"그렇습니다."

"젠장! 또다시 헛다리를 짚었군."

"예? 무슨 말씀이신지……."

"네놈은 호비트 주제에 그렇듯 많은 마나를 쌓아서 나를 헷갈리게 만들어? 성질나는데 여기서도 한판 해 버려?"

아르티어스의 눈빛이 한순간 사나워지자 용병대장은 한껏 마나를 끌어올리며 슬쩍 검에다가 손을 올렸다. 아무리 상대가 드래곤이라고 하지만 아직 본체로 현신하지 않은 상태였다. 서로 간의 거리를 믿고 상대가 방심하고 있는 상태라면 운만 좋다면 해치울 수도 있을 것 같다는 생각이 들었던 것이다. 검술의 극한까지 익힌 그에게 이미 '거리'라는 개념 따위는 잊혀진 지 오래였다. 바로 그때, 아르티어스는 용병대장을 노려보고 분노에 찬 음성을 뇌까렸다.

"지금은 시간이 없어서 그냥 가겠지만……. 호비트면 호비트답게 살란 말이다! 젠장, 아들놈 같은 녀석이 하나 더 있을 줄은 상상도 못했군."

투덜거리면서 날아가 버리는 아르티어스. '아들놈'이라는 말에 밑에서 바라보고 있던 로체스터 공작과 용병대장은 움찔할 수밖에 없었다. 사실 그가 찾고 있는 아들이 이곳 황궁의 지하 감옥에 얌전히 갇혀 있는 게 사실이었으니까 말이다. 아르티어스의 몸이 거의 자그마한 점으로 보일 때쯤, 로체스터는 한숨을 내쉬며 말했다.

"휴우~, 그 드래곤이 이렇게 빨리 찾아오리라고는 상상도 못했네."

"동감이야. 드래곤이 한 말로 미루어 보아 사람의 몸속에 쌓여 있는 마나의 양을 기준으로 광범위 탐색 마법을 펼친 후 이리로 찾아온 거겠지. 그녀와 나의 실력은 대충 엇비슷했었으니까 말이야. 어찌 되었건 이번에는 따돌린 것 같군."

"설마……. 한 국가 단위를 탐색하는 것도 아니고 그렇게 넓은 면적을 탐색하기야 하려고, 아무리 드래곤이지만……. 전에 그린 드래곤을 포획하던 작전 때, 그 위치를 파악하기 위해서 얼마나 고생을 했었나? 그런데 정작 정보는 마법사들이 아닌 아르곤에 투입한 첩자들로부터 얻었지 않나? 그리고 아무리 정밀한 탐색 마법을 쓴다 하더라도 범위가 넓어지면 넓어질수록 엄청난 오차가 따른다고 그라세리안이 말하지 않았던가?"

"그렇지 않을 수도 있지. 지금 현재 크라레스의 적국은 코린트와 아르곤, 그리고 알카사스야. 드래곤이 그 세 나라만을 국한해서 뒤진다면 못 할 것도 없지 않겠나?"

"과연! 그럴 수도 있겠군. 잠깐! 만약 이런 식으로 그 드래곤이 계속 뒤를 판다면 어떻게 될까? 언젠가는 그녀가 이곳에 있다는 사실이 들통 나지 않을까?"

그 말에 용병대장도 고개를 끄덕여 수긍했다.

"아마 그럴지도 모르지. 드래곤이 지닌 능력에 대해서는 밝혀진 바가 없긴 하지만, 마법에 있어서는 최강의 존재들이 아닌가? 그리고 이건 내 생각일 뿐이네만, 어쩌면 그 전에 미네르바가 드래곤에게 여기에 찾는 사람이 있다고 밀고할지도 모르지."

그렇게 되면 어떤 사태가 벌어질지 확연히 알고 있는 로체스터는 경악했다.

"설마!"

"설마가 아닐세. 미네르바가 드래곤에게 밀고하면 본국은 그날로 멸망이야. 본국이 멸망했을 때, 가장 큰 득을 보는 것은 크루마가 아닐까?"

용병대장의 말을 듣고 미네르바의 계략을 깨달은 로체스터는 분통을 터뜨렸다.

"이런 망할! 그년이 그것을 노리고 재빨리 그녀를 이쪽으로 넘긴 것이었군. 하지만 그렇다고 그녀를 풀어 줄 수도 없는 노릇이 아닌가?"

용병대장은 확신을 가지고 대답했다.

"나는 풀어 주는 것이 좋을 거라고 생각하네. 뛰어난 무사에게 그런 치욕을 안겨 주는 것은 좋지 않아."

로체스터는 고개를 가로저으며 중얼거렸다.

"아니, 그건 아니야. 그녀를 풀어 준다면 크루마에 막대한 타격을 줄 수는 있겠지만, 또다시 크라레스의 위협에 시달려야만 해. 또다시 크라레스의 기사단들과 드잡이질을 할 수는 없지. 어쨌든 대책을 생각해 봐야겠어."

그대들의 뜻대로 하라

치레아 대공과 그녀를 비호하던 드래곤이 갑자기 사라진 것이 알려진 그날. 그날은 크라레스 고위층이 멸망이란 단어를 떠올린 암울한 날이었다. 그날 이후 다론은 아무래도 스승의 상태가 이상한 것을 느꼈다. 그는 수십 년이 넘게 토지에르를 곁에서 모셨던 수제자였다. 그렇기에 그는 스승의 습관이라든지 말투 따위를 매우 잘 알고 있었다. 하지만 그날 이후로 스승은 뭔가 조금 바뀌었다. 그것을 느끼자마자 다론은 아무에게도 얘기하지 않고 조용히 황궁을 떠났다. 이런 증상은 흑마법사들을 상대하면서 간혹 보아 왔기에, 그것이 무엇을 뜻하는지 그는 아주 잘 알고 있었기 때문이다.

따르르르르~.

벨 소리가 요란하게 울리자 다론은 재빨리 탁자 위에 놓아 두었던 짐 꾸러미를 꾸려 등에 지면서 투덜거렸다.

"젠장! 빨리도 찾아냈군."

건물 내의 몇 군데에 쳐놨던 알람(Alarm) 마법에 누군가가 걸렸는지 요란한 소리가 들려왔다. 침입자가 실내로 들어왔다는 말이었다. 빨리 탈출하는 것만이 살길이었다. 자신을 쫓고 있는 인물은 다론도 잘 아는 사람이었다. 다론은 짐을 들고는 미리 만들어 뒀던 공간 이동 마법진 위로 올라선 후 서둘러 시동어를 외쳤다. 상대와 싸워 봐야 승리할 가능성은 조금도 없는 만큼 오직 도망만이 살길이었다.

"콰쾅!"

엄청난 폭발음과 함께 지붕이 와르르 먼지를 뿜어내며 내려앉았다. 상대는 다론이 지하실에 숨어 있다는 것을 알아냄과 동시에 지하실 입구를 찾을 생각은 처음부터 하지도 않고 과격하게 지하실 지붕을 통째로 날려 버린 것이다.

시커먼 로브를 뒤집어쓰고 있는 그 추격자는 희뿌연 빛과 함께 다론이 사라지는 것을 보며 화가 머리끝까지 난 듯, 희미한 빛이 아직 남아 있는 곳을 향해 재빨리 검붉은 덩어리를 날렸다. 그와 함께 또다시 대 폭발이 일어났다. 자신의 발밑에서 대 폭발이 일어났기에 그는 먼지를 흠뻑 뒤집어 쓸 수밖에 없었다.

하지만 그는 그런 것 따위는 개의치 않고, 강력한 흑마법에 직격당해 엄청난 열기와 고약한 냄새가 뿜어져 나오고 있는 지하실로 뛰어내려서는 이리저리 살펴봤다. 하지만 어디에도 시체의 흔적은 없었다.

"쥐새끼 같은 놈."

추격자는 자신의 공격이 조금 늦었다는 것을 깨달았다. 놈이 있는 곳을 조금만 빨리 찾아냈어도 공간 이동이 되기 직전에 죽여 버릴 수 있었을 것이다.

추격자는 품속에서 주먹만 한 수정 구슬을 꺼낸 후 땅바닥 위에 조심스럽게 올려놓고는 주문을 외웠다. 그러자 곧이어 수정 구슬 안에는 토지에르의 모습이 보였다. 추격자는 토지에르의 모습이 보이자, 곧이어 땅바닥에 엎드리며 사죄했다.

"놈을 놓쳤사옵니다, 폐하. 지금 현재로서는 놈이 어디로 도망쳤는지 알 수 없사옵니다. 지시를 내려 주시옵소서!"

토지에르는 불같이 분노했다. 그놈은 자신의 정체를 눈치 챈 놈이었다. 그놈이 어딘가 가서 나불거린다면 좋을 것이 하나도 없었다. 그 때문에 서둘러 죽이려고 했는데, 바보 같은 부하 놈이 실패한 것이다.

"멍청한 놈, 겨우 시답잖은 마법사 한 놈 못 죽인단 말이냐?"

"죽여주시옵소서!"

"닥쳐라! 네놈은 죽일 가치도 없다."

그 말을 들은 추격자는 머리통을 더욱 땅바닥에 푹 가져다가 붙였다.

"내 생각 같아서는 네놈을 찢어죽이고 싶다만, 아직도 네놈에게 시킬 일이 남아 있다는 것을 다행으로 생각해라."

"감사하옵니다, 폐하!"

"단서도 찾기 어려운 놈을 잡는 것은 포기하고, 네놈은 즉시 1단계 작업을 시작해라."

"옛, 폐하."

그와 동시에 수정 구슬에서 토지에르의 모습이 사라졌다. 추격자는 한숨을 내쉬며 공간 이동 마법진을 그리기 시작했다. 토지에르, 아니 어둠의 마왕 크로네티오의 명령을 거역할 수는 없었다. 설혹 그것이 죽음이라 하더라도 말이다. 그것이 흑마법사들만이 가지는 상하 관계에 따른 율법이었다.

크라레스는 완전히 망한 것이나 다름없었다. 물론 청기사도 3대 정도밖에 파괴되지 않았고, 카프록시아급 타이탄도 139대나 남아 있었다. 웬만한 국가들이 가지고 있는 전력으로 미루어 봤을 때 이것은 결코 작은 전력이 아니었다. 거기에다가 최고 고위층이라고 할 수 있는 루빈스키나 토지에르도 사망한 것은 아니었다. 하지만 그들은 항복이라는 최후의 카드를 선택할 수밖에 없었다. 왜냐하면 다크라는 인물의 지원이 없이 코린트, 알카사스, 아르곤의 3국 연합군과 싸운다는 것은 자살 행위라는 것을 잘 알고 있었기 때문이다.

이제 크라레스는 와리스 후작의 주도하에 최소한의 대가만을 치른 상태에서 항복하려고 노력하고 있었다. 하지만 이미 전세는 협상할 건덕지라고는 남아 있지 않을 정도로 악화되어 있었다. 조금이라도 피해를 줄이려면 상대가 원하는 대로 다 내줘야 하는 상황이었던 것이다.

하지만 아직까지도 크라레스가 항복 문서에 서명하지 않고 있었던 것은, 와리스 후작의 능력이 뛰어나서가 아니라 순전히 승전국들 간의 이해관계가 얽혀 서로 간에 갑론을박(甲論乙駁)하는 데 엄청난 시간이 소모되었기 때문이었다.

승전국들 간의 분쟁의 원인은 처음 동맹을 맺으면서 알카사스는 스바시에 공국을, 아르곤은 크로나사 평원의 서부와 치레아 공국의 동부를 차지하는 것을 코린트로부터 약속받았었다. 하지만 코린트의 군대가 크라레스로 단 한 명도 진군해 들어가지 않았기에 코린트는 단 한 치의 땅도 확보하지 못한 것에 문제가 있었다.

아르곤은 협상을 질질 끌면서 서쪽으로 군대를 계속 이동시켜 더 넓은 땅을 확보하려 했고, 그것은 알카사스도 마찬가지였다. 그 때문에 코린트는 서둘러서 크로나사 평원의 각처에 병력들을 파견하여 상대가 점령지를 넓히지 못하게 막는 한편, 협상을 빨리 종결지으려고 노력했다. 하지만 그 두 나라는 말을 듣지 않았다.

어쨌든 이렇게 서로 간의 이해관계가 얽혀 있었기에 협상은 계속 늦춰지고 있었지만, 무한(無限)의 법칙은 없는 것이기에 끝이 다가오고 있었다. 코린트는 양국에 최후통첩을 넣어 서로 간의 의견 일치를 도출해 내는 데 성공했던 것이다. 그리고 코린트는 크라레스의 황제에게 항복의 조건 중에 하나로 황제가 직접 케락스시에 와서 아그립파 4세 황제에게 사죄의 뜻을 표시한 후, 항복 문서에 서명할 것을 요구했다. 물론 사색(死色)이 다 된 와리스 후작이 통신을 통해 그 보고를 올리자, 기사들과 마법사들은 벌 떼와 같이 일어서서 그것이 불가함을 역설했다. 그리고 사건은 그다음 날 터졌다.

"무슨 일이냐?"

갑자기 밖이 소란스러워지면서 기사 한 명이 거의 피투성이가 된 채 달려 들어오자 황제는 크게 놀라서 외쳤다. 적의 침입이란 말인가? 항복을 위한 사신까지 보낸 상황에서? 복잡한 생각들이 황제의 뇌리를 스쳐 지나가는 그 순간, 기사는 그 바쁜 와중에도 예법대로 황제 앞에서 한쪽 무릎을 꿇고는 비장한 어조로 외쳤다.

"폐하, 속히 피하소서. 반란이옵니다."

"뭣이? 반란이라고?"

황제는 경악하여 벌떡 일어섰다가 서 있을 기력도 없는 듯 자리에 주저앉으면서 중얼거렸다.

"여기까지 반란군이 들어오다니……. 근위 기사단은 대체 무엇을 하고 있는 것인가? 그리고 토지에르 경은?"

"토지에르 그 사악한 놈이 반란을 일으켰사옵니다."

황제는 그때서야 일이 어떻게 되었는지 알 수 있었다. 지금 스바시에 대공은 치료 중이었고, 치레아 대공은 행방불명이었다. 그렇다 보니 자연히 군대의 지휘권은 토지에르가 가지고 있었다. 토지에르는 가장 큰 걸림돌이라고 할 수 있는 근위 기사단과 수도에 주둔 중이던 제5전대를 어딘가로 보내 버린 후 반란을 일으켰을 것이다.

"시간이 없사옵니다, 폐하. 빨리 피신을……. 으악!"

보고를 올리던 기사는 갑자기 뒤에서 날아온 붉은 불덩이를 맞고는 재가 되어 버렸다. 황제가 불덩이가 날아온 방향을 바라보니 그곳에는 토지에르가 음흉한 미소를 지으며 서 있었다. 황제는 허리에 찬 검의 손잡이를 꽉 그러쥐었다. 그의 손은 분노로 인해 덜덜 떨리고 있었다.

"감히 네놈이……. 짐이 그렇게 너를 믿었거늘……."

황제는 불같이 치밀어 오르는 노기로 인해서 목소리까지 떨리고 있었다. 바로 이때 요란한 발소리가 들려오며 기사들과 병사들이 도착했다. 그들은 토지에르 쪽에 가담한 인물들인 듯, 저마다 손에는 피에 젖은 무기를 들고 있었지만 그것을 토지에르 쪽으로 겨누지 않았다. 그렇다고 그것을 황제 쪽으로 겨누지도 않았다.

황제는 실내로 들어선 기사들의 얼굴들을 보고 절망하지 않을 수 없었다. 실내에 모습을 드러낸 기사들은 크라레스를 향해 충성을 다하던 명망 높은 기사들이었다. 그리고 자신에게 충성을 다하던 인물들이었다. 이들까지 가세했다면 대세는 기울었다고 봐야 할 것이다.

"경들까지도……."

토지에르는 황제를 향해 비장한 어조로 말했다.

"폐하, 소신이 어쩔 수 없이 거사를 일으켰사오나, 결코 폐하와 국가에 대한 충성심만은 변함이 없사옵니다. 이 점을 이해해 주시옵소서!"

그리고 토지에르와 함께 달려 들어온 기사들도 같이 외쳤다.
"이해해 주시옵소서!"
황제는 검에서 손을 놓으며 허탈한 음성으로 중얼거렸다.
"일이 이 지경까지 갔단 말인가? 허탈하도다! 어찌 황제된 자로서 신하들의 뜻을 그렇게도 모를 수 있었단 말인가? 다 짐의 잘못이로다. 그래, 그대들의 뜻대로 하라."
황제는 저항의 뜻을 버렸다. 물론 자신도 그래듀에이트니만큼 일전을 불사할 수도 있을 테지만, 그래 봐야 좋을 것이 없다는 생각이 들었던 것이다. 신하들의 충성심이 약해서 반란을 일으켰겠는가? 오히려 반란에 참가한 이들은 크라레스 황가에 대한 충성심이 지나치게 강한 자들이었다. 누가 그들의 행위를 비난할 수 있다는 말인가? 기사들은 항복의 뜻을 전하는 황제 앞에 꿇어 앉아 눈물을 흘렸다. 이렇게 자신의 뜻을 전할 수밖에 없었던 자신들의 신세를 한탄하면서…….
그날 황제는 황궁의 지하 깊숙이 마련되어 있는 감옥에 수감되었다. 그리고 끝까지 황제를 옹호했던 신하들 역시 감옥에 갇혔다. 토지에르는 수도에서의 반란이 성공적으로 일단락되자 반란의 주모자들 중의 하나인 지그발트 폰 안티노스 후작을 불러들였다. 크라레스 제국의 모든 정보를 통괄하던 인물이 안티노스 경이었기에 토지에르도 반란을 일으키면서 그를 포섭하지 않을 수 없었던 것이다.
"안티노스 후작."
"예, 공작 전하."

"각 기사단의 지휘관 및 부지휘관들을 즉시 수도로 소환하도록 하시오."

"예? 지금 말씀이시옵니까?"

"조금이라도 시간이 늦으면 안 될 것이오. 마법 통신망은 본인이 통제해 버렸기에 아직까지 수도에서의 변고를 그들이 모르고 있을 때 소환해야만 하오."

"예, 전하. 하지만 꼭 그렇게까지 할 필요가 있겠사옵니까? 그들에게도 설명을 하면 충분히 이해할 것이옵니다."

토지에르는 혀를 차며 상대를 책망했다.

"쯧쯧, 경은 황궁에서 피를 흘린 것도 모자라서, 이제는 타이탄을 앞세워 대규모 전투를 벌이고 싶소? 만약 말로 해서 그들이 듣는다면 상관없지만, 그렇지 않을 경우에는 어떻게 하겠소?"

"소신의 생각이 짧았사옵니다, 전하. 하지만 지휘관이라면 몰라도 부지휘관까지 소환한다면 그쪽에서 의심하지 않겠사옵니까? 지휘관이 자리를 비웠을 때 그 자리를 메워야 하기에 둘 다 부르는 경우는 없지 않사옵니까?"

"전쟁은 이미 끝났소. 패전에 따른 대책 회의라고 하면 그들까지 소환이 가능할 거요."

"예, 전하."

"그들이 수도에 도착한 후 각 기사단에 전문을 띄워 수도로 집결시키도록 하시오. 그 편이 기사단들을 통제하기 쉬울 거요. 안 그래도 어려운 시기요. 우리끼리 자중지란을 일으키면 아무것도 안 된다는 것을 명심하시오."

"예, 전하."

안티노스 후작이 서둘러서 통신실 쪽으로 달려간 후, 홀로 남은 토지에르는 천천히 창가로 걸어갔다. 창문 밖으로는 크라레인시의 야경이 아름답게 펼쳐져 있었다. 그것을 바라보는 토지에르의 눈은 벌겋게 물들어 갔다. 그리고 얼굴 가득 광기가 뿜어져 나오기 시작했다.

그런 토지에르의 얼굴을 누군가가 봤다면 악마라고 할 만큼 여태까지의 중후한 토지에르의 얼굴과는 판이하게 달랐다. 토지에르는 살기를 잔뜩 머금은 미소를 지으면서 뇌까렸다.

"1천5백 년 만인가? 크하하하핫! 드디어 쾌락의 시간이 도래했도다!"

토지에르의 믿음직한 수족들

"전하, 렉손 요새에서 전투가 벌어졌다는 보고가 올라왔사옵니다."

이블리스의 말에 미네르바는 하던 일을 멈추고 기억을 더듬었다. 하지만 렉손 요새라는 곳은 아무리 기억을 더듬어도 짚이는 것이 없었다.

"렉손 요새? 처음 들어 보는군."

"예, 카스티오 산맥에 위치한 작은 요새니까 전하께서 모르실 것은 당연하옵니다."

"그래? 그렇다면 설마 프랑코군이 국경을 넘었다는 것인가?"

카스티오 산맥 뒤쪽에는 프랑코 왕국이 있었다. 프랑코 왕국은 전력으로 보나, 국력으로 보나 강대국인 크루마와는 비교가 안 될 정도로 열악한 국가였다.

"그것은 아니옵니다, 전하. 감히 프랑코 왕국 따위가 본국을 넘볼 수 있을 리가 없지요. 카스티오 산맥은 원체 험준해서 정규급 타이탄들은 투입이 불가능해서 로투스를 배치한 것이 아니옵니까? 타이탄의 이동도 어려운데 그쪽에서 국경을 넘는 모험을 할 리가 없사옵니다."

프랑코군이 공격해 들어온 것이 아니라면 자신에게 그런 변방에서 일어난 일이 보고되어야 할 이유가 없었던 것이다. 그렇기에 미네르바는 궁금하다는 듯 물었다.

"그렇다면 뭔가? 어디하고 전투를 벌인 거지?"

"오우거들이 나타났다고 하옵니다."

오우거라는 말에 미네르바는 짜증난다는 듯 외쳤다. 미란 국가 연합의 합병으로 인해 그녀는 정신없이 바쁜 상태였기 때문이다.

"겨우 오우거 몇 마리가 나온 것 가지고 나한테 보고할 것까지 있나?"

물론 이블리스도 오우거 몇 마리와 싸운 것 정도는 보고할 거리도 안 된다는 것을 잘 알고 있었다. 타이탄이 개발된 이후, 오우거는 그야말로 멋진 사냥감 정도밖에 안 되는 위치로 전락했으니까 말이다. 그 때문에 과거에는 사람들을 공포에 떨게 만들었던 오우거가 지금에 이르러서는 드래곤의 영토에나 가야 구경할 수 있을 정도로 그 수는 급감해 있었다.

"전하께서 바쁘신 것은 잘 알지만, 이것은 보고 드리지 않을 수 없사옵니다, 전하. 렉손 요새의 지원 요청을 받은 엘프란 기사단

산악 파견대에서 로투스 2대를 급파했다고 하옵니다."

엘프란 기사단 산악 파견대는 유일하게 로투스급 타이탄을 보유하고 있었다. 로투스급은 출력이 0.5밖에 되지 않는 저성능 타이탄이었기에, 제2차 제국 전쟁 직전에 있었던 군비 경쟁 때 대부분이 폐기되어 카마리에로 재생산되었다. 하지만 험준한 서부 산악 지대의 특성상 헤비급 타이탄을 투입하기 어렵다는 점을 들어 로투스 10대를 폐기하지 않고 그곳에 배치해 두었던 것이다. 미네르바도 그것을 잘 알고 있기에 되물었다.

"그래서?"

"그런데 그들이 오우거한테 당했다는 보고이옵니다. 타이탄 전력이 감소했기에 전하께 보고가 올라오게 된 것이지요."

미네르바로서는 기가 막히는 보고가 아닐 수 없었다. 어떻게 아무리 저급 타이탄이기로서니 오우거한테 당한단 말인가?

"타이탄이 오우거한테 당했다고? 도대체 오우거가 몇 마리나 나타났기에 로투스가 당했단 말인가?"

"세 마리이옵니다, 전하."

"세 마리! 세 마리라고? 자네 지금 나를 놀리는 것인가?"

"결코 아니옵니다, 어찌 감히 전하를 기만할 수 있단 말이옵니까?"

"그런데 어떻게 겨우 오우거 세 마리가 타이탄 2대를 부술 수 있다는 말인가? 아무리 로투스가 형편없는 타이탄이라고 하지만……."

"그건 소신도 잘 모르겠사옵니다. 아무래도 타고 있던 기사에게 문제가 있었던 것이 아닌가 사료되옵니다만 전하의 생각은 어 떠하오신지요."

"그럴 수도 있겠지. 아무도 그런 시골구석에는 가려고 안 하니, 사고를 친 놈들이나 좌천당한 놈들을 보냈으니까 말이야. 그놈들 설마 술 퍼마시고 만취한 상태에서 타이탄을 조종한 것은 아닐 테지?"

"그런 것은 잘 모르겠사옵니다."

"어쨌든 엘프란 기사단에 공문을 띄워라. 또다시 그런 추태를 보이는 날에는 엄히 문책하겠다고 말이야."

"옛, 전하."

신성 아르곤 제국과 크라레스 제국의 경계선인 쟈코니아 산맥은 매우 험준했기에, 과거부터 이 근처에서 일어났던 크고 작은 나라들의 경계선 역할을 톡톡히 해 온 거대한 산맥이었다. 쟈코니아 산맥의 가파른 경사와 험준한 지형은 이 시대 최강의 병기라고 할 수 있는 타이탄의 행동에 막대한 지장을 안겨 주었다. 특히나 1백 톤이 넘어가는 헤비급 타이탄들의 경우는 짙게 우거진 삼림과 험준한 지형에 가로막혀 투입 자체가 불가능했다. 그리고 인간의 접근을 불허하는 험준한 지형에 둥지를 틀기 좋아하는 많은 드래곤들이 둥지를 틀고 있었기에 설혹 타이탄의 이동이 가능한 곳이 있다고 해도 접근하지 않는 것이 통례였다.

그렇기에 쟈코니아 산맥에 몬스터들이 번성하는 것은 당연했다. 수십, 또는 수백 마리씩 떼 지어 다니는 오크부터 시작해서 트롤, 오우거 등이 쟈코니아 산맥에서 서식하고 있었는데, 이들이 이곳에 터전을 잡은 것도 다 따지고 보면 험준한 지형을 좋아하여 곳곳에 둥지를 틀고 있는 드래곤들 덕분이었다. 아무리 막강한 토벌대를 구성하여 몬스터 사냥을 하려고 해도, 그놈들은 약속이나 한 듯 드래곤의 영토로 슬그머니 자취를 감추는 것이었다.

그래서 인간들을 괴롭히는 몬스터를 드래곤들이 사육하는 것이 아니냐? 혹은 몬스터들과 드래곤 간에 어떤 밀약이 존재하는 것이 아니냐는 하는 의혹이 인간들 사이에서 제기되고 있을 정도였다.

물론 그것은 인간들의 생각일 뿐이고, 실질적인 생태계의 먹이 사슬은 조금 달랐다. 그 먹이 사슬의 핵에는 드래곤의 식습관이 자리하고 있었다.

물론 드래곤은 아무것도 먹지 않아도 살 수 있다. 하지만 헤즐링일 때는 육체의 성장을 위해 식사를 해야만 했다. 아무리 새끼라고 해도, 원체 드래곤 자체가 덩치가 있는 존재들인 만큼 막대한 양을 먹어야 했다. 물론 그렇다고 해서 헤즐링 한 마리가 몬스터들을 멸종으로 몰고 갈 만큼 많은 분량의 식사를 원하는 것은 아니었다.

그것을 잘 알고 있는 오크나 트롤 같은 좀 두뇌 회전이 **빠른** 몬스터들은 드래곤이 새끼를 낳은 후부터 헤즐링의 식사감들을 사냥을 하든지 채집을 해서, 혹은 민가를 약탈해서라도 드래곤에게 바쳤다. 그 때문에 헤즐링의 식사 메뉴에는 호비트라고 불리는 인간의 고기도 포함되는 것이다.

어쨌든 그렇게 열심히 구하러 다녔지만 아무것도 못 구하는 날도 생기게 된다. 그렇게 되면 그들은 동족들 중에서 두셋을 뽑아서 바치는 한이 있더라도 헤즐링의 식사감이 떨어지는 날이 없도록 도와주는 것이다. 그렇게 해서라도 그들은 드래곤의 보호를 필요로 했다. 이렇게까지 자신을 지극 정성으로 받드는 몬스터들을 드래곤이 귀엽게(?) 봐주지 않을 리가 있겠는가?

또, 몬스터들의 적이라고 할 수 있는 호비트들의 행태는 또 어떠한가? 그놈들은 자기들만 똑똑한 줄 알고 감히 드래곤의 영토에 침입해서 보물이나 마법 서적을 훔치려고 들고, 또 심한 경우에는 드래곤 슬레이어를 꿈꾸며 도전장을 던지기도 했다. 그렇기에 예로부터 드래곤의 영역은 호비트들의 침입을 허용하지 않고 있었던 것이다.

이런 이유로 인간의 침입을 허용하지 않는 쟈코니아 산맥의 한 귀퉁이에 칙트족의 본거지가 있었다. 칙트족의 구성원은 돼지 대가리에 탄탄한 근육질을 자랑하는 먹음직한…, 아니 용맹스러운 오크들이었다. 오크들은 겉보기와 달리 두세 시간만 강한 햇볕을 쬐면 화상을 입을 정도로 피부가 연약했기에 햇볕을 극도로 싫어했다. 그 때문에 이렇게 삼림이 울창하게 우거진 음침한 곳에 동굴을 파고 생활하는 것이다.

그들은 여기저기 피워놓은 모닥불 주위에 십여 마리씩 모여 앉아 고기를 굽고 있었다. 대규모 약탈 작전에는 믿음직한 동료가 되었다가, 먹을 게 궁할 때는 먹잇감도 되어 주는 이웃의 오크 마을과 전투를 벌여 전사자와 포로들을 챙겨 와서 지금 굽고 있는 중이었던 것이다. 물론 굽고 있는 고기 중에는 오늘 아침에 있었던 전투에서 전사한 동료들도 포함되어 있었다.

고기가 익어 가는 향긋한 냄새가 퍼져 나가고, 높은 온도에 지글거리며 떨어지는 기름기를 보면 마음이 느긋해지기 시작한다. 이때, 누군가가 고기를 크게 한 조각 뜯어내어 씹어 먹기 시작했다. 물론 가장 먼저 식사를 시작한 것은 족장이었다. 족장이 식사를 시작하자, 곧이어 오크들은 암컷, 수컷, 새끼들 할 것 없이 모두들 아직 덜 익어서 피가 뚝뚝 떨어지는 고깃덩이를 향해 달려들었다. 동족끼리 전투를 해서 먹이를 조달할 정도로 식량 사정이 악화된 지금은 조금이라도 더 먹어 두는 것이 장수에 보탬이 되기 때문이었다.

과거 평화로울 때는 그래도 식량 사정이 좋았었지만, 지금 호비트들은 맹렬하게 전투를 벌인 후였다. 그 때문에 오크 마을에 푸짐한 선물을 건네며 통행하던 밀수꾼들도 자취를 감춘 지 오래였고, 코린트의 초토화 작전으로 인해 피난 가 버린 농가들을 털어봤자 나오는 것은 먼지뿐이었다.

옛날에는 여러 부족들이 연합하여 큰 마을의 식량 저장고를 털기도 했지만, 코린트의 기사단들이 초토화 작전이라는 명목 하에 식량 저장고들을 불태워 버린 후에는 사정이 많이 바뀌어 버린 것이다. 그렇다고 험준한 산맥을 넘어 아르곤 쪽으로 갈 수도 없었다. 그곳은 카만트족의 영토였기 때문이다.

점점 고기의 양이 줄어들기 시작하자 모두들 조금이라도 더 먹기 위해 악을 쓰기 시작했다. 몇몇 곳에서는 벌써 고깃덩이를 두고 주먹다짐까지 시작하고 있었다. 일이 이렇게 되자 암컷들은 새끼들을 거느리고 화톳불에서 멀찍이 떨어지기 시작했다. 아무래도 힘에서 밀리는 그들이 얼쩡거려 봐야 피해만 당할 것이 뻔하기 때문이었다.

바로 이때, 시커먼 로브를 걸친 호비트 한 마리가 나타났다. 갑작스러운 불청객 때문에 여기저기에서 벌어졌던 싸움은 곧 멈췄다. 오크들은 저마다 자신의 무기를 챙겨들었다. 무기라고 해 봐야 농가에서 약탈한 도끼나 쇠스랑 같은 각종 농기구들이나 병사들을 죽이고 빼앗은 창, 칼, 단검 따위부터 시작해서 커다란 나무 몽둥이와 돌도끼까지 가지각색이었다.

쉭쉭거리는 바람 빠지는 소리부터 시작해서 끄르릉거리는 각종 비음까지 별의별 소리가 다 들려왔다. 하지만 그들은 곧바로 실력 행사에 들어가지는 않았다. 이들은 이미 상인들과 각종 거래를 해 본 경험이 있었기에, 방문객과 '협상'이라는 것을 하는 것이 훨씬 유리한 경우도 있다는 것을 잘 알기 때문이었다. 이윽고 우두머리의 지시를 받은 오크 한 마리가 앞으로 쓱 나서면서 말했다.

"쉭! 그대는 누구인가?"

그 말에 방문객은 살기 어린 미소를 지으면서 이죽거렸다.

"이놈들은 제법이로군, 크하하핫! 나는 어둠의 마왕께서 내리신 명령을 네놈들에게 전하기 위해서 왔노라. 네놈들은 무릎을 꿇고 위대하신 마왕님의 명령을 경청하라!"

"쉭쉭! 무슨 헛소리냐?"

"역시 하등한 것들이 되어 놔서 언제나 손을 써야만 하는군."

검은 로브를 입은 늙은이는 두 손을 위로 쭉 뻗으면서 외쳤다.

"미천한 것들이여! 어둠의 명령에 따르라. 오우베이(Obey)!"

그 순간 번쩍 들려 있는 그 노인의 양손 사이에서 밝게 빛나는 검붉은 덩어리가 생겨났다. 그리고 그것을 보고 있는 오크들의 눈동자가 어느 사이인가 붉게 물들고 있었다.

어느새 노인의 주위에 살기등등하게 서 있던 오크들의 표정에는 살기가 지워졌다. 그들은 저마다 노인의 주위에 복종을 맹세하는 듯 고개를 푹 숙이고 엎드리기 시작했다. 그런 그들을 노인은 오만하게 둘러보고 있었다. 꿇어 엎드리는 오크들의 수는 점점 더 많아졌다. 앞의 오크들이 엎드리면서 시야가 뚫린 뒤의 오크들도 그 빛을 볼 수 있었다. 그리고 마지막에는 제일 뒤쪽에 있던 암컷들까지도 새끼들과 함께 엎드렸다. 그런 노인의 눈에 빛을 보지 않고 도망치는 오크들 몇 마리가 눈에 띄었다. 그것을 본 즉시 노인은 차가운 어조로 명령했다.

"저놈들을 잡아 와라!"

그와 동시에 꿇어 엎드려 있던 오크들이 일제히 일어서며 그들을 추격하기 시작했다. 뒷줄에 서서 노인을 바라보지 않고 서 있던 것들은 암컷이나 새끼들, 혹은 별로 강하지 못한 오크들이었다. 강한 오크들은 뒷줄에 서 있기는 했지만, 상대가 어느 정도 실력을 가지고 있는지 관찰하고 있었기에 그 빛을 바라보지 않을 수 없었던 것이다.

그 때문에 그들은 곧 잡혀 왔다. 그들 또한 강제로 시선을 그쪽으로 맞췄기에 곧이어 복종의 몸짓을 표시했다. 노인은 모든 오크들을 노예로 만드는 작업이 성공하자, 이번에는 또 다른 주문을 외웠다. 어둠의 마왕으로부터 흘러나오는 강력한 암흑의 기운을 이들에게 주어, 더욱 강력한 전투력을 부여하기 위해서였다.

일단 모든 작업을 끝낸 노인은 오크들에게 명령을 내렸다. 새롭게 장만한 이 듬직한 병사들을 하루라도 빨리 예정된 집결지로 보내야 하기 때문이다.

이런 작업은 비단 이곳뿐만 아니라, 여러 산맥에 파견된 수백 명의 흑마법사들이 벌이고 있었다. 악마를 받드는 흑마법사들은 이미 마왕으로 현신해 버린 토지에르의 수족이 되어 있었다. 그리고 그들은 곳곳에서 하등한 몬스터들을 복종시키고 있는 중이었다.

고등한 정신 체계를 가진 엘프나 인간들에게 이런 흑마법을 사용할 수는 없었지만, 저등한 몬스터들에게는 매우 잘 통했다. 그리고 그들은 곧이어 새롭게 탄생하는 암흑 제국 크라레스의 믿음직한 병사들이 되어 줄 것이다.

신탁을 받은 수녀

"어떻게 하는 것이 좋겠습니까? 대사제님."

"까다로운 문제로군요. 지혜로우신 아데나 여신께서 신탁을 내리셨다면, 어떤 깊은 뜻이 숨어 있는 것이겠지요. 하지만 이런 경우는 참 대답하기가 어렵군요."

수녀의 질문을 받은 대사제도 당황할 수밖에 없었다. 코린트의 상층부와 접촉하는 것은 대신관인 자신도 힘든데, 하물며 수녀 따위가 감히 먹혀 들어갈 리가 없었기 때문이다. 거기에다가 이곳 코린트는 아데나신보다는 전쟁의 신 아레스를 열광적으로 받드는 나라였다. 아레스를 모시는 고위급 사제라면 어떻게 될지도 모르지만, 지혜의 여신을 섬기는 그녀들은 파고 들어갈 자리가 없었던 것이다.

"그렇다면 대신관님께서 알고 계신 한도 내에서 암흑의 세기가 도래했다는 사실을 전할 만한 인물은 없을까요?"

"글쎄요……. 참, 내가 왜 그 생각을 못 했지?"

대신관은 좋은 생각이 떠올랐다는 듯 활기찬 어조로 말했다.

"지금 전쟁이 끝난 지 얼마 안 된 상황이기에 뛰어난 기사들 중에서 의료 시설에서 요양하고 있는 환자들이 많이 있지요."

대사제가 무슨 말을 하려는 것인지 즉각 이해한 수녀는 탄성을 질렀다. 건강한 기사들이라면 물론 미천한 자신들이 만나기 힘들 것이다. 하지만 아파서 누워 있는 상태라면 치료할 자격만 얻는다면 아주 손쉽게 접촉할 수 있지 않겠는가?

"아! 그렇군요."

대사제는 자신이 도움이 될 수 있다는 사실에 환한 미소를 지으면서 말했다.

"케락스 황실 병원에 가면 될 거예요. 여기에 소개서를 써 주겠어요."

대사제는 서랍에서 종이와 펜을 꺼내서는 소개장을 열심히 쓰면서 말했다.

"거기에 가면 고위급의 지위를 가진 환자들을 만날 수 있을 겁니다. 아무래도 황실 병원이다 보니까 그곳에 입원한 환자들은 고위급 관료들이나 기사들인 경우가 많지요. 그리고 전쟁 막판에는 크라레스의 기사단이 케락스시에까지 난입해 들어와서 격전을 벌였으니까요."

이것은 수녀로서는 처음 듣는 말이었다.

"예?"

"크라레스의 기사단이 황궁에까지 침입해 들어가서 격전을 벌였었죠. 그렇게 엄청난 대 폭발을 일으켰으니까 나도 알고 있는 거예요. 물론 군 당국에서는 적의 침입이 아니라고 하면서 유언비어를 유포하는 자를 처벌한다는 명목 하에 소문이 퍼지는 것을 막았지만 말이에요."

"그랬었군요."

"자, 여기 있어요. 이걸 가지고 가세요."

"감사합니다, 대사제님."

"뭘요. 신녀님의 명을 행하는 것을 돕는 것은 당연한 것이지요."

수녀가 자신의 제자와 함께 병원에 도착했을 때, 그녀는 별 어려움 없이 병원에 취직할 수 있었다. 몇 시간 전에 아르티어스 어르신이 한바탕 휘저어 놓고 갔기에 엄청나게 많은 부상자들이 발생해서 그야말로 고양이 손이라도 빌리고 싶을 지경으로 인력난이 극심했기 때문이었다.

"자, 여기 있는 환자들을 치료해 주세요."

수녀는 아연한 표정을 지을 수밖에 없었다. 아주 커 보이는 병원은 이미 꽉 차 버렸는지, 환자들을 병원 앞에 펼쳐져 있는 넓은 잔디밭 위에다가 쭉 늘어 놨던 것이다. 신음하고 있는 환자들을 치료하면서 수녀는 그 막대한 수의 환자들이 마법에 의해 상처를 입었다는 것을 알고 놀랐다.

하지만 그녀는 놀라고 있을 틈이 없이 환자의 치료에 매달리기 시작했다. 목숨이 경각에 달렸을 정도로 아주 심한 상처를 입은 환자들이 많았기 때문이다.

"크리스틴, 포션하고 약초, 그리고 붕대 좀 더 가져오너라."

수녀는 자신이 가지고 왔던 포션(환자 치료용 성수)을 환자들에게 다 써 버리자 그녀의 제자에게 부탁했다.

"예, 수녀님."

크리스틴은 수녀의 부탁에 따라 병원 안으로 달려 들어갔다. 한참 지나서 그녀는 약초하고 붕대만 가지고 돌아왔다.

"포션은? 다 떨어졌니?"

"아뇨."

"그럼?"

"천한 것들을 위해서 귀중한 포션을 줄 수 없대요."

"뭐라고?"

시무룩한 표정의 제자의 대답을 듣고 수녀는 경악할 수밖에 없었다. 어떻게 상처 입은 병사들에게 그딴 소리를 내뱉을 수 있을까?

"너는 이 환자에게 약초를 바르고, 붕대를 감아 주거라."

"예."

수녀는 병원 안으로 들어갔다. 병원 내부는 밖에서 본 것보다 더욱 호화로웠다. 수녀는 병원 밖 경비실에서 소개장을 내보인 후 곧장 환자들에게 투입되었기에 아직 실내에 들어와 보지 못했던 것이다. 실내는 대리석으로 번쩍이고 있었고, 각종 아름다운 화초들이 심어져 있는 화분들이 놓여 있었다. 그리고 수녀가 가장 충격을 받은 사실은 실내에는 거의 환자가 없었다는 데 있었다. 그렇다면 왜 그 많은 환자들을 잔디밭 위에다가 눕혀 놨단 말인가?

수녀는 마법사의 복장을 하고 있는 젊은이를 보자마자 따지기 시작했다.

"이보세요. 환자들을 어떻게 저렇게 야외에 방치할 수 있단 말입니까? 여기에는 이렇게 넓은 공간이 있는데 말이에요. 그리고 위중한 환자들을 위해서 포션을 좀 주세요."

그 젊은이는 얼굴 가득 거만한 표정을 지으며 비웃었다.

"그런 천한 것들을 귀족들이 치료받는 이 병원에 입원시키란 말인가? 그리고 포션 한 병의 가격이 얼마나 비싼데 그런 데다 쓰라는 건가? 저기 눕혀 놓은 것들은 하급 병사들이란 말이야. 황궁에서 사고가 났기에 저것들을 우선 이리로 데려온 것이지, 천한 것들이 감히 이곳에서 치료받을 생각을 한단 말인가? 저것들은 여기서 대충이나마 치료를 해 주는 것만도 황감히 여겨야 할 것이야. 곧 딴 곳으로 이송해서 치료할 거니까 그런 주제넘은 말은 하지 말게."

거만한 마법사의 설명을 들은 수녀는 화가 머리끝까지 나서 되돌아 나왔다. 빈손으로 미간에 줄을 두 개 그은 채로 나오는 수녀를 보며, 크리스틴은 거보란 듯 어깨를 으쓱했지만, 감히 그 이상의 표현은 하지 못했다. 수녀의 얼굴은 결코 화가 난 것처럼 보이지 않았지만, 크리스틴은 지난 1년간 그녀와 함께 지내면서 미간에 줄을 긋고 있는 것이 그녀 나름대로 화가 잔뜩 났음을 표시하는 것임을 잘 알고 있었기 때문이다.

"크리스틴!"

"예, 수녀님."

"급히 가서 물병에 깨끗한 물 좀 길어 오너라."

"예."

크리스틴은 조르르 달려가서 물을 떠왔다. 과연 스승님이 이 물을 가져다가 뭐를 하려는 것인지 궁금하게 여기면서 말이다. 수녀는 제자가 떠온 물을 앞에 놓고 아데나신께 성심껏 기도를 올렸다. 심한 부상으로 신음하면서도, 변변한 치료도 받지 못하고 있는 병사들을 위한 것이었다. 기도가 계속될수록 물병을 쥐고 있는 그녀의 손에서는 푸르스름한 광채가 더해 가기 시작했다.

이윽고 긴고 긴 기도가 끝난 후 수녀는 힘없는 어조로 제자에게 말했다.

"저 포션을 신관과 무녀들께 나눠 드려라. 그리고 저기 있는 부상자들의 상처에도 발라 주고 말이다."

"예, 수녀님."

수녀는 잠시 쉰 후에 비틀거리며 일어섰다. 포션을 직접 만드느라 엄청난 신성력을 썼지만, 그래도 환자들이 신음하고 있는데 계속 쉬고 있을 수만은 없었기 때문이었다. 그녀의 옆에서 환자를 치료하다가, 그녀가 포션을 직접 제작하는 것을 본 신관들과 무녀들은 그녀에게 존경심을 가득 담아 살짝 인사를 건넸다.

2리터는 족히 될 만한 큰 물병에 가득 들어 있는 물을 포션으로 만들 수 있다는 것은 웬만한 신성력으로는 되지 않는 것임을 그들도 잘 알고 있었기 때문이다.

　병자들에 대한 응급 처치가 어느 정도 다 되었을 때, 수십 대의 짐마차들이 도착했다. 그리고 부상병들은 그 짐마차에 차곡차곡 실려 어딘가로 떠나갔다. 아마도 수도 내에 산재해 있는 작은 병원이나, 아니면 수도 외곽에 있는 수도 방위 사령부 예하의 각 연대 단위에 있는 야전 병원(野戰病院)으로 보내지는 것이리라.

　"이제야 끝났군요. 무녀님께서는……."

　마지막 마차가 떠난 후에 한 신관이 다가와서 말을 건넸다. 그는 잠시 수녀의 로브를 살펴본 후 말을 이었다. 로브에 그려진 각종 문양을 통해 어떤 교단의 무녀인지 알 수 있기 때문이었다.

　"아데나 신전에서 나오셨군요. 저는 아레스 신전에서 나왔습니다. 믿음이 깊은 무녀님과 함께 일을 할 수 있어서 영광이었습니다."

　상대의 말에 수녀는 살며시 미소 지으며 답했다.

　"믿음이 깊은 무녀라니요, 과찬의 말씀이십니다. 저는 수녀일 뿐입니다."

　"수녀라구요?"

　그 신관은 믿지 못하겠다는 듯이 되물었다. 그도 그럴 것이 그 정도의 신성력을 지녔다면 고위급……. 그러니까 최소한 대사제는 될 것으로 생각했었기 때문이다. 그러다가 그는 갑자기 예전에 들었던 말이 떠올랐다.

　아데나 교단은 독특한 진급 방식이 있었다. 다른 교단은 믿음이 강하면 그에 따라 직위도 함께 올라가지만, 그곳은 성공적으로

신탁을 받은 수녀　127

제자를 길러내야만 대사제의 직분을 받을 수 있었던 것이다. 제자 한 명을 길러 내는 데는 짧은 시간으로는 절대로 안 되는 것이다. 오랫동안 잊고 있었던 기억이 떠오르자, 신관은 미안한 듯 말했다.

"죄송합니다, 제가 믿음이 짧아서 잠시 경망된 어조를 사용했었습니다. 용서해 주시기를 바랍니다."

"아닙니다, 형제님. 누구나 실수를 할 수 있는 것 아니겠습니까?"

조용히 미소 짓고 있는 수녀를 보며 신관은 궁금한 듯 물었다.

"지금 어디에서 봉사하고 계신지요? 저는 수도 방위대 제34연대에서 종군하고 있습니다. 그러다가 이곳으로 파견되어 왔지요."

"저는 어제 케락스시에 도착했기에……."

"그러시다면 저와 함께 가시지 않으시겠습니까? 무녀님처럼 믿음이 깊으신 분이라면 언제든지 환영을 받으실 겁니다."

이때, 병사 한 명이 다가오더니 수녀에게 인사를 건네며 말했다.

"드로아 대 신전에서 나오신 수녀님이십니까?"

"예."

수녀가 고개를 살짝 숙이면서 대답하자, 병사는 상관에게서 받은 명령을 전달했다.

"병원장이신 에스키스 백작님께서 수녀님을 뵙고자 하십니다."

수녀는 자신에게 친절을 베푼 신관에게 인사를 건네고는 병사를 따라 병원장실로 갔다. 황실 직속의 병원이라서 그런지 실내의 규모와 화려함은 이루 말할 수 없었다. 제자인 크리스틴은 스승을 따라가면서도 연신 주위를 둘러보며 구경했다.

이윽고 병원장실에 도착했다. 수녀는 제자를 밖에다가 두고 혼자만 안으로 들어갔다. 병원장은 인사를 건네는 수녀를 보며 슬쩍 고개를 까딱여 대답을 한 후, 날카로운 눈매로 그녀를 노려본 후 자신이 들고 있는 편지 쪽으로 시선을 돌렸다. 그런 다음 잠시 후 입을 열었다.

"케락스 신전의 레이 대사제의 소개장을 가지고 온 드로아 대신전에서 수련을 했다는 수녀가 그대인가요?"

"예."

"소개장을 가지고 온 것을 보아, 이 병원에서 일하고 싶소?"

"예."

"여태껏 아데나 신전의 무녀들이 병원에서 일한 적은 거의 없기에 묻는 것이오. 대부분 아데나 신전의 무녀들은 세상을 떠돌면서 종교를 전파하고, 또 의술을 베푸는 것으로 알고 있었소. 그런데 왜 그대는 딴 무녀들과 달리 병원에서 일하고자 하는 것이오? 그것도, 이 병원은 귀족들을 위해 황제께서 직접 설립하신 곳이라서 환자들도 많지 않은데……."

병원장의 질문에 수녀는 담담한 어조로 대답했다.

"예, 신탁을 좇아 이리로 흘러왔을 뿐입니다."

"신탁? 신탁이라……. 그렇지, 아데나 교단은 신탁에 따라 움직인다는 사실을 잠시 잊었었소. 신탁의 내용이 뭔지는 말해 줄 수 있겠소?"

"그것은 말씀드리기 어렵습니다."

"그으래요? 그렇게 말씀하신다면 여기에 머물게 할 수는……."

여기까지 말한 에스키스 백작은 콧수염을 슬쩍 쓰다듬으며 머리를 굴리기 시작했다. 이곳에 들어오는 목적을 뚜렷이 알지 못하는데, 그녀를 쓰기는 조금 뒤가 찜찜했다. 하지만, 그렇다고 포션을 만들 수 있는 능력 있는 수녀를 그냥 내치기도 그랬다. 포션 한 병의 가격은 매우 비쌌기 때문이다.

그 소식을 부하들에게서 들은 후에 이리저리 그녀에 대한 정보를 수소문해서 몇 시간 전 소개장을 정문에 전달하고 들어왔다는 것을 알아내지 않았던가? 그런 후 케락스시에 있는 아데나 신전까지 사람을 보내어 그것이 가짜가 아님을 확인까지 받았다. 이런 모든 것을 다 해 본 후였기에, 그녀를 내치기는 아무래도 아쉬움이 있었다.

"잠깐, 그대의 신탁이 코린트에 해가 되지 않는다는 것을 당신이 믿는 아데나신께 맹세한다면 그대를 써 주겠소."

"물론이지요."

상대가 아주 손쉽게 승낙을 했기에 백작은 조금 더 머리를 굴렸다. 그렇듯 쉽게 대답을 한다는 것은 진짜로 코린트에 해가 안 된다는 것일 수도 있고, 아니면 아데나신을 안 믿기 때문일 수도 있지 않겠는가?

"그리고 자신이 믿는 대상이 아데나신이라는 것 또한 맹세해야만 하오."

수녀는 병원장의 요청대로 맹세를 했다. 만약 신을 받드는 사도라면 거짓 맹세는 절대로 하지 않는다. 특히나 자신이 받드는 신의 이름을 걸고 말이다. 왜냐하면 그런 짓을 해서 신의 미움을 받으면 모든 신성력을 한꺼번에 잃게 되기 때문이었다.

수녀가 포션을 만드는 것으로 보아, 그녀는 어떤 신이 되었든 신을 받드는 인물일 것이다. 그렇지 않다면 저런 맹세를 행할 수는 없는 것이다. 병원장은 싱긋이 미소를 지었다.

"어떤 부서에서 일하고 싶으시오?"

"환자를 치료하는 곳이면 어디라도 상관없습니다."

"좋소."

병원장은 자신의 뒤쪽에 있는 줄을 슬쩍 당겼다. 그것이 누군가를 호출하는 신호인 듯 근엄하게 생긴 무녀 한 명이 곧바로 들어왔다.

"부르셨습니까?"

"저 수녀님을 요양 환자 병동에 배치하도록 하시오."

"예, 알겠습니다."

그 무녀는 수녀를 향해 말했다.

"자, 따라오세요."

백마법과 신성 마법이 발달한 후 환자를 치료함에 있어서 그렇게 오랜 시간을 필요로 하지 않게 되었다. 하지만 병원장으로서는 아직까지도 수녀를 전적으로 신뢰할 수 없었기에 그를 수많은 귀족들이 들락거리는 병실에 배치할 수 없었다.

대신 백마법이나 신성 마법이 통하지 않는 장기 요양 환자들을 돌보도록 배치한 것이다. 그곳은 환자의 수도 적을뿐더러, 사람의 왕래가 극히 적은 곳이기에 시간을 두고 차근차근 감시할 수 있다는 이점이 있기 때문이었다.

이렇게 해서 수녀는 소기의 목적대로 병원에 들어오는 데 성공했다. 그녀는 그곳에서 환자들을 돌보기 시작했다. 요양 병동이라고 해서 꽤 거창한 듯하지만 거대한 병동에 환자라고 해 봐야 30명도 채 안 된다는 것이 그녀를 허탈하게 했다. 그리고 그 대부분이 침상에 누워 대부분의 시간을 잠만 자고 있는 반쯤은 식물인간들이라고 할 수 있었다.

"수녀님, 왜 이 사람들은 깨어나지 않는 거예요?"

"글쎄다. 잘 모르겠구나."

수척한 환자의 몸 구석구석을 젖은 수건으로 꼼꼼히 닦아 준 후, 다시금 옷을 입히면서 수녀는 대꾸했다. 신성 마법이 이렇듯 발달해 있는 상태에서 이런 중환자가 이 세상에 존재할 것이라고는 꿈에도 생각해 본 적이 없는 그녀였다. 그렇기에 그녀는 이들에게 신성 마법을 써서 치료할 수 없는지 물어봤지만, 그곳에 근무하는 무녀들은 헛수고라고 답해 줬다. 그들은 신성 마법으로는 절대로 치료할 수 없는 병을 앓고 있었던 것이다.

"새로 오셔서 잘 모르시는 모양인데, 환자의 침대는 절대로 이 마법진 밖을 벗어나면 안 됩니다. 아시겠습니까? 수녀님."

이 병실 환자들을 책임지고 있는 마법사는, 그녀가 환자를 일광욕시키기 위해 침대를 창가로 옮겨 놓은 것을 발견하자마자 주의를 주었다.

"예. 그런데 마법사님, 왜 환자를 저 마법진에서 벗어나게 하면 안 되는 것이지요? 또 저 환자들의 병명은 뭡니까? 저는 저렇게 오랜 시간 치료를 받는 환자들은 처음 보기 때문입니다."

마법사는 왜 그런 실수가 생겼는지 이해했다는 듯 고개를 끄덕이며 부드러운 어조로 말했다.

"아아, 여기에 새로 오신 모양이군요."

"예, 어제저녁에 배치되었습니다."

"저 환자들의 병의 원인은 마나의 고갈이죠."

그런 병이 있을 거라고는 상상도 한 적이 없기에 수녀는 놀랐다.

"예?"

"인체 내에서 사용되고 또 들어오는 마나의 밸런스가 깨졌기에 그냥 놔두면 생명을 지탱하기도 힘듭니다. 그 때문에 마나를 공급해 주는 마법진 위에 놔두는 것이죠. 물론 대기에 떠도는 마나를 자연적으로 흡수할 수도 있겠지만, 그렇게 해서는 시간이 너무 많이 걸리죠. 그래서 개발한 것이 저 방법입니다. 저런 환자에게 있어서는 유일한 치료법이죠. 그러니 될 수 있으면 환자를 저 마법진 위에 놔두세요."

"알겠습니다."

수녀는 한 번씩 병원장의 부탁에 따라 포션을 만들어 주기도 하면서 환자들을 돌봤다. 환자들의 치료에 신성력을 쓸 일이 없었던 그녀였기에 병원장의 부탁을 거절할 이유가 없었다.

병원장은 일이 생겨서 포션이 내일쯤 도착하는데, 지금 쓸 것이 없다는 둥 그런 변명을 하면서 그녀에게 포션을 만들어 줄 것을 부탁했다. 물론 이런 고급 병원에서 그런 일은 절대로 있을 수 없었다. 병원장은 이런 식으로 여러 무녀들과 신관들을 꼬드겨서는 포션을 헌납받고 있었고, 그것을 시장에 내다 팔아서는 '꿀꺽' 하고 있었던 것이다.

황실 병원의 암운

 드래곤이 떠나고 난 후 로체스터 공작은 집무실로 돌아온 즉시 레티안을 불러들였다.
 "부르셨사옵니까? 공작 전하."
 레티안이 들어오자 공작은 의자를 가리키면서 말했다.
 "그녀를 어떻게 처리할지 의논하자고 불렀네. 자네도 들었겠지? 드래곤이 와서 난리를 친 것 말일세."
 "예, 공작 전하. 별궁이 박살 났고, 수백 명이 부상을 당했다는 보고는 들었사옵니다."
 로체스터는 우울한 어조로 말했다.
 "그 드래곤은 그녀를 찾아온 것 같아. 만약 그녀를 죽여 버렸다면 큰일 날 뻔했어. 미네르바가 재빨리 이쪽에 그녀를 넘겨줄 때

눈치 챘어야 했는데 말이야.”

레티안은 로체스터 공작의 말을 수긍했다.

“예, 미네르바 공작은 우리 쪽에다가 드래곤의 분노를 떠넘긴 것이라고 봐야 할 것이옵니다. 저렇게 악착같이 찾아 댄다면 언젠가는 들통이 날 것임이 분명하기 때문이옵니다. 그리고 어떻게 보면, 우리가 그녀를 죽였다는 사실을 미네르바가 이용할 수도 있지요. 그것을 드래곤에게 고자질할 수도 있다는 것이옵니다. 그녀를 지하 감옥에 수감해 둔 것은 매우 잘하신 결정이옵니다.”

“맞아. 그럴 수도 있겠지. 어쨌든 크루마의 입장에서 코린트는 넘기 힘든 장벽일 테니까 말이야. 그건 그렇고 그녀를 드래곤에게 넘겨주는 것은 어떨까? 용병대장은 그것이 좋을 것 같다고 하던데 말이야.”

레티안은 잠시 생각해 본 후 냉정하게 자신의 생각을 정리해서 대답했다.

“그녀를 지금 드래곤에게 넘겨주는 것은 좋지 않사옵니다.”

“왜?”

“크루마에서 사용한 정신계 마법에 따른 부작용으로 약간 상태가 안 좋사옵니다. 그런 그녀를 드래곤에게 넘긴다면 드래곤이 가만히 있겠사옵니까? 거기에다가 크루마 쪽에서는 우리가 강압적으로 요구했기에 그렇게 했다고 대답한다면 최종적으로 드래곤의 분노를 받을 나라는 본국이옵니다.”

충분히 이해가 가는 답변이었다.

“그렇겠지.”

"그런 만큼, 그녀를 없애는 것보다는 회유하는 것이 좋지 않겠 사옵니까? 일단 그녀가 우리 쪽의 손을 들어 준다면 더 이상 좋을 것이 없을 것이옵니다. 그녀야 지금 상태가 좋지 못하지만, 그녀의 뒤를 돌봐 주는 드래곤은 어마어마한 힘을 가지고 있지 않사옵니까? 또 드래곤이 직접 나선다면 정신계 마법의 부작용쯤은 아주 간단히 치료할 수 있을 것이옵니다. 그렇게 되면 더 이상 바랄 것이 없겠지요."

로체스터는 구미가 당기는지 입맛을 다셨지만, 그것이 현실적으로 가능하다면 그 고생을 했겠는가?

"회유라……. 하지만 그것이 쉬울까?"

"일단 그녀를 지하 감옥에서 꺼내 주는 것이 좋을 듯하옵니다. 그런 후 귀빈으로서 대접하는 것이지요. 그러면서 시간을 들여서 회유한다면 어쩌면 가능성도 있사옵니다. 사실 그녀와 크게 원수 질 일을 한 적은 없지 않사옵니까? 또, 지금 그녀의 몸 사정은 좋지 못하옵니다. 사람은 몸과 정신이 피곤할 때, 그때가 회유하기 좋지 않사옵니까?"

"그럴까?"

"그렇사옵니다. 그리고 사람이란 존재는 뭔가에 약점이 있기 마련이옵니다. 돈, 재물, 뭐 그런 것들 말이옵니다."

"하지만 그런 것이 소용이 있을까? 그녀는 크라레스 황제에게 충성을 맹세한 기사인데 말이야."

"그렇다면 크라레스 황제를 인질로 잡는 수도 있지 않겠사옵니까? 크라레스는 이미 끝장 난 국가인데 어려울 것도 없겠지요."

"그렇군. 내가 그 생각을 못 했어."

"하지만 전하, 회유는 급할 것이 없겠지만 지금 당장 해 둬야 할 것이 있사옵니다."

로체스터 공작은 의아한 듯 물었다.

"그렇게 급한 일이 뭔가?"

"회유하기 전에 드래곤이 이곳을 찾아낸다면 최악의 사태에 직면하게 될 것이옵니다. 그 점을 유념해 주시옵소서."

"쯧, 그런 걱정을 할 필요는 없지 않나? 드래곤은 코앞까지 왔었지만, 그녀의 기척을 찾아내지 못했어."

"물론 드래곤이 마법을 이용해서 그녀를 찾기는 어려울 것이옵니다. 미네르바가 그에 대한 만반의 준비를 해 놓은 것을 이미 봤으니까요. 하지만 정령 마법이라면 또 얘기가 달리지옵니다."

"정령 마법이라고?"

"예, 전하. 만약 드래곤이 정령왕을 불러내어 그에게 뒤질 것을 부탁한다면 당장 발각될 것이옵니다. 그녀를 찾아왔던 드래곤은 바람의 정령력을 가진다는 골드 드래곤. 바람의 정령왕에게 부탁한다면 당장 찾아낼 것이옵니다. 전 세계에 바람이 존재하지 않는 곳은 있을 수 없으니까 말이옵니다."

"큰일이로군. 뭔가 대책이 없겠는가?"

로체스터의 걱정스런 물음에 레티안은 아무것도 아니라는 듯 즉시 대답했다. 이미 그것에 대한 궁리를 해 뒀던 것이다.

"당연히 대책이 있으니까 전하께 말씀드리는 것이지요. 정령 마법을 막을 수 있는 마법진을 쳐 두는 것이옵니다. 그렇게 하면 아무리 정령왕이라도 그녀가 있는 곳을 발견할 수는 없을 것이옵니다. 하지만, 갑자기 그런 것을 만들려면 아무래도 돈이 좀 많이 들 것이옵니다."

"돈은 아무리 많이 들어도 상관없네. 즉시 시행하게."

"옛, 전하."

레티안은 우아하게 인사를 올린 후 급히 밖으로 나갔다. 고위급 마법사들을 소환하기 위해서…….

환자들은 하루의 거의 대부분을 잠자면서 보내고 있었지만, 그렇다고 계속 잠만 자는 것은 아니었다. 하루에 한두 번 정도 식사를 했다. 수녀는 소화가 잘 되도록 특별히 만들어진 영양가 높은 수프를 조금씩 떠먹여 줬다.

병상에 오랜 시간 누워 있었던 탓인지 수척해진 환자는 그것을 다 받아먹은 후 감사의 인사를 건네 왔다. 이 환자는 수녀가 배당 받은 세 명의 환자들 중의 한 명이었는데, 상당히 쾌활하면서도 넉살이 좋았다. 명패에 붙어 있는 그의 이름은 '찰스'였다.

"고맙소. 힘이 없어서 밥도 내 손으로 못 떠먹다니……. 내 신세야."

"찰스 씨, 그렇게 생각하시면 안 돼요. 열심히 드시고, 빨리 회복하셔야지요."

위로하는 수녀를 향해 찰스는 언제 신세 한탄을 했냐는 듯 눈을 빛내면서 물었다.

"이봐요, 수녀님. 남자 친구 있소?"

"예?"

의외의 물음에 수녀가 경악했지만 찰스는 그런 것쯤이야 상관 안 한다는 듯 넉살 좋게 말했다.

"나도 한때는 잘 나가던 사람이었소. 재수 없게 사고를 당한 것이었지만, 조만간에 회복될 거요."

수녀가 빙그레 미소 짓자 찰스는 급히 말을 덧붙였다.

"내가 미남이라고 생각하지 않소?"

상당히 수척하긴 했지만 아마도 살이 좀 더 붙는다면 꽤나 잘생겼을 것임이 분명했기에 수녀는 미소를 지으며 응해 줬다.

"예, 세상의 관점에서 본다면 찰스 씨는 아주 미남이시지요."

"헤헤헤, 으아아암"

웃음을 터뜨리다가 찰스는 크게 하품을 한 후 말을 이었다.

"요즘은 완전히 돼지가 되어 가는군. 먹고 자고, 먹고 자고……. 수녀님은 그렇게 생각하지 않소?"

"어쩔 수 없지 않은가요? 빨리 건강해지셔야죠."

"그런데, 수녀님. 혹시 전에 만난 적이 없던가요? 아무래도 낯이 익은 것 같아서……."

"글쎄요. 수행을 하기 위해 3년간 코린트 전역을 떠돌았으니 뵌 적이 있을지도 모르지요."

"그건 아닌 것 같군요. 나는 지난 6년간 황궁 밖을 나선 일이 거의 없었으니까 말이오. 어디선가 만난 것 같은데, 기억이 안 나네……."

찰스는 침대에 누운 채 한참 궁리를 하는 듯하더니 어느덧 그대로 잠이 들어 버렸다.

 하늘 높은 줄 모르고 날뛰던, 아무리 강건하고 야심찬 젊은이라고 해도, 장기간 병석에 누워 있다 보면 아무래도 마음이 나약해지기 마련이다. 그렇기에 평소에는 거들떠보지도 않던 사람이라도 옆에서 말벗도 되어 주고 간호도 해 주고 하면 마음이 슬며시 움직이는 것이 인지상정(人之常情)인데, 하물며 눈알이 튀어나올 만큼 아름답고 또 현숙한 무녀라면 그건 거론할 필요조차 없어진다.
 그런 이유로 수녀는 자신이 배당받은 세 명의 젊은이들과 급속도로 가까워졌다. 그리고 수녀가 데리고 온 제자 역시 그들에게 아주 귀여움을 받았다. 그녀는 수녀를 도와 여러 가지 심부름을 했고, 그러다 보니 역시 환자들과 가까워졌던 것이다. 그런데 그것이 약간의 문제점을 낳고 있었다. 환자들과 속닥속닥해 가지고는 수녀 몰래 뭔가를 해 주기 시작했던 것이다.
 그날 수녀가 노크를 한 후 곧바로 찰스의 병실 문을 열었을 때, 제자가 뭔가를 황급히 감추는 것이 보였다. 그것을 눈치 채지 못할 수녀가 아니었으므로 그녀는 제자 쪽으로 슬그머니 다가간 후 낮은 목소리로 추궁을 시작했다.
 "뒤에 감춘 것은 뭐지?"
 "아무것도 아닙니다, 수녀님."
 "뭐지?"
 슬쩍 수녀의 미간에 주름이 잡히는 것을 본 제자는 재빨리 감추고 있던 것을 황급히 밖으로 꺼냈다. 평상시에는 조신하게 행동하는 스승이었지만, 한 번 속이 뒤틀리면 끝장을 본다는 것을 경험으로 잘 알고 있었기 때문이었다.

수녀는 제자가 들이민 것을 찬찬히 살펴봤다. 그것은 체스판이었다. 그것도 말들이 얽히고설켜서 한참 접전이 진행 중인 체스판이었다. 그런데 괴이한 것은 자신의 제자는 체스를 둘 줄 모른다는 사실이었다. 그렇다면 이 병실에는 제자와 저 환자 둘밖에 없는데 누구와 체스를 두었단 말인가?

"어떻게 된 거지?"

그녀는 날카롭게 눈을 치켜뜨고 제자를 추궁하기 시작했다. 그리고 그 광경을 찰스가 흥미진진하게 바라보고 있었다. 온화한 모습일 때는 잘 몰랐는데, 저렇게 뭔가를 파고 들어가는 모습을 가만히 보자니까 누군가의 얼굴이 슬며시 떠오르기 시작하고 있었기 때문이었다.

"심부름을 해 주고 있었습니다, 수녀님."

"심부름이라. 잠깐 나 좀 보자."

수녀가 자신을 밖으로 불러내자, 제자는 찰스에게 애달픈 시선을 보냈다. 이런 심부름을 시킨 당사자는 당신이 아니냐는 듯한……. 또 찰스는 찰스대로 뭔가 기억이 떠오르려는 상태에서 수녀가 밖으로 나간다면 또다시 원점으로 돌아갈 우려가 있기에 참견하기 시작했다.

"그러실 필요 없습니다, 수녀님. 제가 시킨 일입니다."

"그러신가요? 도대체 누구와 체스를 두고 계셨던 거죠?"

"저 앞쪽 병실의 15호 환자와 두고 있었죠. 저와 오랜 시간 친분이 있었던 분이니까요."

그 말에 수녀의 눈초리가 위로 올라가기 시작했다. 이곳 요양 병동에 있는 환자들의 신상 정보는 일체 비밀이었다. 거의 무방비 상황에 처해 있는 환자들이지만, 황실에서 관리할 정도로 비중이 높은 환자들인 것이다. 그렇기에 어느 병실에 누가 치료를 받고 있는지, 그 모든 것이 비밀 사항이었던 것이다.

지금 찰스라고 부르는 이 사람도, 편의상 찰스라는 가명을 쓰고 있을 뿐이었다. 그런데 찰스가 친분이 있는 사람을 찾아냈다는 것은 제자가 이 병동의 상황을 찰스에게 말했음에 틀림없었다. 그리고 그것은 이 병동에서 최고의 금기(禁忌)를 어겼음을 의미했다.

"크리스틴, 따라 나오너라."

수녀는 잔뜩 분노를 억누른 어조로 말했다. 평상시라면 웃고 넘길 수 있는 자그마한 실수였지만, 지금은 상황이 달랐다. 그녀에게는 신녀님으로부터 받은 교시를 이행해야만 하는 중대한 사명이 있었다. 그런데 그것을 채 시도도 하지 못한 상태에서 멍청한 제자가 찬물을 끼얹고 있는 것이다.

크리스틴은 스승이 화가 잔뜩 난 수준을 이미 넘어섰다는 것을 그 순간 깨달았다. 그녀가 체념한 상태에서 스승을 따라 나가려는 순간, 찰스가 억하는 신음 소리를 삼키는 소리가 들려왔다. 스승은 재빨리 찰스 쪽으로 시선을 돌렸다. 멍청한 제자를 체벌하는 것은 환자를 돌본 후에 해도 늦지 않기 때문이다. 그때 수녀의 그 매서운 눈동자는 자신도 모르게 찰스를 향했다.
 찰스는 하마터면 심장마비를 일으킬 뻔했다. 그만큼 지금 수녀와 겹쳐져 보이는 얼굴이 그에게 충격을 안겨 줬던 것이다. 수녀의 얼굴은 자신을 이 모양으로 만든 그 사람과 너무나도 닮아 있었다. 순간적으로 찰스의 안색이 창백해지며, 공포에 물들기 시작했다.
 그녀가 여기까지 자신을 죽이기 위해 쫓아올 줄이야……. 말도 안 되는 생각까지 떠오르며 그는 뒤에 매달린 줄을 공포에 의해 떨리는 손으로 정신없이 잡아당겼다. 그 줄은 자신이 잠에서 깨어났음을 무녀나 신관에게 알리는 신호였다. 사실 자신에게 공포심을 일깨워 줄 만한 '그녀'가 진짜로 왔다면, 겨우 그들만 불러 가지고는 턱도 없다는 것을 잘 알면서도 살아남아야겠다는 생존 본능에 떨고 있는 그에게는 그런 생각은 티끌만큼도 들지 않았다.
 "무슨 일이십니까?"
 무녀 한 명이 요란한 종소리를 듣고는 재빨리 달려 들어왔다. 찰스는 그 무녀를 보며 겁에 질린 어조로 외쳤다.
 "검을 다오! 검을!"
 정신없이 검을 달라고만 외치던 그는 갑자기 실신해 버리고 말았다.
 "이게 어떻게 된 일입니까? 수녀님."
 무녀는 갑자기 환자가 정신을 잃어버리자 어리둥절한 어조로 물었다.

"글쎄요. 저도 잘 모르겠습니다. 일단 마법사님을 부르는 것이 좋지 않을까요?"

"그러는 것이 좋겠군요."

찰스는 깨어나자마자 곧장 공포에 질린 어조로 검을 달라고 외쳤다. 아무리 달래도 통하지 않았기에 병동을 담당하는 마법사는 환자를 진정시키기 위해 검을 가져다줬다. 물론 찰스의 검이 아니라 경비병에게 부탁하여 그의 검을 빌려 준 것이다. 경비병은 검을 빌려 준 후 찰스의 옆에 붙어 서서는 그 검으로 자해를 하거나, 다른 사람을 해코지하지 못하도록 옆에 서서 감시했다.

찰스는 일단 검을 손아귀에 쥐자 눈에 띄게 안정을 되찾기 시작했다. 그리고 그는 침착한 어조로 15호실의 '로젠 형'을 불러 줄 것을 요청했다.

마법사는 무녀들과 신관들 틈에 끼여 있던 수녀에게 사나운 눈초리를 보내며 질책했다.

"도대체 어떻게 찰스 님이 병동 내의 내부 사정을 알게 된 것인가? 병동 내부의 환자 배치는 절대 기밀이라고 누차 말하지 않았던가?"

"죄송합니다, 제 불찰이었습니다."

수녀는 순순히 자신의 잘못을 시인했다. 하지만 그런다고 넘어갈 수 있는 일이 아니었다. 그만큼 이 병동에서 요양하고 있는 환자들에 대한 보호는 중요했던 것이다.

마법사가 경비병에게 뭐라고 막 지시를 내리려는 순간, 수녀의 얼굴을 본 찰스가 또다시 발작을 일으켰다. "저 마녀를 죽여야 해!" 하면서 두려움에 질린 어조로 비명을 지르며 검을 뽑아 들었던 것이다.

경비병은 실내에 이렇게 많은 사람들이 있는 가운데 환자가 검을 휘두른다면 어떤 사태가 벌어질지 잘 알기에, 급히 환자가 검을 휘두르지 못하게 손목을 붙잡았다. 그리고 마법사는 이 모든 사태의 원인이 수녀였다는 것을 눈치 채고 경비병들에게 눈짓을 보냈다. 수녀가 경비병들에게 끌려갔음에도 환자는 로젠을 찾고 있었다.

"어떻게 할까요? 마법사님."

"할 수 없지. 15호실의 그랙을 이쪽으로 불러 주게. 일단은 환자를 안심시키는 것이 우선이야."

"그랬다가 무슨 일이라도 나면 어떻게 합니까?"

"괜찮을 거야. 이렇게 많은 사람들이 있는데 난동을 부리겠나?"

"예, 그렇게 하죠."

곧이어 창백한 안색을 한 로젠이 신관들의 부축을 받으며 들어왔다. 찰스는 로젠을 보자마자 눈에 띄게 안심하는 기색이 역력했다. 그만큼 찰스는 로젠이란 인물을 믿는 것 같았다. 로젠은 약간의 설명을 신관들에게서 들었음인지 찰스에게 다가서며 부드러운 어조로 말했다.

"일단 검부터 놓고 얘기하자."

"그녀, 그녀가 나타났어, 형!"

"그녀라니?"

"우리를 이 모양으로 만들어 놓은 치레아 대공 말이오."

"치레아 대공이라고? 그녀가 어디 있는데?"

그 물음에는 뒤에 서 있던 마법사가 답해 줬다.

"수녀를 말씀하는 모양인데, 병실에 구금해 뒀습니다."

"구금해 뒀다고?"

로젠으로서는 언뜻 이해하기 힘든 상황이었다. 실제로 그녀가 여기에 왔다면 결코 구금 따위를 당할 리가 없기 때문이었다.

"나를 그녀가 있는 곳으로 데려다 주시오."

"예."

마법사는 지체 없이 로젠의 부탁을 들어줬다. 오랜 시간 이 병동에서 일해 왔던 마법사는 이들의 신분 내력을 어느 정도 짐작하고 있었다. 신성력을 주축으로 수련을 해 온 신관이나 무녀들의 경우 잘 모르고 있었지만, 오랜 시간 마나를 다루는 법을 익혀 온 그는 이 '마나 고갈'이란 희귀한 병이 아무나 걸리는 것이 아니라는 사실을 잘 알고 있었기 때문이다.

그리고 그 병에 걸려서 황실 소속의 이 병원에 입원하려면 타이탄을 조종하던 오너 정도는 되어야 올 수 있음을 그는 잘 알고 있었던 것이다. 병자 개개인의 신상은 모르지만 대략적인 신분을 알고 있는 그였기에 감히 상대의 부탁을 저버릴 수 없었다.

"이곳입니다."

로젠이 만난 수녀는 여느 성직자와 다를 바 없었다.

"왜 그런 오해가 생겼는지 저는 잘 모르겠습니다. 물론 환자의 신상을 누설한 죄를 물으신다면, 당연히 제가 그 책임을 져야 하겠지만 저를 보고 마녀라고 하는 것은 도저히 납득할 수가 없습니다. 제 신상에 대해서는 드로아 대 신전에 문의하시면 곧바로 아실 수 있을 텐데 왜 거짓말을 하겠습니까? 저는 절대로 흑마법 따위를 익힌 적이 없습니다."

로젠은 가만히 앉아서 정중하게 수녀의 말을 경청했고, 또 그녀의 외모를 살펴봤다. 마녀라고도 불리는 치레아 대공은 15세 정도의 소녀와 같은 외모를 유지하는 것으로 알고 있었다. 그리고 그 외모에 도저히 어울리지 않는 엄청난 검술 실력 때문에 모두들 마녀라고 쑤군거리는 것이다. 하지만 지금 눈앞에 있는 이 수녀는 20대 초반의 완숙미를 뿜어내는 아름다운 성직자였던 것이다.

"저도 그 녀석이 왜 그러는지 이유를 모르겠군요. 참, 이럴 것이 아니라 다시 한 번 그 녀석과 얘기를 나눠 보기로 하죠. 같이 가시지 않으시겠습니까?"

"그러지요. 저도 누명은 벗어야 할 테니까요."

로젠은 수녀를 문 앞에 세워 둔 후 말했다.

"제가 신호를 하면 들어오십시오."

잠시 후 안에서 들어오라는 말이 들려오자 수녀는 문을 열고 들어갔다. 그녀를 보자마자 찰스의 표정이 다시금 공포로 물드는 것을 보자, 로젠은 곧장 그의 뺨에 주먹을 날렸다. 하지만 비틀거리는 자신의 몸을 지탱하지 못하고 로젠은 꼴사납게 자빠질 뻔했다. 황급히 옆에 서 있던 신관이 그를 부축했다. 로젠은 한 대 맞고 침대 밑에 널브러져 있는 찰스를 향해 외쳤다.

"야, 이 정신 빠진 놈아! 몸이 조금 말을 안 듣는다고, 그 사이에 정신까지 썩어 문드러졌냐? 똑바로 정신 차리고 봐. 저분이 진짜 마녀가 맞아?"

우악스런 일격을 당한 찰스는 머리가 띵한지 두세 번 고개를 세차게 흔들더니 좀 더 세심하게 수녀를 살펴봤다. 물론 그가 이렇듯 용기를 짜낸 것도 옆에 로젠이라는 든든한 우군이 있었기 때문이었다. 그만큼 마녀와의 마지막 만남은 그의 마음속에 격심한 공포를 심어 놨던 것이다.

차근차근 따지면서 보자, 확실히 다른 점들이 눈에 띄었다. 수녀의 얼굴에서는 마녀와 달리 오만함이나 자유분방함은 찾아보기 힘들었고, 무엇보다 나이 대가 맞지 않았다. 그러니까 마녀가 처녀로 성장한다면 꼭 저런 얼굴이 될 것이다. 하지만 그 나이를 먹지 않는 마녀는 결코 처녀가 될 수 없었다. 아직까지도 예전에 만났던 그 모습을 유지하고 있다는 '벼룩'의 보고서를 본 적이 있었던 것이다.

"죄송합니다. 누군가와 착각을 한 것 같습니다."

찰스는 순순히 자신의 잘못을 시인했다. 하지만 로젠에게 한 대 맞은 것은 억울했는지 침대에 자빠진 상태에서도 그쪽에 변명을 남기는 것은 잊지 않았다.

"형은 마녀의 얼굴을 한 번도 못 봐서 냉정을 유지한 모양인데, 진짜 닮았다니까."

이제 제정신을 차린 찰스를 황급히 들어선 경비병이 침대에 눕혀 주었다. 그런 그를 바라보며 로젠도 호기심이 이는지 말했다.

"진짜 그렇게 닮았냐?"

"진짜라니까. 그 마녀가 나이를 좀 더 먹으면 꼭 저렇게 생겼을 거야. 내 명예를 걸고 그건 확신할 수 있어."

"하기야, 이 세상에 닮은 사람이 한둘은 있다고 하지 않냐? 그건 그렇고, 마녀가 이렇게 생겼단 말이지……."

로젠은 날카로운 눈빛으로 수녀를 쏘아봤다. 수녀의 그 모습을 자신의 뇌리에 담아 뒀다가 언젠가 복수를 하기 위해서 말이다. 수녀는 상대의 살기 어린 눈빛에 오한이 나는 듯했지만, 가까스로 참으며 말했다.

"이제 오해가 풀린 모양이군요."

"예, 죄송합니다. 수녀님."

이때, 여태까지 조용히 사태의 경과를 주시하고 있던 마법사가 점잖은 어조로 끼어들었다.

"오해는 풀렸지만, 그것으로 수녀의 죄가 용서될 수는 없소. 끌고 가라."

"옛!"

경비병이 수녀를 데리고 가는 것을 보며, 마법사는 신관들에게 지시했다.

"그랙님을 병실로 모시게. 많이 피곤하실 거야."

로젠은 뭔가 할 말이 더 있는 듯했지만, 신관들의 손에 이끌려 병실을 떠났다. 이렇게 해서 시끌벅적하던 병동은 일단 정돈이 되었다. 하지만 스승은 끌려가 버리고 이제 홀로 남겨진 크리스틴의 문제는 아직 끝난 것이 아니었다. 그녀는 주위의 눈치를 살짝 보면서 찰스의 병동으로 숨어들었다. 크리스틴의 입장에서 봤을 때 이 모든 일의 원흉은 찰스였다. 그가 크리스틴을 꼬셔서 일을 이 지경으로 만든 것이니까 말이다.

"이봐요, 아저씨! 아저씨! 일어나욧!"

모든 일이 해결되었기에 곧이어 찾아온 격심한 피로감에 깜빡 잠이 들어 있던 찰스를 크리스틴은 사정없이 흔들어 깨웠다. 정상인의 몸이 아닌 찰스였기에 달콤하게 자고 있는 자신을 흔들어 깨우는 그 손길은 정말이지 짜증나는 것이 아닐 수 없었다.

"무, 무슨 일이냐?"

"이렇게 주무실 때가 아니라구요. 수녀님을 구해 주세요."

"수녀? 수녀가 누구였지?"

아직 잠이 덜 깨서 몽롱한 정신에 이리저리 생각을 하던 찰스에게 수녀가 누군지 떠올랐다. 자신의 잘못 때문에 잡혀 들어간 수녀를 말이다. 그녀는 제자의 잘못을 모두 다 덮어쓰고 구금되어 있었다. 하지만 그것이 아무리 자신의 잘못으로 일어난 일이라고 해도 지금 찰스는 그런 사소한 것에 신경 쓸 입장이 아니었다. 크나큰 공포에 따른 긴장에서 해방된 지금, 그에게 남은 것은 격심한 피로감뿐이었다. 너무나도 피곤했다. 그리고 그것도 한참 잠이 든 상태에서 강제로 일어난 상태였기에 피로감은 더욱 크게 느껴지고 있었다.

"으응~, 그건 좀 자고 나서 생각하자."

찰스는 시트를 끌어 덮으며 잠꼬대하듯 중얼거렸고, 곧이어 낮게 코고는 소리가 들려오기 시작했다.

아들을 찾기 위한 노력

　한 며칠간 열심히 세상을 휘젓고 다녔던 아르티어스는 또다시 레어에 들어앉아 머리를 싸매고 고민 중이었다. 처음 떠올랐던 '무식하기 그지없었던' 계획이 막상 실행해 놓고 보니 힘만 들었을 뿐, 아무런 소득이 없었던 탓이다.
　"젠장! 그렇게 고생을 했는데도 못 찾다니……. 어떻게 그럴 수가 있는 거지? 아무래도 탐지 마법에 걸리지 않는 무슨 수작을 부려 놓은 것일 거야. 그렇지 않다면 이 위대하신 내가 못 찾아낼 리 없어."
　아르티어스는 한참동안 머리를 쥐어뜯으며 생각을 정리하다가 한 가지 기가 막힌 것이 떠오름을 느끼고는 '딱' 소리가 나도록 손가락을 튕기면서 외쳤다.

"그렇지! 정령왕이야. 정령왕에게 부탁하면 되는 것을 왜 미처 그 생각을 못 했지?"

아르티어스가 소통하는 바람의 정령왕이라면 당연히 해답을 알려 줄 것이 분명했다. 아르티어스의 지식으로는 공기(Air)가 없는 곳에서 살 수 있는 호비트는 보지를 못했고, 또 공기가 존재한다면 당연히 바람도 따라다니기 때문이다.

이렇게 간단한 이치를 아르티어스가 아직까지 떠올리지 못하고 있었던 것은 여태껏 이런 일로 정령왕을 불러 낸 적이 없었기 때문이었다. 지금까지 아르티어스의 능력으로 찾아내지 못한 대상은 단 하나도 없었기 때문이었다. 물론 시간이 좀 많이 걸리기는 했었지만……. 물론 정령왕의 도움이 없다고 해도 언젠가는 다크를 찾아낼 자신이 있었다. 하지만 지금은 행방불명된 다크를 '빨리' 찾아내야 했다.

"아리엘! 태곳적부터 골드 일족에게 전해지는 피의 맹약에 따라 그대를 소환한다. 모습을 드러내라!"

곧이어 희미한 음영이 아르티어스의 앞에 모습을 드러냈다. 투명한 뭔가가 어른거린다는 것이 느껴질 뿐, 그 형체를 알아보기는 매우 힘들었다. 곧이어 공허한 울림이 들려왔다.

〈무슨 일인가? 아르티어스여.〉

"내 아들 알지? 전에 자네가 정령계에서 구해 준 그 아이 말일세."

〈정령계에서는 수컷이었다가, 이리로 가져오니 암컷이 되어 나를 당황하게 만들었던 그 괴상한 호비트 말이군.〉

'괴상한' 이라는 말에 아르티어스의 얼굴색이 약간 찌푸려들었지만, 이쪽에서 아쉬운 소리를 해야 할 판에 그런 사소한 것을 가지고 따질 이유는 없었다. 아르티어스는 표정 관리에 신경 쓰며 다급히 말했다.

"그래! 바로 그 아이야."

〈그 호비트가 왜?〉

"그 아이가 또 행방불명이 되었다 이 말이야. 뭐 내 능력으로도 찾아낼 수는 있겠지만……. 아무래도 바람의 정령왕인 자네보다는 시간이 더 걸릴 것 아닌가? 안 그래?"

은근슬쩍 상대를 띄워 주자 바람의 정령왕은 이 오만무도한 드래곤이 웬일인가 싶은 듯했지만, 그래도 잘났다고 치켜세우는 데야 기분이 나쁠 턱이 없었다.

〈물론이지. 나의 종들이 미치지 않는 대륙은 이 세상에 없다. 어디에 숨어 있다고 하더라도 나의 이목을 속일 수는 없다.〉

"그래그래. 그래서 내 자네에게 부탁하려고 말이야. 그 아이를 나한테 데려와 줘. 알겠나?"

〈드래곤과의 싸움도 아니고……. 고작 그 일을 시키려고 피의 맹약을 거론하다니. 자네도 성격이 많이 바뀌었군. 그런 사소한 일이라면 그냥 나한테 슬쩍 부탁해도 얼마든지 들어줬을 텐데 말이야.〉

"나한테는 다급한 일이야. 최대한 빨리 부탁하네. 알겠나?"

〈알았다.〉

찰스는 크리스틴의 기나긴 설명이 끝나자 다시금 확인하듯 질문을 던졌다.

"그러니까 수녀님은 그 신녀라는 사람이 내린 교시를 행하기 위해 이리로 왔다는 거냐?"

"예, 그러니까 아저씨께서 수녀님을 좀 도와주세요. 따지고 보면 아저씨의 잘못이잖아요. 아저씨가 나한테 그런 심부름만 안 시켰어도……. 흑흑."

찰스의 마음을 움직이기 위해 크리스틴은 마침내 눈물 공격까지 시작했다. 하지만 찰스의 시선은 눈물이 뚝뚝 떨어지고 있는 크리스틴의 얼굴에 가 있지 않았다. 그만큼 크리스틴이 전해 준 말은 섬뜩한 무엇이 있었던 것이다.

암흑의 기운이 전 세계를 덮고, 또 그것을 퇴치할 영웅이 케락스 시에서 나온다는 크리스틴의 말. 물론 어린 계집애가 하는 소리니까 웃어넘길 수도 있었다. 하지만 진짜로 그 수녀가 드로아 대 신전에서 왔고 또, 영웅을 찾고 있다면 얘기는 달라진다. 예로부터 아데나 신전에서 나오는 신탁은 그 정확도를 인정받고 있었기 때문이다. 물론 상당히 추상적인 부분이 많아서 해석이 불가능한 신탁이 나오는 경우가 많긴 했지만 말이다.

"너는 가서 병동 담당 마법사를 불러오너라."

찰스의 말에 크리스틴은 황급히 눈물을 닦으며 되물었다.

"예? 그럼 아저씨가 마법사님께 말씀해 주실 거예요?"

"그래, 빨리 가거라."

"예."

얼마 지나지 않아서 크리스틴은 마법사를 데리고 왔다. 마법사는 찰스를 보고는 정중하게 인사를 건네 왔다.

"무슨 일로 부르셨습니까?"

"지금 당장 저 아이와 함께 왔던 수녀를 나한테 데려오시오."

찰스의 명령에 마법사는 당혹스러운 어조로 대답했다. 아무리 상대가 오녀급의 기사라고는 하지만, 들어주기 어려운 명령이었던 것이다.

"예? 하지만 그건 어렵습니다. 이 병동 내에서 환자의 신상을 누설하는 것은 절대로 엄금하고 있습니다. 만약 꼭 그렇게 하셔야 한다면 병원장님과 상의를 해 보시는 것이 좋을 듯합니다."

"지금 당장 불러오시오."

"저, 그런 것은 정말……."

마법사가 끝까지 자신의 말을 듣지 않고 난처한 듯 발뺌을 하자, 찰스는 표정을 굳히며 확정적으로 말했다.

"자네는 내가 누군지 아는가? 나는 대 코린트 제국의 제2근위대장 까미유 드 크로데인 후작이다. 네놈이 감히 내가 병든 것을 악용해서 명령을 이행하지 못하겠다고 하는 것인가?"

까미유의 말을 들은 마법사의 안색은 순식간에 창백해졌다. 상대가 기사급인 것은 예상하고 있었지만, 설마 이 정도로 거물일 줄은 미처 상상도 못했던 것이다. 또, 이런 거물이 명령한다면 병원장이라고 해도 거역할 수 없을 것이다.

그런데 하물며 자신처럼 병동을 책임지는 말단 마법사라면 말할 나위도 없었다. 상대의 신분을 듣는 즉시 마법사의 허리는 순식간에 90도로 꺾어졌다.

"명령을 받들겠습니다, 후작 각하!"

"이거 뭔가 잘못되지 않고서야 바람의 정령왕이라는 놈이 이렇게 시간을 끌 수가 있나? 아니면 또 딴 놈이 뭔가 부탁을 해서 그거 들어준다고 시간을 잡아먹고 있는 것 아냐? 내가 그래서 피의 맹약까지 들고 나왔거늘……."

아르티어스가 투덜거릴 만도 했다. 그 정도 일은 매우 손쉽다는 듯 큰소리를 쳐놓은 주제에 아리엘은 사흘이 지나도록 감감무소식이었던 것이다.

"젠장! 더 이상은 못 참겠다. 아리엘! 이 빌어먹을 녀석아, 나의 소환에 응해랏!"

곧이어 아리엘이 그 투명한 모습을 드러냈다.

"도대체 어떻게 된 거야? 찾아보기나 한 거야?"

으르렁대는 아르티어스를 향해 아리엘의 풀이 죽은 음성이 울려왔다.

〈실피드와 실프들을 총동원하여 세계 곳곳을 이 잡듯이 뒤졌다. 하지만 이상하게도 그 호비트가 있는 곳을 알 수 없었다. 뭔가 마법적인 것을 통해서 결계(結界)를 쳐놨다고 밖에는 생각할 수가 없다. 만약 그렇다면 나로서는 그 호비트가 있는 곳을 알아낼 수 없다.〉

"젠장할, 꼴도 보기 싫으니 꺼져 버렷!"

아리엘은 아르티어스의 말이 끝나기도 전에 재빨리 모습을 감취 버렸다. 물론 그가 그렇듯 빨리 사라져 버린 것은 아르티어스의 말을 잘 들어서는 절대로 아니었다. 드래곤과 정령왕 간에 이어져 오는 피의 맹약을 요구했을 때, 정령왕은 드래곤의 요구를 무슨 일이 있어도 들어줘야만 했다.

태초에 드래곤과 정령왕 간에 이루어진 이 피의 맹약에 따르면 드래곤은 정령왕에게 평생을 통해 단 한 가지의 '강압적인' 명령을 할 수 있었다. 정령왕은 드래곤이 '피의 맹약'이란 조건을 들고 나오면 자신의 소멸 같은 말도 안 되는 명령이 아닌 한 거의 다 들어줘야만 했다. 그리고 그것을 완수하지 못했을 때는 벌칙으로 또 다른 명령을 들어줘야 했는데, 이번에는 아예 거부의 권리마저도 없었다.

그런 와중에 아르티어스가 '지금은 내릴 명령이 없으니 다음에 보자구'라고 했다면 상관없겠지만, '꺼져 버렷!' 하고 명령조로 말했으니 정령왕 쪽에서 본다면 엄연히 이것도 '명령'에 포함되는 것이다. 그러니 이런 호기를 놓치지 않고 사라진 것이다.

"어떻게 한다? 이거 원…, 정령이란 놈들처럼 관계를 맺은 자와 뭔가 심령으로 연결되지 않고서야 아무리 나라도 이런 상황에서는 알아낼 방법이 없잖아."

무심결에 지껄인 소리였지만, 아르티어스는 갑자기 깨달았다는 듯 벌떡 일어서면서 외쳤다.

"그렇지! 나이아드가 있었지."

물의 정령왕 나이아드가 비록 아쿠아 룰러라는 매개체를 통해서였다고는 하지만 일단 관계를 맺었다는 것이 중요했다. 정령과의 관계는 그 정령을 불러냄으로 인해서 성립되는 것이니까 말이다. 정령술사들의 경우 상대가 어떤 정령을 불러냈는지를 매우 귀신처럼 알아내게 되는데, 그들은 정령을 불러낼 수 있는 특별한 능력이 있는 만큼 서로 간에 맺어지는 영적 교감을 읽어 낼 수 있기 때문이었다. 그리고 정령왕 같은 경우 자신과 한 번 영적 교감을 맺은 상대라면, 공간은 물론이고 차원에도 제약을 받지 않고 상대를 찾아낼 수 있는 힘이 있었다. 그만큼 정령과 정령왕 간의 능력의 차이는 극심했던 것이다.

아르티어스는 그 즉시 자신의 레어 깊숙한 곳으로 달려가기 시작했다. 레어의 가장 깊숙한 곳에 만들어진 방의 한쪽에 아들 녀석의 부탁대로 아쿠아 룰러가 세상 밖으로 나가지 못하게 봉인해 뒀기 때문이었다. 다섯 겹의 마법진이 중복으로 그려진 막강한 결계 속에 아쿠아 룰러는 봉인되어 있었다.

아르티어스는 그 결계 안으로 서슴지 않고 들어섰다. 결계는 자신이 만들었고, 아르티어스는 그 결계 안에 자신만이 들어갈 수 있도록 만들었기 때문이었다.

아르티어스는 아쿠아 룰러를 가지고 결계 밖으로 나온 후 반지의 정령을 불러냈다. 소녀의 모습인 반지의 정령은 상큼한 목소리로 인사를 건네 왔다.

"부르셨습니까? 아르티어스 님. 오랜만에 뵙는군요."

"그래, 빨리 가서 나이아드 좀 불러와라."

아르티어스의 말에 반지의 정령은 미간을 살짝 찌푸리며 말했다.

아들을 찾기 위한 노력 159

"예? 나이아드 님을요? 불러 드리는 것은 어렵지 않지만……
별로 도움이 되지 않으실 텐데요."

"도움이 될지 안 될지는 내가 결정해. 네 녀석은 빨리 가서 불러 오기만 하면 돼."

"알겠습니다."

반지의 정령은 사라졌지만, 나이아드는 곧바로 모습을 드러내지 않았다.

"도대체 왜 모습을 드러내지 않는 거지? 이상한 일이군……. 누군가 선약이 있나?"

또 다른 정령술사나 드래곤이 정령왕을 아르티어스보다 먼저 소환했을 가능성도 있었다. 널린 것인 정령이지만 정령왕은 하나뿐이었기에 이런 사태가 벌어지는 것이다. 이런 때는 물론 먼저 소환한 쪽에 우선권이 있을 테니 어쩔 수 없는 노릇이 아닌가? 아르티어스는 초조하게 기다렸다. 하지만 시간은 1분, 2분 흘러가더니 이윽고 5분, 10분 단위를 넘어서서 한 시간을 넘어 두 시간에 가까워지고 있었다.

"이런 제기랄! 누가 정령왕을 이렇듯 오래 잡고 있단 말이야? 웬만한 일은 부탁하면 후딱 해치우……."

아르티어스는 그제야 생각이 미쳤다. 나이아드와 마지막 만남이 결코 서로 간에 유쾌하지 못했다는 것을 말이다.

"젠장, 겨우 그딴 일로 꽁해가지고 안 나온다 이거지. 정령왕이란 놈이 쪼잔하기는……."

아르티어스는 투덜거리면서 또다시 반지의 정령을 불러냈다.

반지의 정령이 다시금 모습을 드러냈는데, 이번에는 상당히 풀이 죽은 모습이었다.

"예, 또 부르셨어요? 전에도 말씀드렸지만 나이아드 님께서는 아르티어스 님과 만나기 싫다고 하셨는데요."

"쯧, 그럼 이렇게 전해라. 내 레어 안에 봉인되어 영원히 세상 구경하기 싫다면 좋을 대로 하라고 말이야. 알겠어?"

"예, 그렇게 전하겠습니다."

반지의 정령이 모습을 감춘 후 얼마 시간이 지나지 않았음에도 나이아드는 재빨리 모습을 드러냈다. 반지에서 뿜어 나온 물이 순식간에 형상을 만들더니 곧이어 거대한 오우거로 변했던 것이다. 흉측한 몰골의 오우거는 아르티어스를 비웃듯 노려보더니 이죽거렸다.

"아쿠아 룰러를 봉인하겠다고? 그게 네 녀석 마음대로 될 줄 알아?"

거대한 오우거의 목소리라서 그런지 레어 안이 울릴 정도로 그 목소리는 컸고, 아주 굵직했다. 그리고 인간이나 엘프와 같은 섬세한 구강 구조를 지니지 못한 탓인지 중간 중간에 바람이 빠지는 듯한 거북한 소리도 포함되어 있었다. 어쨌건 만나자 마자 대뜸 시비부터 거는 상대를 향해 아르티어스는 느긋하게 말을 건넸다.

"마음대로 될지 안 될지는 두고 보면 알걸?"

"홋! 에인션트 실버 드래곤 쟈키프로네가 만든 아쿠아 룰러를 봉인하겠다고? 겨우 네 녀석 실력으로? 오래 살다 보니 별 미친 소리를 다 들어 보겠군."

비웃고 있는 나이아드를 향해 아르티어스는 일침을 가했다.

"후훗, 물론 아쿠아 룰러 자체를 봉인할 수는 없지. 하지만 이곳 레어 안에서 그 누구도 아쿠아 룰러에 접근하지 못하도록 만들어 둘 수 있다는 사실은 모르는 모양이군. 그런 후 나는 기다릴 거야. 내가 아쿠아 룰러를 봉인할 수 있는 능력이 생길 때까지 말이야. 그런 다음 계약을 무위로 돌리고 이걸 단순한 금덩어리로 만들어 버릴 거야."

"으드드득! 네 녀석은 그럴 자격이 없어. 왜 네놈이 실버 일족과 나 사이에 만들어진 계약을 없애려고 든단 말이냐?"

"물론 내 부탁을 들어준다면 얘기는 달라지지. 봉인 같은 것 하지 않고 아쿠아 룰러에 어울리는 멋진 주인을 찾아주겠어. 어때?"

"호오, 갑자기 웬 뜬금없는 협박을 해 대나 했더니 이유가 있었군. 좋아. 그렇게 터무니없는 궁리를 하고 있는 골드 일족의 사생아께서 나한테 부탁하고 싶은 게 뭐지?"

'사생아'라는 말의 뜻을 알고 있는 아르티어스는 엄청나게 성질이 치솟으려고 했지만, 일단 이쪽에서 부탁을 해야 하는 입장이기에 꾹꾹 눌러 참았다. 그리고 사실 드래곤에게 있어서 사생아라는 것이 있을 수 없었기에 그런 미약한 도발에 이성을 상실하기는 힘들었다.

"내 아들이 행방불명이 되었다. 너는 그 녀석과 관계를 맺었으니 어디에 잡혀 있는지 알 수 있을 거야. 안 그래?"

"오호라! 바로 그거였군. 이 위대하신 나로 하여금 그날 그 치욕적인 일을 당하게 한 그 계집 말이야? 그년이 행방불명되었다니 축하할 일인데 그래."

이죽거리는 나이아드를 향해 아르티어스는 화를 벌컥 냈다.

"농담을 할 대상이 따로 있지, 빌어먹을 녀석! 어쨌든 그 아이를 이리로 당장 데려와. 그럼, 내가 이곳에 아쿠아 룰러를 봉인하지 않고 새로운 주인을 찾아줄 것을 이 아르티어스라는 이름을 걸고 맹세하겠다."

드래곤으로부터 맹세를 얻어 내는 것은 정말 대단한 것이었지만 나이아드는 상대가 그런 소중한 맹세를 해 왔는데도 불구하고 그것을 받아들일 마음이 없는 모양이었다. 나이아드는 콧방귀를 뀌며 이죽거렸다.

"헷! 놀고 있군. 그래서 나한테 얻어지는 이익이 뭐지? 한 번씩 세상 구경을 하는 것 말인가? 하지만 겨우 그따위 것으로는 짓뭉개진 나의 이 자존심이 치료될 것 같아? 이 미친 드래곤아. 그따위 아쿠아 룰러가 없어도 나는 세상 구경을 할 수 있어."

물론 나이아드의 말이 거짓은 아니었다. 이 세상에 퍼져 사는 드래곤들 중에서 가장 많은 숫자를 자랑하는 것이 실버 드래곤이었다. 그 실버 드래곤이 뭔가 부탁을 하기 위해 나이아드를 부를 수도 있었고, 정령력이 강한 엘프가 그를 소환할 수도 있었다. 그리고 언젠가는 쟈키므로네 같은 할 일 없는 노룡이 또 다른 아쿠아 룰러를 만들 수도 있었다.

그것을 잘 알고 있는 아르티어스이기에 속이 뒤틀리기는 했지만, 한 발자국 물러서서 흥정을 시작했다.

아들을 찾기 위한 노력 163

"그렇다면 내가 어떻게 해 주기를 원하나? 너의 그 계획을 도우라는 말인가? 좋아. 그 대상이 내 아들만 아니라면 그것도 도와주겠어. 자네가 이 세상의 모든 호비트를 다 죽여 없애려고 해도 나는 상관하지 않겠다. 대상에서 내 아들만 제외한다면 말이야."

매우 파격적인 제안임에도 나이아드에게는 별로 구미가 당기지 않았던 모양이다.

"미친 소리 하고 있군. 그 사건이 있기 전에 그런 약속을 했다면 나도 환영했겠지만…, 지금은 시효가 지나 버렸어. 이번 일로 모든 게 명확히 드러나 버렸단 말이야. 아무리 나와 다오가 연합해서 움직인다고 해도, 또 다른 정령왕 셋이서 반대한다면 이루어 질 수 없어. 그런 의미에서 내 계획이 완전히 좌절되도록 만든 그 호비트 계집이 사라져 준 것은 정말 기분 좋은 일이지. 나는 이제 돌아가서 다오하고 축배나 들어야겠어. 작은 복수를 할 수 있게 되었으니까 말이야. 으하하하……."

"젠장! 그럼 아리엘에게 부탁해서 중립을 지키게 해 줄게. 그러면 되지 않나?"

"헛소리하지 마! 네놈 말고 또 다른 골드 드래곤이 아리엘에게 막아 달라고 부탁한다면 그딴 약속은 휴지 조각이 되겠지. 그걸 모를 정도로 내가 멍청한 줄 알아? 그럼 다음에 보자구. 아니, 너 같이 재수 없는 녀석은 다시는 안 봤으면 좋겠어."

나이아드가 사라져 버린 후 아르티어스는 바닥에 뿌려져 있는 물을 보며 절망하지 않을 수 없었다. 나이아드가 심통이 날 것은 당연했다. 그딴 계획이야 틀어져도 상관없었을 것이다. 하지만 정령계에서 최강의 존재라고 할 수 있는 그의 자존심이 짓뭉개진 것을 염두에 두지 않은 아르티어스로서는 나이아드를 불러 낸 것이 오히려 역효과였다는 것을 절감하지 않을 수 없었다. 나이아드는 다크를 찾아내는 것을 도와주는 것은 고사하고, 이제 기회를 만났다는 듯 수색 작업을 방해할 가능성까지 있었다. 거기까지 생각이 미친 아르티어스는 머리카락을 쥐어뜯으며 외쳤다.

"으아아아! 빌어먹을! 이제 어떻게 해야 하지?"

드래곤들의 분노

머리카락을 쥐어뜯으며 또다시 고민에 잠긴 아르티어스 어르신. 그의 머릿속에는 별의별 생각이 다 스쳐 지나가고 있었다. 하지만 제대로 된 방법은 떠오르는 것이 없었다. 그런데 어느 순간 정령왕 아리엘 생각이 떠올랐다. 물론 바람의 정령왕 아리엘은 다크를 찾을 수 없다고 했다. 하지만 나이아드는 찾을 수 있을 것이 분명했다. 그의 생각은 여기에서 멈췄다.

그렇다! 왜 그 생각을 못했을까? 내가 정령왕 아리엘을 부를 수 있는 것과 마찬가지로, 노회한 실버 드래곤들 또한 정령왕 나이아드를 불러낼 수 있을 것은 당연한 이치가 아닌가? 그리고 나이아드는 실버 드래곤의 부탁을 거절할 수 없을 것이다.

"그렇지! 으하하하하핫! 가장 가까운 실버 드래곤이 어디에서 살고 있더라?"

 아르티어스가 만족스런 웃음을 터뜨리며 막 기억을 떠올리려고 하는데, 이때 자신의 영역에 엄청난 드래곤의 존재가 느껴졌다. 그리고 아르티어스가 걸고 있던 목걸이가 요란스레 진동한 것도 거의 동시였다. 이것은 상대가 레어에 아주 가깝게 접근해 왔다는 것을 의미했다.

 "이건 또 무슨 일이야?"

 감히 자신의 영역에 허락도 없이 들어온 드래곤의 존재는 거의 5백 년 만에 처음이었기에 아르티어스는 궁금증을 느낄 수밖에 없었다. 레드 드래곤 브론티어의 다리뼈를 부숴 버린 것을 마지막으로, 그 소문이 퍼졌는지 어떤 드래곤도 말토리오 산맥 근처에는 얼씬도 하지 않았던 것이다. 아르티어스는 이번에는 어디를 부숴 줄까 궁리를 하면서 슬슬 레어 출구를 향해 걸어갔다.

 "쉿! 자네가 아르티엔 님의 아들 쉿! 아르티어스인가?"

 레어 출입구에서 아르티어스가 나오기를 기다리고 있는 것은 한두 마리가 아니었다. 세 마리나 되는 드래곤이 진을 치고 있던 것이다. 아르티어스가 슬슬 걸어 나오는 것을 보며 그들 중에서 오크로 변신하고 있는 드래곤이 물어 왔다. 그 오크는 보통의 오크들과 달리 털색이 초록색이었다.

 "그, 그렇… 습니다만, 무슨 일이시죠?"

 상대에게서 뿜어 나오는 거대한 드래곤의 존재감. 이건 거의 에인션트급이었기에 아르티어스도 적성에는 맞지 않았지만 말을 높였다. 아르티어스는 왜 여기에 나오기 전에 상대가 누군지 확실히 알아 보고 나오지 않았는지 뼈저리게 후회하는 중이었다. 상대가 에인션트급 드래곤 세 마리였다면 어슬렁거리며 나올 생각도 하지 않고 곧장 도망쳤을 것이다. 하지만 그는 멍청하게도 오랜만의 방문자를 어떻게 요리할 것인지 그 궁리만 하며 좋아라 하면서 나와 버린 것이다.

상대가 시인하자 오크는 옆에 서 있는 붉은 머리카락을 길게 기른 엘프 청년에게 말했다.

"쉭! 제대로 찾아왔군."

"내가 말했잖아. 말토리오에는 이놈밖에 안 산다고 말이야. 오크들과 오래 살았다고 기억력도 오크를 닮아 가냐?"

붉은 머리의 엘프가 오크에게 퉁명스레 말하며 시비를 걸 듯 말하자, 뒤쪽에 조금 떨어져서 서 있던 트롤이 앞으로 슬쩍 나서면서 말했다.

"자자, 쓸데없는 말다툼은 나중으로 미루고 여기에 온 목적부터 해결해야지. 자네, 악평이 자자하던데? '그런 위대한 분에게서 이런 개망나니가 나오다니 이해할 수 없다'고 하면서 말이야."

아르티어스는 시치미를 떼고 물었다.

"저 말씀이십니까?"

"그렇다네."

아르티어스는 넉살좋게도 짐짓 분개한 듯한 어조로 외쳤다.

"어떤 놈이 그런 말도 안 되는 유언비어를 유포하던가요? 저는 4천 년 가까운 세월을 이곳 말토리오에서 평화롭게 산 죄밖에 없습니다. 절대로 그런 악의에 찬 거짓말에 속으시면 안 되지요."

딱 잡아떼는 아르티어스를 향해 엘프가 씩씩거리며 따지고 들었다.

"수많은 드래곤들이 자네에게 날개가 부러지고, 다리뼈가 꺾였는데도 그렇게 딱 잡아떼긴가?"

"그건 그놈들의 잘못입니다. 제 영토에 들어와서 허락도 받지 않고 둥지를 틀려고 하는데 그것을 그냥 놔둘 수는 없지 않습니까? 그리고 드래곤 간의 영역 싸움은 서로가 간섭하지 않는다는 불문율이 있지 않습니까? 그런 불문율이 있다는 것을 잘 아시면서, 연장자라는 점을 이용하여 이렇게 떼로 찾아와서 억지를 부리시면 곤란하죠."

아르티어스의 뻔뻔스러운 대꾸에 붉은 머리의 엘프도 슬며시 화가 치미는지 말이 거칠어지기 시작했다.

"물론 네놈의 말도 맞기는 해. 하지만 자네가 영역이라고 주장하는 면적이 너무 넓다는 생각은 안 해 봤나? 이 세상에 어떤 드래곤이 산맥 하나를 통째로 자신의 영토로 삼을 수 있단 말인가? 좋아, 뭐 면적쯤이야 백보 양보해서 그냥 넘어간다고 하고, 며칠 전에 있었던 일들은 말토리오 산맥에서 벌어진 것이 아닌데? 그에 대해서 네놈은 뭐라고 변명할거냐?"

"저는 절대로 여기를 벗어난 적이 없었다고 변명하겠습니다."

얼굴 가죽 두꺼운 아르티어스의 변명에 엘프는 치미는 분노로 인해 얼굴색이 시뻘게졌다.

"이런 뻔뻔스러운 놈을 봤나! 이런 짓을 할 골드 드래곤은 네놈 밖에 없다는 것을 누구나 다 인정하는데도 발뺌을 해? 거기다가 네놈은 크록시안을 무자비하게 두들기면서 말토리오 산맥을 운운했지 않느냐? 증거가 명백한데도 그렇게 빤한 거짓말을 늘어놓을 거냐?"

상대는 이미 다 알고 찾아온 것이다. 아르티어스가 이성을 잃고 혼자서 흥이 나서는 습관대로 말토리오 산맥을 거론했던 것이 치명적인 실수였다. 아르티어스는 할 수 없이 '잘못의 일부'를 시인하지 않을 수 없었다. 하지만 그의 말투는 결코 자신의 잘못을 인정하지 않고 있었다.

"아, 난 또 뭐라구요. 겨우 그 일 때문에 그러십니까? 그건 그 아이들한테서 듣지 않으셨습니까? 연장자로서 헤즐링을 출산한 경사스러운 일을 함께 나누자는 의미에서 버릇없는 후배들을 조금 교육시킨 것뿐입니다. 그리고 놈 자는 좀 빼시죠. 아무리 나잇살 좀 더 먹었다고 놈놈 하시면 됩니까? 저도 4천 살 넘은 지가 오래라구요."

"뭣이?"

빼질빼질하게 말대답을 해 대는 아르티어스를 향해 엘프는 이제 분노가 머리끝까지 치밀었는지 입에 거품을 물고 쏘아 댔다.

"이런 떠그랄 놈을 봤나! 어르신이 말씀을 하시면 잠자코 들을 일이지, 끝까지 말대답을 해? 그리고 네놈이 했다는 그 교육! 조금만 더 교육했으면 드래곤 여러 마리 잡았을 거라는 생각은 안 해 봤냐? 네놈도 오늘 나한테 교육 한번 당해 볼래?"

그런 엘프를 트롤이 막아서면서 다독거렸다.

"모든 것을 힘으로 해결하면 저놈과 똑같이 된다는 것을 모르나? 연장자로서 좀 체통을 생각하게."

트롤은 아르티어스 쪽으로 시선을 돌리면서 말했다.

"자네한테 '교육'을 당한 드래곤들이 각자 자기 종족의 노룡들을 찾아가서 하소연을 했다네. 나한테도 한쪽 다리를 절룩거리면서 크록시안이 헤즐링을 데리고 찾아왔더군. 자신의 아이가 보는 앞에서 자네한테서 무참하게 박살이 났다고 하면서 말일세. 그때의 충격이 얼마나 컸는지 그 헤즐링은 지금까지 말도 못 하고 있는 실정일세. 그래서 어쩔 수 없이 우리들이 나선 것이지. 자, 이 일을 어떻게 처리할 텐가?"

갑자기 각 종족을 대표하는 영감탱이들이 왜 자신의 집을 방문했는지 아르티어스 옹은 비로소 그 이유를 알 수 있었다. 여태껏 말토리오에서 사고 친(?) 것은 그래도 그곳을 아르티어스의 영역권으로 봐줬기에 그냥 넘어갔지만, 딴 드래곤의 영역에까지 원정 가서 사고 친 것은 도저히 못 봐주겠다는 뜻이었다.

자, 일은 이미 벌어진 것이고, 주워 담을 수는 없었다. 그렇다면 이제 어떻게 해야 할까? '죄송합니다' 하고 사과하면 모든 일이 끝날 거라면 아르티어스는 곧장 사과부터 했을 것이다. 그에게는 지금 급히 해야 할 일이 있으니까 말이다. 하지만, 그렇게 해서 끝날 수 있는 일이라면 이렇듯 많은 노룡들이 올 이유가 없었다.

'한판 해 버려?'

하지만 그것은 생각일 뿐, 노회한 아르티어스로서도 감히 노룡 세 마리를 상대로 맞짱 뜬다는 것은 자살 행위나 다름없다는 것을 잘 알고 있었다. 자신의 능력을 최대한 발휘한다면 노룡 한 마리 정도는 어떻게 해 볼 수 있을지도 모르지만, 그 이상은 무리였던 것이다. 거기에다가 저 붉은 머리의 엘프가 가장 큰 문제였다. 트랜스포메이션한 상태라서 정확히는 알 수 없지만 그에게서 레드 드래곤의 존재감이 강렬하게 느껴지고 있었다. 만약 저 엘프가 자신의 짐작대로 광폭하기로 유명한 에인션트 레드 드래곤 브라키어라면 그 하나만을 상대하기도 벅찰 것이다.

아르티어스는 이제 싸운다는 것은 아예 생각 밖으로 접어 두고, 탈출할 궁리부터 하기 시작했다. 약간 투닥이는 척하면서 장거리 공간 이동 몇 번 하면서 저것들을 따돌린 후 어디 먼 섬에 가서 한두 달 숨어 있으면 어떨까?

하지만 그것은 미봉책일 뿐, 해답이 될 수는 없었다. 저 할 짓 없는 노룡들은 시간이 남아도는 존재들이 아니던가? 아르티어스와 아무리 오랫동안 숨바꼭질을 한다고 해도 절대로 포기할 존재들이 아니었던 것이다. 그것을 잘 알기에 아르티어스는 계획을 실행하지 못하고 망설이고 있었다.

싸워서 이길 가능성은 '거의' 정도가 아니라 '아예' 없었다. 또, 도망친다고 하더라도 저들을 따돌릴 가능성도 거의 없었다. 오히려 수십 년, 아니 수백 년 동안 끝없이 도망만 다니다가 결국에는 항복하거나 맞아 죽을 것이다. 그렇다고 처음부터 항복하고 저들에게 끌려갈 수도 없었다. 불문율을 어긴 드래곤에게 주어지는 형벌은 그만큼 가혹했던 것이다.

어쩌면 수백 년 동안 지하에 봉인당해 다시는 아들의 얼굴을 볼 수 없을지도 모른다. 자신이 왜 이웃 드래곤을 찾아다니며 분풀이를 한 것이었는데? 그것도 다 아들 녀석을 찾으려고 하다 보니 일어난 불상사가 아니었던가!

아르티어스가 이러지도 못하고 저러지도 못한 채 눈치만 보고 있을 때, 또다시 희뿌연 빛을 뿜어내며 뭔가가 공간 이동을 해 왔다. 아르티어스는 희뿌연 빛이 채 사라지기도 전에 또 다른 드래곤이 한 마리 더 동참해 왔다는 것을 알 수 있었다. 그만큼 공간 이동해 오는 드래곤이 뿜어내는 존재감 또한 강렬한 것이었다.

'젠장할! 도대체 나 하나를 잡겠다고, 에인션트를 몇 마리나 부른 거야?'

공간 이동이 끝난 순간, 아르티어스의 눈은 화등잔만 하게 커졌다. 모습을 드러낸 존재는 이제 겨우 열네댓 살 정도로 보이는 귀여운 소녀였다. 하지만 이제 공간 이동이 완료된 순간, 드러나기 시작한 완벽한 존재감. 바로 그것을 통해 이 망할 소녀가 아르티어스가 꿈에도 보기를 원치 않는 존재라는 것을 명확히 알 수 있게 해 주었다.

그리고 다음 순간 그는 더 이상 생각할 것도 없이 탈출을 시도했다. 하지만 그의 공간 이동 마법은 또 다른 이질적인 마법에 의해 소멸당했다.

"이런 망할 녀석! 네 녀석이 이번에도 사고 쳤다며?"

갑작스럽게 자신의 마법이 소멸당하자 아르티어스는 재빨리 달려서 도망치려 했지만, 이미 상대에게 머리끄뎅이를 붙잡힌 상태였다. 아르티어스는 탈출을 저지당하자 어설픈 억지 미소를 지으며 황급히 변명을 늘어놨다.

이 소녀가 골드 일족의 최고 연장자이자, 아르티어스가 최고로 껄끄럽게 생각하는 존재였기 때문이다.

"그거 다 헛소리라니까요! 그런 헛소문에 현혹당하셔서 죽을 때가 다 되셨으면서 묏자리나 알아 볼 생각은 안 하시고 이곳까지 찾아오시다니……."

"헛소문이라니! 내 네 녀석이 하는 못된 짓거리는 안 봐도 훤하다. 이보게들 잘 있었나?"

모두들 소녀를 향해 고개를 조아려 왔다. 종족을 떠나 7천 살이 넘은 노룡에 대한 예의였기 때문이다.

"안녕하셨습니까? 아르티엔 님."

"나야, 이 말썽꾸러기가 사고치지만 않으면 잘 지낸다고 봐야지. 그런데, 이놈이 이번에는 무슨 사고를 쳤나? 전갈을 받자마자 달려왔기에 자세한 것은 잘 모르거든."

소녀의 말을 들은 오크가 그녀에게 다가가서는 낮은 어조로 쑥덕거리기 시작했다.

"그래? 그랬단 말이지."

한참 설명을 듣던 소녀는 한 번씩 아르티어스 쪽으로 곱지 못한 시선을 힐끗힐끗 던졌다. 그리고 그 시선을 받은 아르티어스는 오한이 나는지 한순간 몸을 부르르 떨었다. 아르티어스는 왜 자신이 좀 더 과감하게 일찍 결정을 내리지 못 했나 뼈저리게 후회하고 있는 중이었다. 일단 아르티엔이 나선 이상 아르티어스는 고양이 앞의 생쥐 꼴이나 마찬가지였다. 아르티어스의 인격 및 성격 형성에 지대한 영향을 끼친 이 노룡은 아르티어스가 아무리

해도 넘을 수 없는 장벽이었던 것이다.

"그래, 이제는 말토리오 산맥에서 손님을 받기도 힘드니까, 멀리 원정까지 가서 이웃 드래곤들을 괴롭히는 못된 취미를 가지기 시작했다고?"

"그런 게 아니라니까요, 아버지!"

아르티어스는 힘겹게 반론을 제기했지만, 무자비하게 묵살당했다.

"아니긴 뭐가 아니야! 이번에는 무슨 일이 있더라도 내가 죽기 전에 그 삐뚤어진 근성만은 고쳐 놔야겠다."

"젠장, 그게 아니라니까 그러시네요."

"이보게나."

"예."

아르티엔은 쭉 늘어서 있는 드래곤들을 바라보며 정중하게 부탁했다.

"이번 일은 나한테 맡겨 주지 않겠나? 자식을 이렇게 키운 내 잘못을 바로잡을 수 있는 기회를 좀 주게나. 내 이렇게 부탁함세."

"안 돼요! 아버지가 왜 저를 데려가신단 말씀이십니까? 일단 헤즐링이 드래곤으로 성장한 후에는 독립시켜야 한다는 불문율을 잊으셨어요? 독립한 드래곤은 무슨 일을 하든, 또 어떤 일을 당하든지 간에 그 자신이 책임져야 하는 겁니다. 그런데 아버지가 무슨 권리로, 꾸엑!"

아르티어스가 따지고 들자 아르티엔은 그 가냘프게 보이는 손바닥으로 매우 매섭게 뒤통수를 갈겼다. 하지만 그것에 기가 꺾일 아르티어스 어르신이 아니었다. 아르티어스는 아르티엔에게 항의해 봐야 씨도 안 먹힌다는 것을 알고는 공격의 목표를 재빨리 바꿨다. 여태껏 윽악대며 말씨름을 했던 앨프를 향해 애달픈 시선을 보내며 구원을 청했던 것이다.

"자, 항복할 테니까 가자구요, 가요. 무슨 벌이라도 달게 받겠습니다."

하지만 아르티어스의 청은 받아들여지지 않았다. 아무리 각 종족의 규율을 책임지기 위해 선임되어 있는 노룡들이라고 해도, 골드 일족의 최고 연장자의 청을 무시할 수 없었기 때문이다.

"현명하신 분께서 직접 나서시겠다는데, 거절할 수가 있겠습니까? 좋을 대로 하십시오."

엘프는 아르티어스를 향해 전과는 달리 동정 어린 시선을 보냈다.

'짜식! 순순히 끌려가서 약간의 체벌만 당하면 끝이었는데……. 이제는 물 건너갔어!' 하는 시선이었던 것이다.

"그럼 저희들은 이만 가 보겠습니다."

"수고했네. 잘 가게. 늙은이의 청을 들어줘서 고맙구먼."

"예."

"흐음, 이제 오붓하게 둘만 남았으니 일을 시작해야 하겠지?"

일단 둘만 남게 되자 아르티엔은 살기등등한 미소를 살포시 아르티어스에게 던지며 말했다. 일이 이렇게 꼬여 버리다니……. 갑자기 울고 싶어지는 아르티어스 어르신이었다.

신탁의 해석

"전하, 약간의 변수가 작용했사옵니다."

"변수? 그건 무슨 말인가?"

"방금 들어온 벼룩의 보고로는 크라레스에서 반란이 일어났다는 것이옵니다."

벼룩의 경우 반란의 중심에서 아주 멀리 떨어져 있는 치레아 공국에 있었고, 또 그는 기사단에 소속되어 있는 기사라기보다는 다크의 부관 정도로 취급되고 있었기에 치레아 기사단이 본국으로 소환될 때까지도 그 사실을 모르고 있었다. 그것 때문에 수도에서 반란이 일어난 사실을 알아내는 데 상당히 많은 시간이 걸렸던 것이다.

"반란이라고? 그래, 반란의 수괴는 누구인가?"

"놀랍게도 토지에르 폰 케프라 공작이라고 하옵니다."

토지에르의 이름이 거론되자 로체스터는 가소롭다는 듯 웃음을 터뜨렸다.

"크하하핫! 막다른 골목까지 몰리고 나니까 별의별 얕은꾀를 다 짜내는군. 토지에르가 누구인가? 크라레스의 충신 중의 충신이 아닌가? 그런 그가 반란을 일으킬 턱이 없지 않은가?"

"하지만 반란이 일어난 것은 사실인 모양이옵니다."

"물론 사실이겠지. 놈들은 반란이 일어났다는 것을 구실 삼아 황제를 이리로 보내지 않으려고 하는 것이야. 보나마나 반란이라는 것도 한바탕 연극이겠지."

로체스터의 말을 듣자 레티안도 뭔가 깨닫는 점이 있었다. 자신은 반란이라는 말에, 서둘러서 새로운 정권이 들어섰을 때에 대한 대비책을 준비하고는 로체스터에게 달려왔는데, 상관은 그녀가 빠뜨린 것을 정확히 지적한 것이었다.

"미처 거기까지 생각하지 못하고 소란을 피운 점 용서해 주시옵소서."

"뭐, 그럴 수도 있지."

"그러면 어떻게 하면 되겠사옵니까? 전하."

"크라레스에 최후통첩을 보내, 무슨 일이 있더라도 약속한 그 날까지 황제를 케락스로 보내라고 말이야."

"옛, 전하. 그리고 또 한 가지 보고 사항이 있사옵니다."

"뭔가?"

"요즘 들어 변경에서 몬스터의 움직임이 활발해지기 시작했다는 보고서가 계속 들어오고 있사옵니다. 이동 중인 수십, 수백 마리의 오크나 트롤을 목격했다는 자들이 있고, 심지어는 오우거나 미노타우르스 같은 희귀한 몬스터를 봤다는 목격자도 있는 모양이옵니다."

"그래? 그런 하등한 몬스터들이 일으킨 소란 때문에 전국에 팽배해 있는 전승 분위기를 망칠 수야 없겠지. 기사단을 파견해서라도 주민들이 몬스터의 피해를 입는 일은 없도록 막게."

"예, 그렇게 조치하겠사옵니다. 하지만 아직까지 피해를 입었다는 보고는 없었사옵니다."

"뭐라고? 정확한 보고인가? 몬스터들이 민가를 약탈하지 않을 리가 없지 않나?"

"예, 그들이 으슥한 외진 곳을 골라서 서둘러서 이동하는 것이 포착되었을 뿐, 민가를 약탈했다는 보고는 받지 못했사옵니다."

"이상한 일이군. 얌전히 다닐 놈들이 아닌데 말이야."

"좀 더 자세히 조사하도록 할까요?"

"아니, 아니야. 겨우 몬스터들 좀 돌아다닌다고 신경 쓸 필요가 있겠나? 그것보다도 아르곤에다가 첩자들을 더 투입하게나. 아무래도 크라레스가 항복한 이후에는 그놈들과 국경을 마주하게 되지 않겠나? 미리미리 조사해 두는 것이 큰 도움이 되겠지."

로체스터의 결정은 별로 잘못된 것이 없었다. 사실상 트롤이나 오크 정도는 기사단의 힘을 빌릴 필요도 없이, 각지에 주둔하고 있는 군대의 힘만으로도 충분히 처치가 가능했다. 그리고 오우거나 미노타우르스 같은 경우 인간의 힘으로는 처치하기 힘들 정도의 초대형 몬스터였지만, 모두들 많아 봐야 다섯 마리 정도가 뭉쳐 다니기에 기사 두세 명만 파견해도 충분히 처리할 수 있었던 것이다.

그렇기에 타이탄이 개발된 이후 변방에 돌아다니는 몬스터 따위에 신경 쓸 이유가 없었다. 오히려 몬스터에 신경 쓰느니 그 시간에 타국의 동태를 감시하는 것이 더욱 유익할 것은 자명한 사실이었다.

"알겠사옵니다, 전하."

레티안이 아직도 나가지 않고 서 있자 공작이 물었다.

"아직도 보고하지 않은 사항이 남았나?"

"아니옵니다. 발렌시아드 후작 각하께서 전하를 뵙기를 청하며 기다리고 있사옵니다."

"좋아. 들라고 하게."

"예."

레티안이 나가고 난 후 곧이어 제임스가 들어왔다. 그런데 제임스는 혼자가 아니라 웬 미모의 무녀와 함께 들어왔다.

"안녕하셨사옵니까? 공작 전하."

"그래, 그런데 그분은 누구신가?"

"예, 드로아 대 신전에서 나오신 수녀님이십니다."

'수녀'라는 말에 로체스터의 표정이 약간 떨떠름해졌다. 신녀나 교령도 아니고 감히 수녀 따위가 감히 자신의 집무실까지 찾아올 이유가 없기 때문이었다.

"자, 말씀하십시오, 수녀님."

"예, 저는 신녀님의 교시를 받고 케락스시에 왔사옵니다. 여신님께서 내리신 신탁의 대상자를 찾아 그를 도우라는 지시를 받았기 때문이지요."

"대상자는 누군가?"

"예, 암흑의 기운이 세계를 뒤덮을 때, 그것을 막을 영웅이 케락스시에 있다는 신탁이 내렸습니다. 저는 그 영웅을 돕고자 왔사옵니다."

"그런가? 어린 나이에 대단히 막중한 임무를 맡았군. 그렇다면 그 증거는 가지고 있나? 수녀를 내가 못 믿겠다는 것이 아니라, 요즘 국내 사정이 좀 그렇다보니 확인 절차를 밟자는 것이야."

"예, 여기 있사옵니다."

수녀는 신녀로부터 전해 받은 명령서를 공작에게 건넸다. 공작은 그 명령서를 주머니 속에 슬쩍 집어넣으면서 말했다.

"이곳까지 온다고 피곤했을 텐데, 좀 휴식을 취하게. 아직 암흑의 기운이라든지 뭐 그런 것이 뭘 뜻하는지 잘 모르겠으니 그에 대한 조사는 해 보라고 지시하지. 그런 후 뭔가 단서가 잡히면 그때 대화를 나눠 보는 것이 어떻겠나?"

"알겠사옵니다, 공작 전하."

로체스터 공작은 살짝 줄을 당겨서 벨을 울린 후, 벨 소리를 듣고 쫓아온 시녀에게 명령했다.

"수녀에게 휴식할 곳을 마련해 주거라."

"예, 전하."

수녀는 시녀를 따라 방에서 나갔다. 그녀가 방에서 나가자 로체스터 공작은 신녀의 밀지(密旨)를 다시 한 번 들여다보며 미소를 지었다.

"이거 좋은 게 손에 들어왔군."

"무슨 말씀이시옵니까? 전하."

"아, 자네는 알 것 없네. 이 검은 기운이 뭔지는 자네도, 나도, 이것을 가지고 온 수녀도 모르는 것 아닌가? 그것을 물리치는 영웅이 있다는 것만을 알 수 있을 뿐이지."

"그렇죠."

"그렇다면 이건 아주 이용 가능성이 높다는 생각이 들지 않나? 참, 자네와 이런 말을 할 필요는 없겠군. 경은 레티안이나 불러다 주고 볼일 보게나."

"옛, 전하."

레티안이 다시금 들어오자 로체스터 공작은 얼굴 가득 미소를 지었다.

"뜻하지 않게 아주 좋은 것이 들어왔어. 자네는 이게 뭔지 알겠나?"

서류를 훑어보던 레티안은 조금 놀라운 듯 말했다.

"아데나 여신의 신탁이 아니옵니까?"

"그래, 맞았어. 그것도 드로아 대 신전에서 나온 따끈따끈한 신탁이지."

"그런데 왜 이걸 소신에게 주시는 것이옵니까?"

"이걸 이용할 방도를 생각해 보라는 것이야. 신탁의 내용은 세계를 덮고 있는 암흑의 기운이 존재하고, 그것을 막는 자가 케락스에서 나온다는 것이지. 대충 그림으로 그려 놨으니 이해하기는 좀 힘들지만 말이야. 신전 쪽의 해석은 그런 모양인데, 어때?"

"그렇군요."

서류 뒤에 첨가되어 있는 그림을 훑어보며 레티안은 고개를 끄덕거렸다. 사실 이놈의 신탁이 뭐를 뜻하는지는 설명을 들어야 알 수 있을 정도로 난해하니까 말이다. 일단 설명을 듣고 나서 보니 과연 그런 것처럼 보였던 것이다.

"나는 이것을 이번 사태에 써먹으면 어떨까 싶은데 말이야. 본국의 명성을 드높이고, 또 크라레스 황가에 결정적인 타격을 줄 수 있는 증거물로 말일세. 크라레스 제국이 세계를 상대로 전쟁을 벌인 것은 누구나 다 알고 있는 일이 아닌가? 그리고 그들을 제압한 것은 코린트야. 그러니 크라레스를 마왕과 결탁한 세력이라고 선포하고 아예 끝장을 내 버리자는 것이지. 그리고 그들을 응징한 것은 본국이 아니겠나? 어때? 이용 가치가 충분하지 않겠어?"

레티안은 잠시 생각한 후 말했다.

"하지만 그렇게 하신다면, 전하께옵서 위험해지실 수도 있사옵니다. 군의 총사령관은 전하시니까요. 신탁은 영웅의 출현을 알리고 있사옵니다. 그러니 국민들은 전하를 영웅으로 추대할 것이고, 폐하께서 위기감을 느끼시지 않으실까요?"

"딴은 그렇군. 하지만 영웅 따위야 대충 아무나 하나 만들면 되지 않나?"

"그것은 어려울 것이옵니다. 일단 영웅이 되려면 공훈이 있어야 하니까요. 만약 제국 전쟁 전에 이런 신탁을 받았다면, 누군가를 지휘관으로 임명하고 그를 계속 손쉬운 전장에 보내어 공훈을 쌓게 만들 수 있었을 것이옵니다. 하지만 지금 그 공훈을 날조한다면 부하들의 반발을 살 우려도 있사옵니다."

"그럴 수도 있겠지. 그렇다면 이걸 어떻게 써먹지? 자네에게 좋은 생각 없나?"

"정적 타도에 써먹는 것이 가장 좋을 것이옵니다."

과거부터 아데나의 신전에서 나오는 신탁의 정확성은 상당히 정평이 나 있었다. 하지만 왜 미래를 예지하는 그들이 정치적, 경제적으로 높은 지위를 차지하지 못하고 있는 것일까?

그 가장 큰 원인은 신탁이 거의 해석 불가능할 정도로 난해하다는 데 있었다. 그 때문에 뭔가 사건이 종료된 후에야 그 신탁이 그것을 말하는 것이었구나하면서 고개를 끄덕이게 되는 일이 비일비재(非一非再)했다. 그렇기에 일부에서는 대충 난해한 징조라든지 언어들을 나열해 놓고는 나중에 그것을 끼워 맞추는 것이 아니냐는 의심까지 하고 있었던 것이다. 하지만 세월이 흐른 후에 보면 그것과 대충 들어맞는 일이 꼭 한두 번은 나왔기에 아데나 여신의 신탁이 홀대를 받지 않게 된 것이다.

그렇다면 왜 이렇게 미래를 예지할 수 있는 강력한 힘이 있는 아데나 교단의 교세가 미약한 것일까? 거기에는 명확한 이유가 있었다. 처음 신탁이 내렸을 때 그것이 거의 해석 불가에 가까울 정도로 난해하다는 점을 악용하여 황실이나 군부에서는 얼렁뚱땅 끼워 맞춰 이용해 먹으려고 들었다. 그 가장 큰 예가 아직까지도

논란이 많은 150년 전에 있었던 코린트 황실에 대한 반란 미수 사건이었다.

코린트 황가에 검은 기운이 퍼진다는 것을 신탁으로 받은 교단에서는 그것을 즉각 통보했다. 그리고 그 통보를 받은 코린트 황실에서는 교단의 기대와는 달리 이 검은 기운이 뭐냐를 두고 엄청난 정쟁(政爭)에 휩싸였다. 물론 나중에 세월이 한참 지난 후 모든 상황이 종료된 후에 그 검은 기운이 황제에게 대를 이을 아들이 태어나지 않았음으로 인해서 생기게 되는 내분을 뜻했던 것이 아니었나 하는 결론을 짓게 되었지만, 처음 그 신탁이 보내졌을 때는 사정이 조금 달랐다. 그것은 반대파를 숙청하는 명분으로 사용되었던 것이다. 그놈의 신탁 덕분에 수구 세력과 대치하던 개혁파의 정치인 및 군인 3천여 명이 반란 미수죄를 선고받고 감옥에 갇히거나 처형당했던 것이다.

이런 식으로 이용만 당하면서 점차 세상에 환멸을 느낀 아데나 교단에서는 최대한 세상사에 관여하지 않는 방향으로 가닥을 잡았다. 아무리 예언이라고 해도 그것이 이미 밝혀져 버리면 앞으로 일어날 일에 어떤 방식으로든 변화가 생기게 될 것인지 알 수 없었고, 또 해석하기가 난해하기에 구구한 억측을 만들어 생사람을 여럿 잡게 되기 때문이었다.

로체스터 공작과 레티안은 과거 선조들의 본을 받아 이 신탁을 정적 타도에 이용할 궁리를 열심히 하기 시작했다.

토지에르의 음모

　크라레스의 황실은 격변의 소용돌이를 거쳐, 이제 그 제위(帝位)는 토지에르 폰 케프라 공작이 이어받았다. 토지에르는 몇몇 충신들에게 거짓 반란만이 그래지에트 황제를 살릴 수 있는 유일한 길이라고 꼬드겨서 반란을 일으켰다. 그 반란은 성공이었다. 군의 통수권을 토지에르가 가지고 있었기에 그것이 가능했던 것이다. 토지에르는 반란에 성공한 후 처음 충신들과의 계획과는 달리 황제를 지하 감옥에 가둬 버렸다. 그런 후 자신이 신뢰할 수 있는 흑마법사들을 그곳에 배치했다. 이렇게 해서 그는 황제를 완전히 손아귀에 넣는 데 성공했다.
　하지만 그에게는 그때까지도 흑마법사들 외에 이렇다 하게 신뢰할 만한 부하들이 없었다. 아무리 마왕의 현신이라고 하지만 인간의 육체를 뒤집어쓴 이상 그가 발휘할 수 있는 능력의 한계가 있었기에, 모든 기사들을 잡아다가 한꺼번에 세뇌한다는 것은 불가능했던 것이다. 그 때문에 그는 일부 쓸 만한 기사들을 골라 세뇌를 하는 한편, 흑마법사들을 각지에 파견하여 몬스터들을 끌어모으기 시작했다. 인간보다는 훨씬 지능지수가 떨어지면서도 암흑의 기운에 가까운 존재들인 몬스터들이라면 손쉽게 부려먹을 수가 있었기 때문이었다.

그렇기에 마왕은 주위에서 자신이 아직 강림한 것을 눈치 채지 못한 이때, 자신의 세력을 충분히 확보하는 것이 유리하다는 것을 알고 독아(毒牙)를 감추고 있었다.

"이게 어떻게 된 일이옵니까? 전하!"

갑자기 달려온 근위 기사단장 프로이엔 폰 론가르트 백작의 말에 짐짓 시치미를 떼며 물었다.

"뭐가 말인가?"

"신성한 황궁에 몬스터들이 우글거리는 것 말이옵니다."

"그들은 황제 폐하의 새로운 병사들이라고 말하지 않았는가? 강적 코린트와의 전쟁을 하려는 마당에 몬스터들의 손이라도 빌릴 수 있다는 것은 신의 도우심이 아니신가? 이것도 다 내가 흑마법을 익힌 덕분이 아닌가 말이야."

뭐 마신(魔神)도 신은 신이니까 말은 되는 것 아닌가?

"그거야 그렇사옵니다만, 그래도 황궁에까지 그런 추악한 것들이 돌아다니게 할 이유가 될 수는 없는 것 아니옵니까?"

몬스터의 이동은 첩자들의 눈을 피해서 한밤중에 진행된 일이 있었는데, 론가르트 백작이 맡은 바 소임을 다하다 보니 그것을 보았던 모양이었다. 토지에르는 점잖게 시치미를 떼며 말했다.

"아아, 그건 다 나에게 생각이 있어서 하는 일이야. 몬스터들은 다 지하 감옥으로 이동하는 중이었는데, 단장은 운 좋게 그것을 본 모양이군."

"지하 감옥에 말씀이시옵니까?"

토지에르는 일부러 뭔가 비밀스러운 말을 하는 듯, 주위를 슬쩍 둘러본 후 목소리를 낮춰서 속닥거렸다.

"그렇지. 폐하의 안전을 도모하고, 또 첩자들의 침입을 막는 데는 오히려 몬스터들이 낫지 않겠나? 사실 반란을 일으켜 폐하를 폐위하고, 지하 감옥으로 모신 것도 다 타국의 눈을 속이기 위함이 아니었는가 말이야. 몬스터는 마법에 의해 조종되고 있는 것이니 확실히 믿을 수 있지. 본국의 첩자가 열 명이라면 코린트의 첩자는 50명이야. 하지만 그 첩자들이 몬스터가 우글거리는 지하 감옥 안으로 몰래 들어갈 수 있겠나? 바로 들통 날 것이 뻔하기에 절대로 그렇게 할 수 없을 거야. 그래서 그것들을 지하 감옥에 배치시킨 거라네. 알겠나?"

뭔가 좀 이상하기는 했지만, 전체적으로 들어봤을 때 말은 되었기에 론가르트는 수긍할 수밖에 없었다.

"아, 예."

"그건 그렇고, 기사단의 재정비는 끝났나?"

"예, 그런대로 기사단장들과 대충 의견 일치를 보았사옵니다."

"어떻게 하기로 했지?"

"중앙 기사단의 각 전대는 전력 유지를 유해 30대씩으로 나누는 것으로 의견 일치를 보았사옵니다. 3전대만 트라노 30대와 테세우스 7대로 편성했사옵니다만, 나중에 추가로 생산되면 4전대로 독립시켜야 하겠지요. 그 외에 나머지 기사단들의 변동은 없사옵니다."

"나도 그렇게 하는 것이 좋을 것이라고 생각하고 있었어. 수고했네."

"감사하옵니다, 전하. 그런데, 예전에는 이틀에 한 대씩 납품되고 있던 타이탄이 요즘은 거의 납품되지 않고 있사옵니다. 이것은 어떻게 된 일이옵니까?"

"아아, 그것은 흑마법사들을 긴히 쓸 일이 있어서 파견해 버렸기에 엑스시온 생산에 문제가 생긴 것 때문이지. 며칠 정도 있으면 정상적인 생산이 가능할 테니 걱정하지 말게."

"예, 알겠사옵니다. 전하."

"내가 지시한대로 병력 배치는 시작하고 있나?"

"예, 일단 기사단의 배치는 이미 시작했사옵니다. 수도에는 치레아, 스바시에, 근위 기사단이 남고 중앙 기사단은 각 방위선의 핵으로 배치할 것이옵니다."

"군대의 배치는?"

"군대는 아직 재편성 중에 있사옵니다. 아마도 일주일 이내로 완료할 수 있을 것이라고 생각하고 있사옵니다. 재편성이 끝나는 대로 방위선으로 보내겠사옵니다."

"잘해 보게. 나는 단장의 능력을 믿고 있으니까 말일세."

"감사하옵니다, 전하."

론가르트 백작이 밖으로 나가고 난 후 토지에르는 문 쪽을 보고 빈정댔다.

"벌레 같은 것들이 눈치 하나는 빠르군. 생각 같아서는 모두 다 몬스터의 밥으로 던져 주고 싶지만…, 그래도 충성스러운 마계의 신하들을 소환하기 전까지는 저놈들이 살아 있는 편이 좋겠지. 자, 그럼 다시 소환 의식을 시작해 볼까?"

토지에르는 곧장 지하 감옥으로 공간 이동했다. 그것 때문에 지하 감옥을 몬스터로 채워 넣은 것이니까 말이다.

지하 감옥에 도착한 토지에르는 주문을 외워 거대한 마법진을 그리기 시작했다. 여타의 마법진들과 달리 그가 만들고 있는 마법진에서는 엄청나게 사악한 기운이 뭉실뭉실 뿜어져 나오고 있었다. 토지에르는 마법진이 완성되자 그 마법진 위로 올라섰다. 자신의 본체를 암흑의 저편에 있는 마계에서 가져올 수만 있다면 이따위 조잡한 마법진의 힘을 빌릴 필요도 없이 강력한 소환 마법을 실행할 수 있었을 것이다.

하지만 현재 자신이 빼앗는 데 성공한 벌레의 육신을 통해 뿜어낼 수 있는 마력에는 한계가 있었다. 그리고 그 마력은 마왕인 자신이 생각해도 너무나도 미미한 것이었다.

일단 마법진 위에 올라선 마왕은 또다시 주문을 외웠다. 그리고 그 주문에 따라 거대한 마법진이 형체를 만들어갔다.

"태곳적부터 내려오는 어둠의 맹약에 따라, 템스트라! 그대를 소환하노니 신성한 빛의 장막을 뚫고, 기나긴 어둠의 통로를 거쳐 내 앞에 모습을 드러내라!"

마법진의 중간에서 시커먼 덩어리가 튀어나왔다. 그리고 곧이어 그것은 뭔가 형체를 만들어 가기 시작했다. 하지만 템스트라는 지고하신 마왕 앞이라서 자신의 형체를 만들기는 했지만, 제대로 된 형체는 아니었다. 뭔가 울룩불룩한 시커먼 액체로 만든 인형과 같은 형상이었다. 템스트라는 고개를 바닥에 조아리며 듣기 껄끄러우면서도 텁텁한 목소리로 외쳤다.

"끅끅, 지고하신 어둠의 마왕께서 이 미천한 종을 불러 주셔서 영광이옵니다."

템스트라의 말대로 마왕은 그야말로 마계에서 '미천한' 놈을 불러냈다. 그것은 어쩔 수 없었다. 그가 가진 힘의 한계였으니까 말이다.

"어쩔 수 없지. 인간계에서 주어진 내 힘으로 불러낼 수 있는 것은 너 같은 놈들뿐이니까 말이다."

토지에르는 자신이 생각해도 한심하다는 투로 중얼거린 후 템스트라에게 말했다. 그토록 오랜 작업을 했고, 마력을 집중했는데 겨우 이 정도밖에 불러낼 수 없는 것이다. 하지만 그것에 묘미가 있는 것이 아니던가?

"네게 한 가지 명령을 내리겠다."

"하명하시옵소서!"

"코린트 제국의 황제를 죽여라. 실패는 용서하지 않겠다."

"옛! 명을 받들겠나이다. 하지만 속하는 공간 이동 마법을 할 줄 모르옵니다. 그리고 그 코린트라는 나라가 어디에 있는 줄도 모르옵고, 더군다나 황제라는 자가 누군지도 모르옵니다."

템스트라의 말을 들은 토지에르의 미간이 찌푸려졌다. 사실 마왕 자신도 코린트 황제라는 놈의 상판대기를 단 한 번도 본 적이 없었던 것이다. 잠시 생각하던 마왕은 한 가지 좋은 방도를 떠올렸다.

"너를 코린트의 수도라는 케락스시로 보내 주겠다. 그곳에서 황제라는 놈을 찾아서 죽여라."

"옛!"

마왕은 품속을 뒤져서 공간 이동 좌표가 자세히 나와 있는 책자를 꺼내서는 코린트라고 쓰여 있는 부분을 뒤지기 시작했다. 곧이어 케락스로 가는 좌표를 찾아낸 마왕은 곧장 템스트라를 그곳으로 공간 이동시켰다.

마왕은 흐뭇한 미소를 지었다. 템스트라가 아무리 마계에서는 등급이 낮은 악마지만 이곳에서는 그렇지 않다는 것을 잘 알고 있었다. 마왕이 이곳에다가 자신의 제국을 건설하려면 시간이 필요했다. 그리고 템스트라는 마왕에게 그 금쪽같은 시간을 마련해 줄 수 있는 충분한 능력이 있었다. 전에 강림했을 때는 미개한 인간들을 얕잡아보고 서두르다가 실패했지만, 이번에는 그런 실패를 되풀이하지는 않을 것이다. 절대로!

"전하! 전하! 일어나시옵소서!"

문을 두드리는 소리에 로체스터는 급히 일어났다. 그는 평소의 습관대로 침대 머리맡에 놔뒀던 검부터 집어 들었다. 하지만 주위에는 그 어떤 위험도 감지되지 않았다.

"무슨 일이냐?"

"전하, 황제 폐하께서 승하하셨사옵니다."

"뭣이?"

로체스터 공작은 재빨리 일어서서 옷을 입기 시작했다. 여태껏 잘살아 오던 황제가 왜 갑자기 죽었단 말인가? 수녀가 건네줬던 그 신탁을 무시했던 것이 영 찝찝했다. 세계가 어둠에 휩싸인다는 것. 영웅의 출현에 중점을 두고 생각을 했었는데, 지금 생각해 보니 어둠이란 것은 황제의 사망을 뜻하고, 영웅이란 것은 새로운 황제를 뜻하는 것이 아니었을까?

"젠장! 그것도 생각해 뒀어야 했는데……."

로체스터는 서둘러 옷을 입은 후 황궁으로 향했다. 로체스터가 황궁에 도착하고 보니 제1근위대가 물샐틈없는 경비 태세에 들어가 있었다. 제임스는 로체스터 공작이 들어오는 것을 보자 급히 달려왔다.

"어떻게 된 일이냐?"

"암살자(Assassin)가 들어왔사옵니다."

"뭣이? 암살자?"

"옛!"

로체스터 공작은 황제 폐하의 침실 쪽으로 재빨리 걸음을 옮기며 질문을 던졌다.

"어떻게 그 물샐틈없는 경계망을 뚫고 황제 폐하의 처소까지 잠입할 수 있었단 말인가?"

"그것은 소신도 잘 모르겠사옵니다."

"비밀 유지는 확실히 해 놨겠지?"

"옛! 황제 폐하의 승하 사실을 알고 있는 시녀들은 모두 다 체포해 뒀사옵니다."

"모두 다 없애 버려라."

"예."

이윽고 그들은 황제의 침실에 도착했다. 황제의 직접적인 사인은 심장 부근을 관통하고 있는 깊은 검상이었다. 그리고 황제와 동침하고 있었던 것으로 추측되는 두 명의 어린 시녀들의 시체도 함께 있었다. 그녀들의 공포에 질린 듯한 표정이 인상적이었다. 그곳에는 근위 기사단 소속의 마법사 몇 명이 마법을 사용하여 증거를 수집하는 중이었다.

"여기서 난장판이 될 때까지 경비 무사들이나 근위 기사들은 뭣을 했던가?"

"예, 심문해 본 결과 그들의 말로는 과거에도 침실에서 계집의 비명 소리라든지 뭔가 두들겨 패는 듯한 소리가 한 번씩 들려왔기에 오늘도 그렇거니 하고 생각했다고 하옵니다."

황제는 늙은 후 약간 취향을 바꿔 가학적인 성행위를 즐겼던 것이다. 그것을 잘 알고 있는 로체스터는 씁쓸한 입맛을 다실 수밖에 없었다.

"경비 무사들은?"

"모두 다 체포해 뒀사옵니다."

"그래듀에이트를 남기고 모두 다 처형해라. 그리고 그래듀에이트는 따로 모아서 철저히 조사하되, 의심이 가는 자가 있다면 정신계 마법을 사용해도 상관없다. 알겠나?"

황제를 죽일 정도의 실력자라면 그래듀에이트뿐이었기에, 만약 내부인의 소행일 때를 가정하여 내린 명령이었다. 자국 기사의 경우 정신계 마법은 그야말로 최후의 수단에 사용하는 방법이었다. 워낙 후유증이 대단해서 최악의 경우 미쳐 버릴 수도 있었다. 하지만 워낙 중대한 사안이었기에 로체스터는 그것마저도 허락한 것이다. 그리고 그들 외의 경비 무사들은 비밀 유지를 위해 죽여 버리라는 뜻이었다.

"옛, 전하."

"폐하의 시신을 깨끗하게 단장하고 장례식을 치를 준비를 하도록 해라. 절대로 칼자국이 밖으로 드러나지 않도록 세심하게 신경 써야 한다. 그리고 암살자에 의해 황제 폐하께서 승하하신 것이 아니라 격렬한 정사로 인한 심장마비로 승하하셨다고 발표하도록!"

만약 자객이 들어와서 황제가 사망했다면 근위 기사단에 책임을 묻게 된다. 안 그래도 가뜩이나 국력이 쇠약한 판에 한 명의 근위 기사라도 잃을 수는 없는 것이었다. 그리고 근위 기사단의 단장인 로체스터 공작에게까지도 그 불똥이 튕겨 올 가능성이 있었다. 그렇기에 로체스터 공작은 이런 지시를 내리는 것이다.

"옛, 전하."

로체스터 공작은 모든 지시를 내린 후 나가려다 말고 방 한쪽에 나뒹굴고 있는 갑옷에 이색적인 눈빛을 던졌다. 젊은 시절 황제가 입었던 그 황금색 찬란한 갑옷의 앞부분이 푹 찌그러들어 있었던 것이다. 그리고 그 찌그러들어 있는 모양은 오른손 손바닥의 모양과 똑같았다.

"잠깐! 경도 저것을 봤나?"

"옛."

"혹시 전부터 저런 모양이었나?"

"시녀들에게 물어봤지만, 그전에는 멀쩡했었다고 하옵니다."

"그래? 이상하군. 그렇다면 폐하를 해친 무기는 뭣이었나?"

"저 갑옷에 딸려 있던 장검이었사옵니다. 저 갑옷은 원래 완전 무장한 기사의 행색으로 저쪽에 서 있었다고 하옵니다."

로체스터 공작이 제임스의 손이 가리키는 곳을 보니 과연 갑옷을 거치해 두는 대가 마련되어 있었다. 로체스터 공작은 슬그머니 갑옷 쪽으로 다가가서는 갑옷 위에 있는 헬멧의 안면 가리개를 들어 올려 슬쩍 안을 확인해 봤다.

"그쪽은 벌써 확인해 봤사옵니다. 안에는 아무것도 없사옵니다."

"놈이 들어오거나 나간 흔적은 발견했나?"

"특이하게도 그 어떤 흔적도 발견할 수 없었사옵니다. 아무리 뛰어난 암살자라도 아무런 흔적 없이 탈출한다는 것은 불가능할 것인데 말이옵니다."

"아무래도 내부의 소행임이 확실한 것 같기는 한데……."

"저도 그렇게 생각하고 있사옵니다, 전하."

"일단 그래듀에이트들을 족쳐 보면 뭔가 단서가 잡힐지도 모르지."

이때 마법사가 공작에게 다가왔다.

"드디어 증거를 잡았사옵니다."

"그래?"

"범행이 일어난 후 이곳에 대한 출입을 철저히 막고 찾은 결과 어렵지 않게 범인의 기억이 남아 있는 곳을 찾아냈사옵니다."

"잔말 말고 한번 보여 보게."

"옛!"

"리멤버런스 오브 더 록(Remembrance of The Rock : 암석의 기억)!"

그와 동시에 침실 밑에 깔려 있는 대리석판 한쪽에서 3차원적인 희미한 영상이 뿜어졌다. 대지보다는 단단한 암석 쪽이 아무래도 정보의 저장력이 떨어지기에 영상은 상당히 희미했다.

황금색 갑옷이 검을 쥔 채 움직이는 장면이 슬쩍 보였다. 하지만 그것뿐이었다. 뭔가 그럴듯한 것이 있을 것을 기대한 로체스터 공작은 신경질적으로 외쳤다.

"이게 뭐야? 그 망할 암살자 놈이 갑옷 안에 들어가서 움직였다는 것은 척 보면 누구나 다 알 수 있는 사실이야. 나는 범인이란 놈의 상판대기가 어떻게 생겼는지 알고 싶은 거야. 알겠나?"

"예, 전하."

마법사는 호된 질책을 당한 후 다시금 이리저리 훑기 시작했다. 그리고 제임스는 공작의 지시를 행하기 위해 밖으로 나갔다.

제임스는 부하들을 불러서 로체스터 공작의 지시를 전달한 후, 덧붙여서 금십자 기사단까지 불러들여서 수도의 경계를 더욱 강화하라고 지시했다. 그런 다음 그 자신은 궁전 내외부를 샅샅이 뒤지면서 적이 침입해 들어올 가능성이 있을 만한 곳을 직접 탐색하기 시작했다. 첩자가 와서 황제가 살해당했는데도 상대가 어떻게 침입했는지, 또 상대가 어떻게 유유히 빠져나갔는지도 알 수 없다는 것은 제임스의 자존심을 엄청나게 긁어 놨기 때문이었다.

그러다가 그는 병사들과 함께 걸어가는 수녀를 발견했다. 수녀의 표정이 원체 자연스러웠기에 제임스는 그냥 넘어가려고 하다가 아무래도 이상해서 병사에게 질문을 던졌다. 이런 한밤중에 수녀가 병사들과 함께 걸어갈 이유가 없었기 때문이다.

"무슨 일이냐?"

병사는 근위 기사단의 복장을 한 기사가 질문을 던져왔기에 지체 없이 대답했다.

"행동이 수상해서 연행해 가는 중입니다, 기사님."

"뭐? 연행하는 중이었다고?"

"예."

제임스는 수녀를 향해 의혹에 찬 눈길로 쳐다봤다. 연행당하는 입장에서 봤을 때 수녀의 표정이 너무나도 담담했기 때문이었다.

"무슨 일입니까?"

"예, 밤에 산책을 하다가 이분들이 수상하다며 가자고 해서 따라가던 중이었습니다."

제임스는 기가 막힌다는 듯 다시 질문을 던졌다.

"아니, 이 한밤중에 따라오라고 한다고 해서 따라갑니까? 그리고 달밤에 무슨 산책을 하시고 계셨던 거지요? 썩 산책하기에 좋은 날씨도 아닌데 말입니다."

"잠을 자다가 좀 이상한 꿈을 꿨거든요. 뭔가 시커먼 것이… 이곳 황궁을 덮기에 놀라서 잠에서 깼어요. 지금 생각해 보면 별로 뚜렷한 내용이 있는 것도 아니었는데, 왜 그렇게 꿈속에서는 무서웠는지 모르겠어요. 다시 잠을 청해 봤지만 이상하게 심장이 두근거리며 진정이 안 되기에 기분 전환 겸 잠시 밖에 나와 본 것입니다. 그런데 이분들이 왜 여기를 서성거리느냐고 묻더군요. 저는 산책 중이라고 대답했구요. 가자고 하기에 따라가던 중이었습니다. 저에게 죄가 있는 것이 아닌데 무엇이 두렵겠습니까?"

제임스는 꿈 얘기를 들으면서 상대의 표정을 세밀히 관찰했다. 하지만 수녀는 제임스의 의혹에 가득 찬 시선을 받으면서도 시종 담담한 어조로 말을 끝마쳤다.

사실 그녀 말대로 죄가 없다면 별 문제가 없겠지만, 시기가 안 좋았다. 황제가 암살당한 이때 이 근처를 어슬렁거리다가 잡혀 들어가면, 필히 고문을 동반한 생사람 잡기가 뒤따를 것이다. 결국에는 무죄가 입증될지는 몰라도 묵사발 난 후 아무리 실수였다고 하며 죄송하다는 사과를 들어 봐야 이미 늦은 것이다.

제임스는 잠시 수상쩍은 듯한 시선으로 수녀를 바라봤다. 하지만 곧이어 생각을 바꿨다. 수녀를 전문적인 암살자, 그것도 늙기는 했지만 그래듀에이트급의 기사를 살해할 수 있을 정도로 뛰어난 암살자라고 의심하기에는 너무나도 무리가 있었다. 수녀가 입고 있는 새하얀 로브는 언제나 그러하듯 주름 하나 가 있지 않았다. 그런 그녀가 어떻게 갑옷 안에 들어갔다 나올 수 있었겠는가?

또 만약에 백보 양보해서 그녀가 시키면 암살자의 복장을 하고 황제를 죽였다고 하더라도, 무슨 할 짓이 없어서 옷까지 갈아입고 이 달밤에 산책을 한단 말인가? 그건 '나를 의심해 주세요' 하는 꼴밖에 안 되지 않는가.

제임스는 수녀가 아데나 신전의 무녀인 만큼, 뭔가 황제 암살을 예고하는 예지몽(豫知夢)을 꾼 것이라고 결론을 내렸다. 그렇기에 제임스는 어떻게 보면 무모하고, 또 어떻게 보면 순진하기 그지 없는 이 수녀를 향해 미소를 보내며 부드러운 어조로 말했다.

"산책하기에는 너무 날씨가 싸늘합니다. 그리고 오늘은 별로 좋지 않은 일이 발생했기에, 이 숙소 밖을 서성거리지 않으시는 것이 좋을 겁니다. 이만 가 보십시오."

"예, 알겠습니다."

"그리고 언제 그 꿈에 대해서 다시 한 번 대화를 해 보고 싶군요. 저는 바빠서 이만 실례하겠습니다."

수녀는 다소곳이 인사를 한 후 자신에게 배정된 숙소 쪽으로 걸음을 옮겼다. 병사들은 제임스의 지시를 받고 또 다른 수상한 자를 잡기 위해 다시 수색을 시작했다.

로체스터 공작의 세상

크라레스가 몬스터를 끌어들여 엄청난 국력 팽창을 하고 있을 때, 코린트는 황제의 갑작스런 사망으로 인한 권력 쟁탈전이 극심하게 전개되기 시작했다. 코린트의 경우 황위가 아들에게로 승계되는 것이 아니라, 혈족 내의 그래듀에이트들 중에서 뛰어난 인물에게 승계되도록 법으로 정해 놨기에 누가 황위를 이어받을 것인가를 놓고 치열한 암투를 벌일 수밖에 없는 형국이었다.

만약 코린트에서 크라레스가 아직도 위험하다고 판단했다면 황위 쟁탈전에 그토록 많은 정력을 소진하지는 않았을 것이다. 누군가 적이 나타나 있을 때는 군부의 입김이 강해질 수밖에 없는 것이니까 말이다. 하지만 그들이 판단했을 때 크라레스는 완전히 재기불능이었고, 알카사스와 아르곤은 제2차 제국 전쟁을 통해

획득한 점령지를 안정시키기 위해 정신이 없었다.

 그리고 크라레스의 뒤를 이어 코린트의 가장 강력한 가상 적국으로 발돋움한 크루마는 새로이 영토에 편입된 미란을 안정시키기 위해 정신이 없는 상황이었다. 그러니 국내외적으로 봤을 때 적을 찾기 힘든 코린트로서는 군부의 세력은 약화될 수밖에 없었고, 상대적으로 기세가 오른 귀족들과의 한판 승부가 없을 수 없었다.

 로체스터를 비롯한 군부는 승하한 지그문트 드 아그립파 4세 황제의 아들이자 싹수가 노랗게 방탕한 행동을 일삼고 있던 카스피아 드 아그립파 황자보다는 승하한 황제의 조금 먼 혈족인 비스마 드 아그립파 후작을 지지했다. 비스마는 조금 먼 혈족인 자신이 제위를 이어받는다는 꿈 따위는 일찌감치 포기하고 군부에 진출하여 금십자 기사단의 기사로서 근무하고 있었다. 물론 그가 대단히 뛰어난 검객은 아니었기에, 금십자 기사단의 정찰조들 중 하나의 지휘관으로 있었다. 하지만 그도 그래듀에이트였기에 황제로서의 기본 조건은 충분히 갖춰져 있는 셈이었다.

 그에 비했을 때, 34세에 즉위하여 95세에 승하할 때까지 무려 61년간을 통치한 황제를 아버지로 둔 카스피아 드 아그립파 황자는 우수한 혈통 덕분에 간신히 그래듀에이트의 시험에 통과하기는 했지만, 그 뒤로 수행에 전념하기는커녕 황제인 아버지를 믿고 별의별 못된 짓을 다 행했던 것이다. 물론 그의 행동이 아그립파 황제의 아들 25명 중에서 특별히 더 악했던 것도 아니었고, 웬만한 귀족 자제들은 다 하는 짓거리에 지나지 않았지만 방탕한 생활과는 거리가 멀었던 로체스터 공작에게는 일찌감치 눈 밖에 나 있었던 것이다.

하지만 문제는 상당수의 귀족들은 카스피아를 다음의 황제로 점찍고 있었다는 점이다. 황제의 자식들 중에서 그래듀에이트는 카스피아 혼자였기에, 다음에 황제가 될 가능성이 가장 높았다.

그것을 잘 아는 귀족들은 미리 연줄을 대놓기 위해 자신의 딸을 가져다가 바친 놈도 있었고, 먼 친척 여식을 양녀로 삼은 후 바친 놈은 더 많았다. 궁핍한 천민이나 농노의 반반한 자식을 돈 주고 양녀로 삼은 후 바친 놈은 더더욱 많았고, 자신의 영지에서 살고 있는 미녀를 잡아다가 바친 놈들은 그야말로 엄청나게 많았다. 그 외에 각종 귀금속이나 골동품 등 별의별 값진 것들을 다 가져다가 바쳤고, 우의를 돈독히 한다는 명목으로 대규모 사냥이나 무도회 등을 열어 주빈으로 모시면서 아부와 아첨을 일삼았던 것이다.

그렇게 우의를 돈독히 쌓아 놓은 귀족들이 자신들의 봉을 황위에 앉히기 위해서 발악할 것은 당연한 일이었다. 그리고 로체스터 또한 그것을 가만히 지켜볼 위인이 아니었다. 친구였던 키에리가 권력의 핵에서 밀려난 것도, 또 가깝게는 자신도 그 망할 귀족들 때문에 골치를 썩인 적이 한두 번이 아니었던 것이다. 서로가 양보할 수 없는 사안이었기에, 로체스터가 이끄는 군부와 귀족들은 거의 10일 가까이 입씨름을 벌였지만 결론이 나지 않았다.

"젠장할! 자신들의 권력에만 눈이 먼 미친놈들 같으니라구!"

궁정 회의에 참석했다가 돌아온 로체스터 공작은 불같이 화를 내기 시작했다. 황제가 승하한 후, 그는 언제나 궁정 회의에 참석한 뒤에는 화가 머리끝까지 나서 돌아왔기에 레티안에게 그것은 별로 신기할 것도 없는 현상이었다.
"무슨 일이시옵니까? 전하."
그녀는 언제나 판에 박힌 대화가 오간 것을 예상하면서 예의상 던진 질문이었는데, 오늘은 로체스터로부터 돌아오는 대답이 달랐다. 상대방에 대한 욕을 잔뜩 늘어놓을 줄 알았는데 말이다.
"차기 황제가 누가 될지 결정이 안 된다며, 그 개새끼들이 의회를 소집하여 투표에 의해 황제를 결정하기로 의견을 모았어."
코린트는 황제의 말 한마디가 법인 상태였기에, 귀족이 주축을 이루는 상원과 평민들로 이뤄진 하원으로 구성되는 코린트의 의회는 사실상 아무런 실권이 없었다. 그런데도 의회가 존속하고 있었던 이유는, 평민들과 귀족들이 모여 각종 자질구레한 사항들을 토의하고 결론을 도출해 내서는 황제께 보고를 올리는 데 필요했기 때문이었다. 물론 그들이 도출해 낸 사항을 황제가 허락을 하건 말건 그건 황제만의 권리였지만, 어느 정도 타당성이 있을 때는 그것의 시행을 허락했기에 평민들에게는 대단히 중요한 기관이었다.
그리고 또 귀족들에게도 중요한 기관이었다. 하지만 어떤 면에서는 귀족들에게 있어서도 의회는 자신들의 이익을 수호하는 기관도 되는 것이다. 거기에 뽑혀 나온 평민 놈들만 주무르면 모든 일이 순탄하게 돌아가니까 말이다. 그렇기에 의회는 군부보다는 귀족들의 입김이 매우 센 곳이었다.

"의회라구요?"

"그래. 나하고 싸워서 결론이 안 나니까 의회를 끌어들인 거야. 젠장! 의회에서 이 일을 처리한다면 보나마나 그놈들이 이길 테지. 그놈들이 그런 자신감이 없다면 왜 의회를 끌어들였겠어?"

"그렇다면 어떻게 하실 요량이시옵니까? 전하."

"글쎄, 어떻게 대응할지 모르겠군. 아무래도 국가의 장래를 위해서는 비스마가 황제가 되어야 하는데 말이야. 하지만 의회의 그 멍청한 평민 놈들이 그걸 이해할까? 황족이나 귀족들의 감추어진 추잡한 사건들에 대해 그놈들은 잘 모르잖아."

"하원의 의원들을 설득하시는 것은 어떻겠사옵니까?"

"글쎄, 귀족 놈들도 하원을 설득하고 있을 테니 그건 효과가 없을 거야. 또 상원에서 만장일치로 카스피아를 민다면 하원에서 비스마를 전폭적으로 밀어 줘도 답이 없잖아. 안 그래?"

상원 1백 명과 하원 1백 명으로 구성된 코린트 의회는 각 의원당 한 표씩의 권한을 행사한다. 그렇기에 상원 쪽에서 모두 다 반대한다면 하원 쪽에서 무슨 짓을 해도 가결될 수가 없었다.

"그건 그렇습니다만……."

레티안이 난처한 듯 얼버무리자, 로체스터는 더 이상 쓸모없는 궁리를 하고 싶지 않은지 목 뒤를 주무르며 중얼거렸다.

"아… 피곤해. 신경을 썼더니 뒷골이 뻐근하구먼. 자네는 그만 퇴근하게. 나는 부하들을 몇 명 불러서 술이나 한잔해야겠어."

"예, 전하."

로체스터 공작은 그날 밤 제1근위대장인 제임스와 금십자 기사단장인 프레드 드 알파레인 후작을 불러들였다. 술이나 한잔하자는 제의를 받고 온 그들이었기에 가벼운 마음으로 로체스터 공작의 저택을 방문한 것이었는데, 분위기를 보아하니 술을 얻어먹기는 힘들어 보였다. 아무런 준비도 되어 있지 않았던 것이다. 자신의 집에 들어온 기사들을 향해 로체스터 공작은 단도직입적으로 말했다.

"경들은 나를 믿고 따를 수 있겠는가?"

"옛, 전하."

"그렇다면 지금부터 명령을 내리겠네. 지금 즉시 복귀하여 기사단을 출동시키게."

갑작스런 출동 지시에 둘은 아연한 표정을 지었다. 그들은 적이 침공해 들어왔다는 그 어떤 보고도 들은 적이 없었던 것이다.

"예? 목표는 어디이옵니까?"

"목표? 궁정 회의에 참가할 자격을 가지고 있는 모든 귀족들과 의회의 상원 의원들을 잡아들이고, 황궁 및 의회를 점거해라. 그 외에 불온분자들이 모일 수 있는 곳은 원천적으로 차단하면 일차적으로 일은 끝날 것이다."

"옛, 전하."

"지금 이 자리에서 명확히 밝히지만, 이건 반란이 아니다. 귀족들이 원하는 썩어빠진 놈이 아닌 제대로 된 황제를 세우자는 것이다. 알파레인 경."

로체스터는 금십자 기사단장에게로 시선을 돌리며 말했다.

"옛, 전하."

"귀 기사단에 근무하는 비스마 드 아그립파 후작을 철저하게 보호하도록 하게. 다음 황제 폐하가 되실 분이니까 말이야."

"옛, 전하. 맡겨만 주시옵소서!"

알파레인은 고개를 팍 숙이며 호쾌하게 대답했다. 만약 로체스터 공작이 자신이 황제가 되겠다든지 뭐 그딴 소리를 했다면 아마도 지금 자신부터 검을 뽑아 들었을지 모른다. 알파레인도 로체스터 공작의 부하이기 이전에 황실에 대해 충성을 맹세한 기사였다. 그리고 그의 부하들 역시 그것은 마찬가지였다. 후계자가 정해지지 않은 상태에서 황제가 죽어 버렸기에 얼마나 쓸 만한 후계자를 내세우느냐 하는 것은 황가에 대한 충성 맹세를 거스르지 않은 상태에서 개입할 수 있는 문제인 것이다.

그런 의미에서 비스마는 군부의 모든 사람들이 원하는 황제였다. 군대 내에서 다 함께 생활하다 보니 그가 부하들을 사랑하고 아낄 줄 아는 유능한 군인이라는 사실을 모두 다 알고 있었던 것이다.

다크와 라나의 재회

　로체스터 공작의 행동은 은밀하면서도 재빨랐다. 귀족들은 다음 날 아침이 되어서야 코린트 전체가 로체스터 공작의 세상이 되어 버렸다는 것을 알았을 정도였다. 로체스터가 평소에 믿고 의논하던 레티안마저도 따돌리고 행한 갑작스런 행동이었기에 그들로서는 아예 대비할 생각 자체를 못했던 것이다.
　그들에게 이제 남은 길은 항복하고 목숨을 구걸하든지, 아니면 국외로 탈출하는 것 외에는 없었다. 그들은 영지에 포함되어 있는 농노들을 단속하고 산적들을 토벌하거나 황제의 부름에 응하기 위해 꽤 많은 사병들을 거느리고 있었지만, 그들을 거느리고 무력 투쟁을 벌일 엄두도 내지 못했다. 왜냐하면 기사단이 새로운 황제를 전폭적으로 지지하고 있는 상황이었기 때문이다.

로체스터 공작은 이번에 벌어진 군부의 행동에 정당성을 더하기 위해 아데나 신전에서 흘러 들어온 신탁을 이용했다. 여태껏 지그문트 황제를 등에 업고 못된 짓을 해 온 귀족들을 코린트의 앞날을 혼돈케 하는 무리들이라고 매도했던 것이다. 그리고 그들을 타파하기 위해 나타난 영웅으로 비스마 드 아그립파 후작을 내세웠다. 이것으로 정적들을 몰살시키고 새로운 황제가 제위를 이어받는 정통성을 세우기 위해 신탁을 빌려 해석했던 것이다.
　하지만 정작 사태가 이런 방향으로 흘러가자 의문을 느낀 사람은 제임스였다. 수녀와 함께 로체스터에게 건네준 신탁에 나와 있는 암흑의 기운은 절대로 썩어 빠진 귀족들을 의미하는 것 같지 않았기 때문이다. 그래서 그는 조용히 수녀를 찾아갔다.
　"안녕하셨습니까? 오랫동안 이곳에서 무료하게 지내시게 해서 죄송합니다."
　수녀는 여태껏 그래 왔듯, 법식에 따라 흰색 로브를 입고 그를 맞이했다. 수녀는 다소곳이 대답했다. 그녀에게는 제자가 딸려 있었기에 이곳에서 제자를 교육시키며 소일하고 있었다.
　"괜찮습니다. 저에게는 보람 있는 시간들이었습니다."
　"수녀님께서는 신탁에 나와 있는 암흑의 기운이 무엇을 의미한다고 생각하십니까? 그리고 그것을 물리치는 영웅은 누구라고 생각하십니까? 과연 그 영웅이 코린트의 황제 폐하를 의미하는 것일까요?"
　"죄송하지만, 그것은 저도 확실히 모르겠습니다."
　"수녀님은 이곳에 계시기에 요즘 세상이 어떻게 돌아가는지 모르실 겁니다. 지금 로체스터 전하께옵서는 그 신탁을 이용해서 정적들을 소탕하고 계십니다. 그리고 신탁에 나오는 영웅으로서 비스마 드 아그립파 후작을 지목했지요. 아마 정적의 소탕이 일단락되면 그가 제위에 등극할 것입니다."

제임스의 설명에 수녀는 당혹감을 느낄 수밖에 없었다. 정적이 암흑의 기운으로 설명될 수 있을까? 그녀 자신은 거기에 그려져 있던 시커먼 것이 마왕이나 뭐 그런 사악한 것이라고 생각했던 것이다.

"발렌시아드 후작님께서는 어떻게 생각하시나요? 과연 로체스터 전하께옵서 하시는 일이 선한 것이라고 확신하시나요? 그리고 전하의 정적들이 악한 무리들이라면 일단 암흑의 기운으로 해석될 수 있을 것입니다."

"그것은 확실합니다. 제 상관으로서가 아니라 위대한 무인(武人)이시자, 그분께서 평소에 보여 주신 검소하면서도 소박한 행동, 그리고 권력에 집착하지 않으시는 마음가짐을 저는 믿고 있거든요."

열정적으로 말하는 제임스의 얼굴을 가만히 바라보며 수녀는 미소를 지었다.

"당신 같은 분의 존경을 받고 계시다면 그분이 하시는 일이 옳을지도 모르겠습니다. 그렇다면 자연히 그것을 역행하는 무리들은 암흑으로 생각할 수 있겠지요. 그렇다면 여기에서 또 다른 의문이 하나 생기는군요. 과연 그 작업에서 주체가 되시는 분이 누구신가 하는 것이지요. 로체스터 전하신가요? 아니면 비스마 후작이신가요?"

제임스는 곰곰이 생각해 본 후 입을 열었다.

"제 생각에는 로체스터 전하신 것 같습니다. 물론 비스마 후작을 표면에 내세우고 있다고 하지만, 사실 모든 명령은 전하께서 내리고 계시니까요. 또 현재 소탕 작업을 벌이고 있는 기사단들이나 군대도 로체스터 전하께서 관할하고 계시구요. 비스마 후작은 황실의 직계 자손이 아니기에 세력이라 부를 만한 게 아무것도 없거든요. 그렇다고 기사단을 통솔할 만한 그런 대단한 직위나 능력을 가지고 있는 것도 아니구요."

"그렇다면 그 암흑의 무리를 없애는 영웅은 로체스터 전하가 되셔야 하겠군요."

그 말에 제임스는 약간의 정정을 가했다.

"그건 아마도 전하께서도 알고 계실 것입니다. 하지만 비스마를 앞에 내세운 것은 그를 제위에 올려놓기 위해서겠지요. 아무래도 비스마는 황제로 선택되기에는 명목이 좀 약한 것이 사실이니까요."

"글쎄요. 저는 다만 여신을 받드는 무녀일 뿐, 정치를 알지는 못합니다. 신탁은 여신께서 내리시겠지만, 그것을 어떻게 해석하고 또 사용하느냐는 인간들의 몫이겠지요. 하지만 한 가지는 정확할 것입니다. 여신께서 영웅이라고 하셨다면 그는 만인이 영웅으로서 확신할 수 있는 인물일 것입니다. 비스마 후작처럼 날조된 영웅이 아니고 말입니다."

제임스는 수녀의 확신에 찬 대답을 듣고서야, 자신의 생각이 잘못되지 않았다는 것을 느꼈다. 신탁에서 지시하는 영웅은 따로 있는 것이다. 그렇다면 암흑의 세력 또한 존재할 것이다. 그림 상으로는 그냥 널찍하게 뿜어진 검은 잉크였다. 신전에서는 그것을 '세계'로 해석했지만 '코린트'로 해석해도 큰 무리는 없다는 것이 문제이긴 하다. 그렇지만 세계를 뒤집건 코린트를 뒤집건, 뒤집을 만한 세력이 하나 존재한다는 것은 큰 문제였다. 그는 코린트의 기사였으니까 말이다.

어쨌건 이 방문을 시작으로 제임스는 틈이 날 때마다 수녀를 찾아갔다. 그도, 수녀도 어둠의 세력이 무엇을 뜻하는지 알고 싶다는 하나의 공통점이 있었기 때문이었다. 그러면서 둘은 친분을 쌓아 갔다. 강인한 무사임과 동시에 귀족적이면서도 우아한 품성을 가지고 있는 제임스와 다소곳하며 여성스러운 수녀는, 그러면서 서로에 대한 존경심을 쌓아 갔던 것이다. 그러던 어느 날. 그날은 눈발이 살짝 흩날리고 있었다.

"저는 아마도 그 영웅이 당신이 아닌가하고 생각하고 있었습니다."

제임스는 마시던 차가 뿜어져 나오려는 것을 황급히 꿀꺽 삼킨 후 콜록거리며 기침을 해 댔다. 제임스는 어느 정도 기침이 진정되자 황당하다는 듯한 어조로 말했다.

"어디서 그런 오해가 나왔는지 모르겠지만 절대로 그렇지 않습니다."

"어째서 그렇게 확신하시는 것이지요?"

"코린트에는 저 말고도 뛰어난 기사들이 많기 때문이지요. 수녀님이 병원에서 만나신 까미유나 로체스터 공작 전하, 그리고 또 한 분. 모두 다 대단한 기… 검객들입니다. 제가 끼어들 여지는 거의 없어요."

제임스는 자신의 아버지 키에리를 슬쩍 끼워 넣었다. 물론 키에리가 들어간다면 기사라는 단어를 쓰기 힘들었기에 검객이라는 말로 바꾼 것이다.

"그런가요?"

"예, 저는 제1근위대를 맡고 있습니다. 제2근위대는 까미유가 맡고 있죠. 만약 뭔가 수상한 냄새가 나는 일에 기사들을 투입해야 한다면 제2근위대가 투입됩니다. 그리고 아주 강력한 적이 나타났을 때는 전하께서 직접 나서시죠. 이래저래 저는 직접 나설 수가 없는 입장입니다."

"아, 그래서 발렌시아드 님께서는 영웅이 될 수 없다고 하신 거군요."

"그렇죠."

"하지만 지금 암흑의 세력에 대해 가장 열심히 파고드시는 분은 발렌시아드 님뿐이시잖습니까?"

"글쎄요. 하지만 한 달 정도 지나면 까미유가 퇴원할 겁니다. 그때는 아마 로체스터 전하께서는 그에게 이 사건을 일임하시겠죠. 저는 그가 퇴원하기 전까지 그에게 도움이 될 만한 자료들을 모으고 있는 중이구요."

"그러신가요?"

"그건 그렇고 오늘 가 보실 데가 있습니다."

"예?"

"환자를 한 명 부탁드리기 위해서 왔거든요. 대단히 중요한 환자이기에 수녀님께서 그녀를 치료한 것에 대해 모두에게 비밀로 할 수 있다는 맹세를 해 주셔야만 합니다. 그것 때문에 그 환자는 아직 누구에게도 치료를 받지 못한 채 괴로움을 당하고 있는 중이니까요. 맹세해 주실 수 있겠습니까?"

제임스는 그동안 수녀에 대한 뒷조사를 충분히 해 뒀다. 드로아 대 신전에서 엘리트 코스의 교육을 받았으며, 나이에 비해 상당히 높은 수준의 신성 마법을 구사할 수 있는 신앙심이 깊은 무녀였다. 그녀의 행적에 있어서 단 한 가지 특이하다고 할 수 있는 의문점은 첫 번째 교육 수련 중에 그녀와 동행하던 스승이 사망한 것 정도였지만, 그다음 스승에게서는 아무런 문제없이 교육을 수료했다.

자세한 것은 드로아 신전 내의 기밀 사항에 들어가기에 알아낼 수 없었지만, 현재까지 드러난 사실만으로 봤을 때 신뢰할 수 있는 우수한 무녀였기에 이런 부탁을 하게 된 것이다.

"교단에 보고해서도 안 되는 것인가요?"

"예, 설혹 신녀님이 묻더라도 침묵의 계율을 지켜 주실 수 있어야 합니다."

신녀님이라면 아데나 교단의 우두머리를 말하는 것이었다. 그만큼 기밀을 요구하는 것이라면 뭘까 생각하며 수녀는 조용히 입을 열었다.

"아데나 여신의 이름으로 맹세 드리지요. 고통받는 환자가 있다면 그가 누구라도 치료해 줘야 한다는 계명(誡命)을 받았습니다."

"좋습니다. 준비해 주시죠. 물론 제자 분은 데리고 가실 수 없습니다."

"예."

제임스가 수녀를 데리고 간 곳은 황궁의 한쪽 구석 은밀한 곳에 마련된 작은 집이었다. 집은 예쁘고 아담하게 지어져 있었지만, 집을 중심으로 반경 1백 미터를 둘러싸고 있는 거대한 마법진의 모습은 상당히 이채로운 것이었다.

"상당히 특이하면서도 아름다운 집이군요."

수녀는 눈발이 조금씩 흩날리는 가운데서 마법진 위에 만들어져 있는 넓은 정원에 꽃이 만발해 있는 것을 보고 놀랐던 것이다. 만약 그 약속만 아니었다면 그녀는 제자를 데리고 왔을 것이다. 호기심이 왕성한 제자는 이 광경을 보고 얼마나 놀라워할 것인가?

수녀는 이 커다란 마법진이 저 마도 왕국 알카사스의 마법진과 같이 온도를 제어하는 마법진일 것이라고 추측했다. 각 거대 제국에 대해서 교양 과목으로써 책으로 많은 공부를 했기 때문이다. 하지만 수녀는 이 마법진이 눈가림일 뿐, 정작 중요한 마법진은 그 속에 숨겨져 있다는 것을 눈치 채지 못했다. 그녀가 전문적으로 마법진 공부를 한 것도 아니었고, 또 그 마법진은 지하에 숨겨둔 채, 그 위에 또 다른 마법진이 이중으로 설치되어 있었기 때문이었다.

"꽤 그럴 듯한 장소죠?"

수녀는 주위를 휙 둘러본 후 말했다.

"저에게 그렇게 다짐을 하신 것에 비해 관리는 허술하군요."

"그렇지 않습니다. 이 집 주위로 엄청난 경계망이 쳐져 있죠. 설혹 황제 폐하라 하더라도 이 정도까지 철저한 경호를 받지 못하십니다. 수녀님도 저와 함께 오셨기에 통과할 수 있는 것이지요."

"그런가요?"

수녀는 다소 어리둥절한 표정으로 되물었다. 그녀 자신이 보기에 병력이라고는 단 한 명도 보이지 않았기 때문이다.

"이리로 오시죠."

수녀는 제임스와 함께 정원으로 들어서는 작은 문을 통해 마법진 안으로 들어섰다. 마법진 안은 지금의 계절을 비웃듯 매우 따뜻했다. 아마도 그 때문에 이렇듯 많은 꽃들이 피어 있는 모양이다. 수녀는 마법진 안의 모습이 신기한 듯 둘러보며 제임스를 따라 걸음을 옮겼다.

"똑똑."

가볍게 노크하자 문에 붙은 작은 창문이 슬쩍 열렸다가 닫혔다. 그런 후 곧이어 문이 열렸다.

"어서 오십시오, 후작 각하. 그런데 함께 오신 분은 누구십니까?"

제임스는 수녀를 슬쩍 눈짓으로 가리키며 말했다.

"그녀를 치료하기 위해 데려왔다. 아데나 신전의 무녀로서 신분은 확실하다."

"하지만 이러시면 안 됩니다. 전하의 허락 없이 누구도 그녀를 만나게 해서는 안 된다는 지시를 받았습니다."

"그건 나도 잘 알고 있네. 하지만 지금 전하께서는 이런 하찮은 일에 매달릴 시간이 없으시다는 것을 자네도 잘 알고 있지 않은가? 수녀의 신분에 대해서는 내가 보장할 테니 눈감아 주게. 나는 그녀가 그렇게 고통받고 있는 것을 덜어 주기 위해서 이분을 모셔 왔으니까 말이야."

"알겠습니다, 각하."

"지금은 상태가 어떤가?"

"방금 전까지는 많이 괴로워했는데, 지금은 많이 괜찮아졌습니다. 뭐, 하루에 네다섯 번은 그런 발작을 일으키니까요."

"이쪽으로……."

제임스가 안내한 방에는 한 소녀가 앉아 있었다. 그녀는 독한 술병을 앞에 두고 벌컥벌컥 들이켜는 중이었다. 아무래도 술이 좀 들어가면 고통이 둔해지니까 그러는 모양이었다. 그녀는 문을 열고 들어서는 사람에게로 시선을 돌렸다. 자신과 거의 흡사한 얼굴, 흐트러진 긴 금발머리, 가녀린 어깨, 작은 체구. 물론 그렇게 생긴 소녀가 이 세상에 여러 명 존재할 수도 있었다. 하지만 그녀가 아는 한 그런 소녀 중에서 저렇듯 독한 술을 좋아하는 술고래는 단 한 명밖에 존재하지 않았다.

"어?"

수녀는 경악했다. 왜 그가 여기에 있단 말인가? 그리고 그에게 내려진 저주는 아직도 풀리지 않은 것일까?

"아저씨가 왜 여기에 계신 거예요?"

수녀는 놀란 탓인지, 자신의 본분도 잊어버리고는 옛날의 습성대로 툭하고 질문을 던졌다. 그리고 그 질문을 받은 상대 또한 놀라서 이쪽으로 시선을 돌렸다. 매우 더럽게도 기분 나쁜 추억과 마음속 깊이 증오라는 단어와 함께 기억되던 목소리가 들려왔기 때문이었다.

하지만 아무리 살펴봐도 무녀를 의미하는 각종 문양이 그려진 흰색 로브를 걸치고, 또 로브에 달린 모자를 깊게 눌러쓴 상대를 알아볼 도리가 없었다. 일부 그렇지 않은 교단도 있었지만, 아데나 교단의 경우 무녀들이 교단 밖에 나갔을 때에는 불상사를 당하지 않도록 하기 위해서 그녀들의 미모가 드러나지 않도록 항상 모자를 깊게 눌러써야 한다는 규칙이 있었기 때문이다.

"네년은 누구지?"

날카로운 목소리에도 불구하고, 수녀는 깊이 눌러쓰고 있던 모자를 뒤로 젖히며 감격 어린 어조로 대답했다.

"저, 라나예요. 기억하시겠어요? 그런데 아저씨는 하나도 안 변하셨네요. 정말 놀라워요."

그 말을 들은 소녀의 인상이 소태를 씹은 듯 팍 일그러졌다. 더 이상 꼴도 보기 싫었던 계집이 눈앞에 떡하니 다시 나타난 것이다. 이번에는 또 무슨 횡액을 당하게 하려고…….

이때, 제임스는 모자를 벗은 수녀의 모습을 처음 봤다. 여태껏 수녀의 얼굴이 어딘지 눈에 익은 듯했지만, 그는 그것이 친근감 정도일 것이라고 받아들였었다. 하지만 이마 위쪽까지 푹 가리고 있던 로브의 모자가 뒤로 젖혀지자 수녀의 얼굴이 적나라하게 드러났다. 그리고 그 얼굴 생김새는 다크의 것과 쌍둥이라고 불러도 과언이 아닐 정도로 거의 똑같았다. 다만 키라든지 몸매에 있어서는 다소 차이가 있었지만, 얼굴 생김새로 봤을 때는 거의 차이가 느껴지지 않았던 것이다.

둘의 생김새만으로도 경악할 지경인데, 서로가 나누는 대화는 또 어떤가? 왜 수녀는 치레아 대공을 보고 '아저씨'라고 부르는가? 아무리 눈을 뚫어지게 봐도 자신의 눈에는 소녀로밖에는 안 보이는데, 수녀가 뭔가 특별한 능력이 있어서 다른 사람들은 절대로 보지 못하는 것을 볼 수 있는 것일까? 아니면 수녀가 예전에 치레아 대공을 만났을 때, 그때는 남자였다는 말인가? 사실 드래곤의 경우는 암수 구분이 없었고, 뭐로도 변신할 수 있지 않은가?

여태껏 치레아 대공과 싸우면서 알아낸 바로는 그녀는 마법에 있어서는 거의 수준 이하라는 사실이었다. 그렇다면 어떻게 된 것일까? 또, 치레아 대공은 왜 수녀를 보자마자 꼭 무심결에 곰쓸개를 핥은 듯 인상이 일그러져 있는가? 도대체가 제임스로서는 이해할 수가 없었다.

제임스가 눈이 휘둥그레진 채 둘을 번갈아 보며 별의별 생각을 다 하는 사이, 둘의 대화는 계속 연결되었다. 하지만 그건 꽤나 악의에 가득 찬 일방적인 것이었다.

"못된 년. 빨리 내 눈앞에서 사라져! 꺼지란 말이다! 왜 잊을 만하니까 나타나서 사람 속을 뒤집어 놓는 거야? 죽고 싶냐? 오냐 죽여 주겠닷!"

다크는 쥐고 있던 술잔을 신경질적으로 들어서는 라나에게로 힘껏 던졌다. 미친 듯이 분노에 차 있는 다크는 확실히 제정신이 아닌 듯 보였다. 라나는 재빨리 손을 뻗어 가볍게 술잔을 잡아챘다. 신성력에 의지하여 근력 증가를 시켜 놓은 그녀에게 있어서 그것은 별로 어려운 일이 아니었다.

"옛날과 별로 변한 것은 없는 것 같은데, 어디가 아프시다는 거죠?"

갑자기 수녀가 자신에게 질문을 던져 왔기에, 제임스는 일순간 상대의 말뜻을 이해할 수가 없었다. 그만큼 그의 머릿속은 지금 터져 나갈 만큼 혼란스러우면서도 복잡한 상태였다. 하지만 일단 질문이 주어진 만큼 제임스는 성심껏 자신이 아는 한도 내에서 대답해 주었다.

"예? 아, 예. 그러니까 정신계 마법에 의한 고문으로 인한 후유증 때문이죠."

"제가 좀 살펴볼 수 있도록 잠시 좀 잡아 주시겠어요?"

"뭐, 그러죠. 어려운 것도 아닌데……."

제임스는 아무것도 아니라는 듯 가볍게 대답했다. 하지만 그의 뒤따르는 행동은 절대로 가벼운 것이 아니었다. 거의 눈에 보이지도 않을 정도로 빨리 다크에게 접근한 후 손을 날렸다. 하지만 상대의 동작을 눈치 채지 못할 다크가 아니었다. 현재 마나를 일으킬 수 없다는 것뿐, 그의 눈은 보통 사람보다는 월등히 뛰어났기 때문이다. 상대의 손이 뒤통수를 때리는 순간, 다크는 거의 본능적으로 고개를 살짝 숙이면서 세차게 손을 내저었다. 그의 동작 하나하나가 숙련에 의해 만들어진 본능에 가까웠기 때문이다.
"퍽!"
제임스는 일부러 피하지 않은 것이다. 그녀의 주먹이 보통 매서운 것이 아닌 듯했지만, 마스터의 경지에 이른 자신에게 타격을 줄 정도는 아니라고 판단했기 때문이다. 그는 피하는 대신 두 번째 공격을 연이어 날렸다.
"퍽!"하는 소리가 뒤이어 들려왔고, 곧이어 "쿠당!"하는 소리와 함께 다크가 큰대 자로 드러누워 버렸다.
"자, 보세요. 쉽죠?"
그렇지만 수녀 몰래 옆구리를 살짝 매만지는 것을 보면 결코 손쉬웠던 것은 아닌 모양이다. 수녀는 제임스가 왜 그렇게 무작스런 방법을 동원해서 다크를 기절시켰는지, 첫 번째 주먹을 다크가 손쉽게 피하는 것을 보고 깨달았다. 그렇게라도 안 하면 다크가 붙잡힐 가능성이 별로 없었고, 괜히 엎치락뒤치락 해 봐야 다크의 몸에 상처만 생길 것은 뻔한 이치였던 것이다.
어쨌든 수녀는 드러누워 있는 다크를 안아 들었다.
이제 그 시절로는 도저히 돌아갈 수 없는 과거의 자신과 똑같은 얼굴을 가지고 있는 다크를 찬찬히 바라보며 수녀는 감회가 새로웠다. 다크의 작고 가녀린 몸을 들어 올리며 자신이 옛날에 이렇게도 가녀렸던가 하는 새삼스러운 생각이 들어 절로 미소가 지어졌다.
지금 생각해 보면 이 아저씨를 만난 후 얼마나 많은 사건이 있었던가? 그리고 그때는 왜 그렇게 철없이 굴었던가? 그 때문에 이 아저씨는 버릇없었던 나를 못 잡아먹어서 길길이 날뛰었었던 것 같다. 생각해 보면 절로 미소가 지어지기는 하지만 남에게 말하기는 쑥스러운 까마득한 추억이었다.

수녀는 다크의 머리에 손을 얹은 후 신성력을 발동시켰다. 그에 따라 그녀의 몸에서는 신성한 빛이 살며시 흘러나오기 시작했다. 그리고 어느 순간 그 빛은 사라졌다.

"무슨 마법을 쓰셨는지는 잘 모르겠지만, 머릿속이 엉망진창이로군요. 이런 말씀드리기는 죄송하지만 저로서는 그것을 바로잡을 능력이 없습니다."

"어떤 방법이 없겠습니까?"

"저의 능력으로는 약간의 도움밖에는 드릴 수가 없군요. 이분이 두통으로 고통받는 간격이 점점 짧아지고 있죠?"

제임스는 수녀에게 치료를 부탁한 자신의 행동이 옳았다고 느꼈다. 황궁 안에도 여러 종파의 신관과 무녀들이 있었고, 또 그들 중에서 신뢰할 수 있는 몇 명이 이미 다크를 치료하려고 시도했었지만, 아무도 성공한 적이 없었던 것이다.

"예, 어떻게 아셨습니까?"

"두통은 이분이 가지고 있는 기억의 실타래가 엉클어지며 나타나는 현상이죠. 점점 간격이 짧아진다는 것은 그 속도가 점점 빨라진다는 것이구요. 빨리 치료를 해야만 합니다. 안 그러면 나중에 미치거나 바보가 되실 수도 있습니다."

"병의 원인을 아신다면 치료를 하실 수도 있으실 것 아닙니까?"

"물론이죠. 하지만 제 능력으로는 완전히 회복시켜 드릴 수 없습니다. 다만 그것이 엉키는 속도를 늦출 수 있을 뿐이죠."

"그렇다면 그거라도 부탁드립니다. 수녀님께서 치료하시는 동안, 아데나 신전에 연락하여 더욱 실력 있으신 무녀님을 초청하면 되지 않겠습니까?"

"예, 그것이 좋을 듯합니다. 하지만 교단에서 응해 주실지 모르겠군요."

수녀의 말에 제임스는 깜짝 놀라서 되물었다.

"그건 또 무슨 말씀이십니까?"

"원래 저희 교단은 여신님의 신탁을 받는 것이 큰 사명인 만큼, 신탁을 받다가 잘못되어 벌어지는 각종 정신 질환에 대한 치료가 발달해 있죠. 하지만 저희 교단에서는 이런 정신계 질환에 관련된 치료는 엄격히 금지하고 있습니다. 왜냐하면 정신의 영역은 여신님이 관장하시는 부분이고, 그 부분을 파고들 수 있는 것은 본 교단의 무녀들만이 해야 한다고 생각하기 때문이죠. 그렇기에 저희 교단의 무녀가 아닌 사람이 정신적인 질환을 겪을 때는 그것이 자연적인 것이 아닌 한 치료를 금지하는 것입니다. 그가 가해자든 피해자든 그것은 중요한 것이 아닙니다. 교단에서는 그것을 무녀들의 영역을 침범한 행위로 간주하니까요."

"그렇다면 수녀님께서는 어떻게 이분을 치료해 주시겠다고 허락을 해 주신 건가요? 나중에 혹시 교단의 추궁을 받으시는 것은 아닌가요?"

수녀는 살짝 고개를 가로저으며 쑥스러운 듯 말했다.

"저는 과거에 저분에게 아주 큰 빚을 진 것이 있습니다. 그 때문에 치료를 해 드리는 것이죠. 결코 발렌시아드 님의 부탁 때문이 아니니까 마음의 가책을 가지실 필요는 없습니다."

"아, 예. 그러십니까? 그럼, 우선 치료를 부탁드리겠습니다."

제임스는 수녀가 다크를 치료하는 것을 뒤에서 바라보며 나름대로 속셈을 굴리고 있었다. 수녀가 마음의 빚 때문에 치료를 허락한다는 말은, 교단도 뭔가 빚 또는 압력이 있다면 굴복할 수 있다는 말과 같은 것이 아닌가? 어떤 수단을 동원해야 신녀를 굴복시킬 수 있을 것인가? 이리저리 방법을 궁리해 보는 제임스였다.

"정말인가?"

"예, 전하. 분명 그렇게 말했사옵니다."

"흐음……. 그 외에 수녀에게서 알아낸 것은 없나?"

"예, 더 이상은 말해 주지 않았사옵니다. 아무래도 뭔가 숨기고 있는 것은 확실하오나, 그렇다고 잡아다가 고문할 수도 없는 노릇이 아니옵니까?"

"그거야 그렇지. 이런 상황에서 괜히 아데나 교단까지 자극할 이유는 없지. 그럼 어떻게 한다? 참, 그녀를 치레아 대공과 자주 만날 수 있게 해 주게나. 그러면 둘 사이에 뭔가 대화가 오고 갈 거고, 그것을 엿듣다 보면 뭔가 실마리가 잡히지 않겠나?"

"저도 그렇게 생각하옵니다, 전하."

둘의 대화를 가만히 듣고 있던 레티안이 끼어들었다.

"치레아 대공을 시중들고 있는 시녀를 닦달해 본 결과, 그녀는 며칠 전에 월경을 끝마쳤다고 하옵니다."

"그런가? 그런데 그게 뭐 어쨌다는 건가?"

"예, 그렇다면 그녀는 완전한 여자라는 것이옵니다. 정말 발렌시아드 후작 각하의 말씀대로 수녀가 '아저씨' 라는 단어를 사용했다면, 그녀는 도중에 변신을 거쳤다는 말이 되지 않겠사옵니까?"

"그거야 그렇지."

로체스터 공작이 고개를 끄덕이는 것을 보며, 레티안은 말을 이었다.

"트랜스포메이션 마법으로는 절대로 성별이 바뀔 수는 없사옵니다. 만약 여자가 근육질의 남자 모습으로 바뀐다고 하더라도 전체적인 형상은 여성일 수밖에 없사옵니다. 그리고 그것은 남자 또한 마찬가지구요. 오로지 단 한 존재를 제외하고는 남녀의 모습을 완벽하게 바꿀 수는 없사옵니다. 바로 그것은 드래곤이죠."

"드래곤? 하지만 전에도 말했지만 그녀가 드래곤이나 헤즐링일 가능성은 거의 없다고 결론짓지 않았었나? 헤즐링이 그렇듯 엄청난 검술을 익힐 수는 없어. 마법이라면 몰라도."

"그것은 저도 잘 알고 있사옵니다. 하지만 그녀가 헤즐링이라면 사건은 더욱 복잡해지옵니다. 자신의 자식이 행방불명되었다고 그 골드 드래곤이 떠들어 댄다면, 이 세상의 모든 드래곤들이 그녀를 찾기 시작할 것이옵니다. 드래곤 한 마리라면 몰라도, 그 많은 드래곤들이 설치고 다닌다면 곧이어 들통 날 것은 확실하옵니다.

레티안의 말을 들은 로체스터 공작의 안색이 창백해졌다. 과연 일이 그렇게 돌아갈 수도 있는 것이다. 드래곤의 헤즐링에 대한 광적인 보호는 익히 알려져 있으니까 말이다. 공작은 단호한 어조로 제임스에게 말했다.

"수녀를 잡아서 고문을 하든지, 아니면 치레아 대공과 대질 심문을 시키든지, 어떠한 수단과 방법을 다 동원해서라도 그녀의 정체를 빨리 밝혀내라."

"옛, 전하. 최선을 다하겠사옵니다."

제임스가 서둘러서 밖으로 나간 후, 레티안은 서류 몇 장을 로체스터 공작에게 건네며 말했다.

"사흘 뒤에 있을 폐하의 대관식 말이옵니다. 거기에 한 가지 문제가 있사옵니다."

공작은 서류 쪽으로 시선을 돌리며 말했다.

"뭔가?"

"황제 폐하께서 암살당하시는 바람에, 크라레스의 황제가 케락스에 오는 것이 연기되지 않았사옵니까? 사실 이쪽에서도 그동안 반대파의 숙청을 감행하느라 정신이 없어서 크라레스에 압력을 넣을 형편도 아니었사옵니다. 그런데 지금은 어느 정도 국내 사정이 안정되었기에, 그쪽에 황제 폐하의 대관식에 참석하여 새로운 황제 폐하께 충성을 맹세하고, 항복 문서에 서명하라고 권고를 보냈사옵니다. 이것이 그 답장이옵니다."

"그런가?"

로체스터 공작은 서류를 뒤져 봤다. 앞부분은 크라레스에 보낸 명령서의 복사본이었다. 그리고 제일 뒤쪽에 붙어 있는 답장……. 그것을 읽은 로체스터 공작은 화가 난 어조로 말했다.

"이놈들이 지금 정신이 있는 건가? 항복 따위는 할 수 없다니 그게 제정신을 가진 놈들이 할 수 있는 대답이냐 그거야."

"글쎄요. 그건 잘 알 수 없사옵니다. 복잡한 국내 사정 때문에 본국은 그동안 타이탄 생산조차 제대로 할 수 없었사옵니다. 그에 비해 크라레스는 이를 악물고 전쟁 준비를 했을 테니, 최소한 카프록시아급 타이탄 15대는 더 만들었을 것이옵니다. 하지만 그것만 가지고 큰소리 칠 수는 없는 노릇이 아니옵니까?"

"혹시, 크루마와 다시 손을 잡은 것이 아닐까?"

"그럴 가능성은 별로 없사옵니다. 크루마는 치레아 대공을 이쪽으로 넘겨주지 않았사옵니까? 왜, 크라레스와 손을 잡으려고 하겠사옵니까?"

"글쎄, 그건 알 수 없지. 미란을 털도 안 뽑고 꿀꺽한 후 시간이 좀 흘렀으니 또 다른 먹잇감을 찾고 있는 것인지도 모르지. 본국이 크라레스와 한판 하고 나면 중간에서 이익을 볼 국가는 현재 크루마뿐이지 않은가? 제2차 제국 전쟁에서 아무런 피해도 당하지 않았으니 그놈들의 군사력은 최고조를 달리고 있을 것이야."

"서둘러서 조사를 실시해 보겠사옵니다, 전하."

몬스터들의 대 진격

"쉭쉭! 선발 부대가 목적지에 도착했습니다, 쉭!"

오크의 보고를 들은 검은 로브를 입은 마법사는 씩하고 음충한 미소를 지은 후 명령했다.

"적들에게 들키지 않도록 조심하면서 돌격 태세를 정비하라. 공격은 오우거들이 도착한 후 내일 새벽에 시작한다. 준비하도록!"

"옛."

오크는 이빨 사이로 바람 빠지는 소리를 내며 명령을 전달하기 위해 짧은 다리로 뒤뚱거리며 달려갔다.

오크나 트롤 같은 몬스터들은 쇠를 제련하는 방법을 알지 못한다. 또 방법을 알고 있다손 치더라도 그 재료가 되는 쇠를 어떻게 구해야 하는지를 알지 못하기에 그들은 손쉽게 구할 수 있는 가죽이나 나무껍질 따위로 원시적인 갑옷을 만들어 입는다. 그리고 그들이 사용하는 무기 또한 나무 몽둥이나 돌도끼 정도가 고작이었다. 하지만 농가를 급습하든지 또는 토벌 부대를 상대해서 노획하든지 하여 각종 무기로 쓰는 경우도 있었다.

하지만 검은 로브를 입은 인물이 거느리고 있는 몬스터들이 하나같이 번쩍이는 강철 갑옷을 입고 있었고, 강철로 만든 크고 작은 도끼나 철퇴 따위로 무장하고 있었다.

그것은 한눈에 척 봐도 누군가 인간들이 그들에게 맞는 갑옷과 무기를 제작해서 제공했다는 것을 알아 볼 수 있었다. 그리고 갑옷이나 무기들이 새 것인 점으로 미루어 봤을 때, 그들이 인간과 손잡은 것이 요 근래의 일이라는 것 또한 알아 볼 수 있었다.

그날 밤, 40여 마리의 거대한 오우거들과 함께 다섯 마리의 미노타우르스도 도착했다. 그것들 역시 엄청나게 두꺼운 철갑으로 몸을 보호하고 있었고, 초대형 도끼나 철퇴 따위를 들고 있었다.

그들이 도착했다는 보고를 듣고 나서 로브를 입은 사내는 지도를 꺼내서 쫙 펼쳤다. 그들은 쟈코니아 산맥을 통해 이 대 부대를 거느리고 조심조심 이동해서 이곳까지 도착했다. 내일 전투가 끝나면 아르곤의 주력 부대는 두 토막으로 갈라지게 될 것이다. 크로나사 평야 깊숙이 진격해 들어간 부대와 본토에 남아 있는 부대로 말이다. 그 둘을 연결해 주는 통로가 바로 이곳이었다.

로브를 깊숙이 눌러쓴 그 인물은 수정 구슬을 통해 통신을 시작했다. 그는 수정 구슬을 탁자 위에 올려놓고는 그 앞에 정중히 무를 꿇고 앉았다. 그런 다음 수정 구슬 안에 사람의 모습이 보이자 상체를 앞으로 푹 숙였다.

"모든 준비가 갖춰졌사옵니다, 폐하. 하명을 내려주시옵소서."

"예정대로 공격을 시작하라."

"옛."

서둘러서 천막 밖으로 뛰어나온 그는 대기하고 있는 몬스터들에게 외쳤다.

"공격하라!"

"꾸에에에엑!"

"크와아아악!"

몬스터들은 저마다 괴성을 질러 대며 이제 어스름하게 밝아오기 시작하는 산길을 달려서 내려가기 시작했다. 이렇게 몬스터들이 돌진해 들어간 곳은 이곳뿐만이 아니었다. 크라레스의 국경 곳곳에서 이런 공격이 벌어지고 있었다.

몬스터들이 공격을 시작한 그날 새벽, 크라레스의 모든 고위급 기사들은 명령을 받고 황궁에 모여 있었다. 그 자리에는 스바시에 기사단장인 아그리오스 후작과 치레아 기사단장인 카슬레이 백작도 포함되어 있었다. 크라레스의 모든 기사단들은 토지에르의 반란 이후 모두 다 수도에 집결해 있었기에 그들을 모두 다 소집하는 것은 별로 어려운 일이 아니었다. 토지에르는 그들을 쓱 훑어본 후 자리에 앉았다.

"이른 시간에 모두들 모이느라 수고했다. 이제부터 폐하의 말씀을 전하겠다."

 황제를 보호한다는 명목 하에 황제와 직접 접촉할 수 있는 인물은 토지에르로 국한되어 버렸다. 그날 이후로 토지에르는 황제의 명령을 전달하는 중계자로서 나섰고, 황제는 모습을 드러내지 않았기에 기사들은 토지에르의 말에 따르지 않을 수 없었다.

 "오늘 새벽, 선발대가 아르곤과 알카사스의 국경을 넘었다."

 토지에르의 말에 기사들은 눈이 휘둥그레질 수밖에 없었다. 항복 선언을 한 지 얼마나 되었다고 벌써 상대국의 국경을 넘어 공격을 감행한다는 말인가? 모든 기사단장들을 대표하여 아그리오스 후작이 항의했다. 총사령관인 루빈스키 공작이 없는 지금 그가 여기 모인 기사단장들 중에서는 가장 계급이 높았기 때문이다.

 "선발대가 국경선을 넘다니요? 저희들과 한마디 상의도 없이 어떻게 그런 결정이 내려졌다는 말씀이시옵니까? 그리고 그 선발대의 지휘관은 또 누구이옵니까?"

 "몬스터들일세. 몬스터들은 폐하께 동맹의 우의를 피로써 맹약하지 않았던가? 이제 그들이 본국을 돕겠다고 발 벗고 나선 것이지."

 모두들 벌집을 건드려 놓은 듯 웅성거리기 시작하자, 토지에르는 오른손을 슬쩍 들어 조용히 시킨 후 말을 이었다.

 "지금부터 모든 공격은 몬스터들이 한다. 대신 몬스터들이 적의 기사단을 막는 데는 한계가 있기에 그대들을 소집한 것이다. 제2차 제국 전쟁에서 본국을 파멸의 궁지로 몰아넣었던 각국들은, 지금 서로 간의 이권을 놓고 다투고 있다. 본국이 파멸 직전에 놓여 있다고 적들이 자만하고 있는 이때, 바로 지금이 본국에게 남아 있는 최후의 기회임을 경들은 명심하라."

"옛, 전하."

"우리의 숙적은 코린트지만, 그들을 직접 공격할 수는 없다. 왜냐하면 아르곤과 알카사스가 코린트가 쓰러지도록 놔두지 않을 것이기 때문이다. 하지만 비교적 군사력이 약한 알카사스와 아르곤을 먼저 친다면, 코린트는 그들을 직접적으로 돕지는 않을 것이다. 왜냐하면 코린트는 전번 전쟁에서 너무나도 많은 피해를 입었기 때문이다. 그런 코린트가 적국이 몬스터의 공격을 받는다고 귀중한 전력을 투입할 가능성은 없다. 코린트가 몬스터의 배후에 크라레스가 있다는 사실을 모르게 하는 것이 중요하다. 코린트가 갈팡질팡하고 있을 때, 그때를 이용하여 양 대국을 우선적으로 괴멸시킨다. 그런 후 코린트에게 지금까지 받았던 수모와 원한을 돌려줄 것이다."

"우와아아!"

토지에르는 손을 번쩍 들어 기사단장들의 환호성을 가라앉게 했다. 그런 후 아그리오스 후작에게로 시선을 돌리며 호명했다.

"아그리오스 후작."

토지에르의 호명에 스바시에 기사단장인 쥬리앙 폰 아그리오스 후작이 고개를 살짝 숙이며 답했다.

"예, 전하."

"그대의 기사단은 본국 최고 정예라 할 수 있을 것이다. 경은

휘하 기사단과 함께 제2전대를 거느리고 알카사스 전선을 책임지도록 하라."

"예, 폐하의 뜻이라면 책임지겠나이다."

"크로아 후작."

토지에르의 호명에 중앙 기사단 제1전대장인 발칸 폰 크로아 후작이 고개를 살짝 숙이며 답했다. 크로아 후작은 아그리오스 후작 다음으로 계급이 높은 인물이었고, 그 실력 또한 자타가 공인하는 것이었다.

"예, 전하."

"경은 치레아 기사단과 함께 아르곤 전선을 맡아라."

"예, 전하."

토지에르는 일단 크로아 후작에게 명령을 내린 후, 카슬레이 백작에게로 시선을 돌렸다. 스바시에 기사단의 경우 중앙 기사단의 한 패거리로 취급되고 있었지만, 치레아 기사단은 조금 얘기가 달랐기 때문이다.

"카슬레이 백작."

"예, 전하."

"경이 맡고 있는 기사단이 치레아 대공 전하의 휘하에 있다는 것은 잘 알지만, 지금 대공께서 안 계시니 그분의 허락을 구할 수가 없군. 황제 폐하의 칙명이니만큼 경이 좀 도와줘야겠어."

"충심으로 받들겠사옵니다."

"좋아."

"론가르트 단장!"

"예, 전하."

"경은 남은 기사단들을 모두 책임지게. 그중 1개 기사단은 항시 대기 상태를 유지해야만 하네. 그러다가 각 전선에서 지원 요청이 들어오면 즉각 출동하도록 하게."

"예, 전하."

각 기사단장들에게 지시를 내린 토지에르는 다시금 모두를 둘러보며 우렁차게 외쳤다.

"경들은 최선을 다하여 폐하와 제국과 국민들을 위하여 적들을 물리쳐라. 이번 전쟁이 본국에게 남은 최후의 기회임을 명심하라. 자, 가라! 폐하와 제국과 국민들을 위하여!"

"옛, 전하."

기사들은 모두들 서둘러서 전장으로 떠났다. 폐하와 조국을 위하여 또다시 검을 들 수 있게 된 것이다. 폐하가 무슨 이유로 전쟁을 재개하려고 하는지 그런 것은 그들에게 중요하지 않았다. 국가가 멸망의 길로 접어드는 순간에도 그들은 아무것도 하지 못하고 있었다. 하지만 지금은 폐하와 조국을 위하여 뭔가를 할 수 있게 된 것이다. 그들은 자신들에게 이러한 기회라도 주어진 것만도 감사할 따름이었다.

기사들이 조국과 황제를 위한 뜨거운 충성심에 이끌려 저마다 달려 나간 후, 토지에르는 비웃음 어린 어조로 비꼬았다.

"역시 벌레 같은 것들은 이용해 먹기도 편하군. 크하하핫! 황제의 이름만 들고 나오면 못하는 짓이 없으니까 말이야."

이때 밖에서 그를 부르는 소리가 들려왔다. 토지에르는 다시금 표정을 온화하게 바꾸며 장중한 어조로 외쳤다.

"무슨 일이냐?"

"예, 전하. 치레아에서 드워프가 도착했사옵니다."

"그래? 들라고 해라."

"예, 전하."

곧이어 땅딸막한 드워프와 함께 두 명의 사내가 도착했다. 토지에르는 품속에서 종이를 하나 꺼내서 드워프에게 건네주면서 점잖은 어조로 말했다.

"먼 길을 오느라고 수고했네. 이걸 만들어 달라고 부탁하기 위해서 특별히 자네를 불렀지."

드워프는 별로 마음이 내키지 않는 듯, 종잇조각을 펼쳐들며 퉁명스레 물었다. 그는 드래곤이 무서워서 치레아에 잡혀 있는 것이지, 이딴 인간들이 무서워서 잡혀 있는 것은 절대로 아니었다. 그렇기에 그는 상대의 신분 따위는 신경 쓰지도 않았다.

"이게 뭐요?"

퉁명스런 어조에 토지에르의 눈썹이 꿈틀했지만, 그는 곧이어 표정을 다시금 온화하게 유지하며 부드러운 어조로 말했다.

"갑옷의 설계도일세. 그 뒤에 주렁주렁 늘어지는 쇠사슬들은 모두 마디를 만들어서 저마다 움직일 수 있도록 만들어야 하지."

"이렇게 만들어 놓으면 되게 거추장스러울 텐데……."

설계도를 들여다보며 고개를 갸웃거리던 드워프는 도저히 이상해서 못 견디겠다는 듯 말했다.

"혹시 이 안에다가 엑스시온을 넣을 작정이시오?"

"아닐세. 설계도를 보면 알겠지만, 엑스시온을 넣을 자리는 없지 않은가?"

"이상하군. 그렇다면 이딴 쇠장식이 무슨 필요가 있소? 엑스시온의 마력으로 움직이지 않는다면 걸리적거리기만 할 뿐이지."

"그건 자네가 상관할 바가 아닐세. 자네는 그것을 튼튼하게, 아주 튼튼하게만 만들어 주면 돼."

"좋소. 뭐 요즘 할 일도 없으니 수락하리다. 그건 그렇고 재료는?"

토지에르는 드워프와 함께 온 두 명을 가리켰다.

"저 두 사람이 필요한 재료는 뭐든지 마련해 줄 거야. 시간은 얼마나 걸리겠나?"

"적어도 한 달은 기다려야 할 거요. 급한 거요?"

"아주 급한 걸세. 누군가의 생명이 달려 있을 정도로."

토지에르는 깝죽거리는 이 드워프의 생명을 두고 말한 것이었다. 하지만 드워프는 또 다른 사람의 생명이 걸려 있든지, 아니면 토지에르의 생명이 걸려 있는 것으로 나름대로 해석했다. 자신의 목숨이 걸려 있다고 부탁하는데 거절할 수는 없는 노릇이었다. 그렇기에 그는 조금 누그러진 어조로 대답했다.

"좋소. 2주일 이내로 만들어 주리다. 설계도를 보아하니 멋은 있을지 모르지만 별로 쓸모는 없을 거요."

"좋아. 기대하겠네."

드워프가 나가고 난 후 토지에르는 또다시 지하 감옥 쪽으로 이동했다. 그에게는 지금 할 일이 너무나 많았다. 세계를 정복할 만한 마계의 부하들도 소환해야 했고, 멍청한 인간들을 속이기도 해야 했고, 흑마법사들을 이리저리 보내어 몬스터들을 규합해야 했다. 또 이 모든 것을 매끄럽게 전개하기 위한 잔머리도 굴려야 했다.

아르곤과 알카사스의 위기

　인간들에 대한 몬스터들의 조직적인 공격이 시작되자, 각국은 저마다 그 대비책에 부심해질 수밖에 없었다. 그들 중에서 가장 큰 타격을 받은 국가는 아무래도 아르곤이었다.
　그들은 크라레스를 막강한 군사력으로 밀어붙이며 크로나사 평원의 삼분지 일을 집어먹은 상황이었다. 거기다가 포스타나 대신관의 실정으로 인해 점령지 인구의 태반을 잃어버렸다. 물론 그 모두를 종교 재판으로 학살한 것은 아니었고, 민란을 진압하는 과정에서 죽인 인구와 국외로 탈출한 인구까지 포함한 수치였다.
　포스타나 대신관은 자신이 점령지의 책임자라는 점을 악용하여 그를 고발했던 사목관에게 도리어 무고죄(誣告罪)를 덮어씌워 처형해 버렸다. 그것이 가능했던 것은 본토와 점령지를 가로막고 있는 거대한 쟈코니아 산맥 덕분이었다.

　포스타나 대신관의 손을 통하여 도착하는 정보에는 많은 오차가 있었다. 그런 엉터리 정보만을 기준으로 점령지의 상태를 판단하고 있던 주교원에서는 사목관의 목숨 건 밀고를 무고로 단정해 버렸던 것이다.

　하지만 포스타나 대신관의 독주도 오래 갈 수는 없었다. 점령지가 더욱 넓어진 데다가 크라레스가 사실상 항복한 것이나 다름없는 상태가 되자 주교원에서는 점령지를 서쪽을 관할하는 가니에 법왕(法王)의 관할지로 편입시켜 버렸다.

　아르곤에 단 네 명만이 존재하는 법왕은 아르곤을 4등분하여 그것들을 하나씩 다스리는 고위직의 성기사였다. 물론 교황처럼 실세가 없기는 매한가지였지만, 그래도 유사시에 그들이 지니는 권력은 막강한 것이었다. 법왕은 교칙상으로 봤을 때 주교보다 한 단계 높은 엄청난 직위를 가지고 있었던 것이다.

　법왕은 새로운 자신의 관할지를 둘러보는 과정에서 성기사들의 밀고를 받았고, 그것을 기준으로 점점 더 파고들어 포스타나 대신관을 탄핵할 수 있는 충분한 자료를 모아들였다. 그런 후 포스타나 대신관은 여태껏 자신이 수없이 많은 점령지의 주민에게 했듯이, 종교 재판을 통해 형을 언도받은 후 뜨끈한 장작불 위에서 통구이가 되어 버렸다.

　포스타나 대신관의 죽음으로 점령지 주민들에 대한 정책은 더욱 온건한 것으로 변화되었다. 그리고 주민들의 민란이나 국외 탈출 역시 급속히 사그라졌다.

이렇게 아르곤의 점령지가 서서히 안정을 되찾고 있을 때, 각지에서 무차별적인 몬스터들의 공격이 새벽에 시작되었다. 그리고 그 피해가 이제야 어느 정도 집계되는 중이었다.

"생존자들의 보고로는 적들은 놀랍게도 몬스터들이라는 것이옵니다."

"그것은 정확한 정보인가?"

"옛, 법왕 전하. 엄청난 몬스터의 대군이……."

법왕은 부하의 보고를 믿을 수가 없었다. 왜냐하면 여태껏 타이탄이 개발된 이후 몬스터는 인간들의 손쉬운 사냥감이었기 때문이다. 타이탄을 위협할 수 있을 만한 초대형 몬스터는 독립행동을 좋아했고, 떼거리로 몰려다니는 몬스터는 상대적으로 힘이 없는 것들이었다.

"말이 되는가? 오크나 고블린 같은 집단 서식을 하는 몬스터라도 그 수가 천을 넘어가지 않는데, 어떻게 그들에게 2개 용병 기사단을 전멸시킬 수 있는 힘이 있다는 말인가? 이것은 필시 타국이 몬스터의 행동을 빙자하여 본국을 침략하는 것이 아닌가?"

"법왕 전하, 지금까지 드러난 정보를 종합해 볼 때, 세 방향에서 침공을 시도하고 있는 적의 침략군은 각각 1만이 넘는 몬스터들이 확실하옵니다."

그 엄청난 숫자에 법왕의 눈이 휘둥그레졌다.

"그렇다면 3만이라는 말인가?"

"예, 법왕 전하. 확실한 정보이옵니다. 몬스터들은 쟈코니아 산맥을 중심으로 더욱 세력을 넓히며 진격해 들어오고 있사옵니다."

"어떻게 몬스터가 3만이 모일 수가 있다는 말인가? 떼거리를 짓기로 유명한 몬스터들조차 1천을 넘었다는 보고를 들어 본 적이 없거늘."

이때, 옆에서 듣고 있던 사목관이 슬쩍 앞으로 나서며 말했다.

"법왕 전하."

"말해 보시오, 형제."

"예, 제가 알고 있는 상식으로는 무리 지어 생활하는 것을 좋아하는 몬스터는 오크나 고블린 정도로 알고 있사옵니다. 그리고 오크나 고블린이 아무리 많은 떼를 짓는다고 해도 타이탄을 상대할 수는 없는 노릇이 아니옵니까?"

"그렇다고 나도 생각하네."

"타이탄을 상대하려면 오우거 정도 크기의 초대형 몬스터여야 하옵니다. 또, 그런 초대형 몬스터들은 무리를 짓지 않사옵니다."

법왕은 고개를 끄덕여 사목관의 말이 옳다는 뜻을 밝혔다.

"레가르 형제께서는 몬스터의 수가 3만이라고 하셨습니다. 전 세계의 오우거를 다 끌어 모은다고 하더라도 3만이 될 수는 없는 노릇이죠. 그렇다면 여러 종류의 몬스터가 모였다고 봐야 할 텐데……. 그렇지 않습니까? 레가르 형제."

사목관의 지적에 레가르는 자신이 알아낸 바를 설명했다.

"나도 그렇게 보고를 받았습니다. 하지만 생사의 갈림길에서 정신없이 도망쳐 온 무리들의 보고라서 신뢰성은 상당히 떨어진다고 생각하고 있었습니다."

"예, 하지만 제 예상이 맞다면 그것은 사실일 것이옵니다. 역사상 그런 일이 있었으니까요."

사목관의 말에 법왕은 상당한 관심을 보였다. 법왕은 성기사에서 뽑히는 직책이기에 전문적으로 여러 가지 학식을 쌓아 온 사목관보다는 아무래도 지식이 떨어지지 않을 수 없었다.

"역사상 그런 일이 있었다고? 언제 말인가?"

"예, 역사상 그런 일이 수차례 있었다고 기록되어 있었사옵니다. 바로 그것들 중에서 최근에 있었던 사건은 160년 전에 있었던 마왕 강림이었사옵니다."

"마왕의 강림이라고?"

"예, 그렇게 높은 마왕이 아니어서 손쉽게 진압되었기에 별로 유명한 사건은 아니었사옵니다. 하지만, 1천5백 년 전에 대마왕이 강림했을 때는 전 세계가 피로 물들었다고 기록되어 있사옵니다. 보통 짧게는 수십 년, 길게는 2백여 년 단위로 마왕들이 출현하고 있사옵니다. 흑마법이 존재하는 한 마왕의 강림은 없어질 수 없는 일이옵니다. 아마 이번 사건도 마왕의 강림에 연관이 있는 사건이 아닌가 사료되옵니다."

"흠, 마왕의 강림이라……."

법왕은 의자 손잡이를 툭툭 치면서 잠시 생각에 빠졌다. 마왕이라면 신에게 적대하는 세력이 아닌가? 그렇다면 이것은 보통 사건이 아니었다. 사소한 점령지에서의 전투 정도로 넘어갈 일이 아니라 아르곤이 전 국력을 소진하는 한이 있더라도 그 근원을 뿌리 뽑아야 하는 것이다.

"비룡을 준비해라. 내가 직접 수도에 가서 교황 성하를 만나 뵐 것이다."

"옛, 법왕 전하."

마도 왕국 알카사스는 제2차 제국 전쟁 초기에 스바시에 기사단을 주력으로 하는 크라레스 기사단들의 압력에 밀려 잠시 후퇴한 덕분에 알카사스의 점령지는 아르곤보다는 월등하게 좁았다. 아르곤은 전쟁 초기부터 줄기차게 크라레스를 밀어붙인 결과 강력한 기사단들이 저지하고 있는 치레아 공국 쪽으로는 들어가지 못했지만, 크로나사 평원의 상당 부분을 잠식해 들어갔던 것이다.

하지만 알카사스는 아르곤처럼 그렇게 무리한 작전을 전개할 생각은 처음부터 없었다. 땅덩어리가 넓어 봐야 방어하기만 귀찮아진다. 그들에게 필요한 것은 항구였다. 전쟁 전에 코린트에게서 약속받은 스바시에 공국만 차지하면 다른 것은 어떻게 되어도 상관없었던 것이다.

그렇기에 아르곤은 혹시나 코린트가 약속을 안 지킬 것에 대비하여 스바시에를 일부 점령했다. 북쪽으로 조금 더 진출하여 크로나사 평원의 서남부를 집어먹은 것은 순전히 예상도 하지 못한 특별 보너스였을 뿐이었다.

지금 점령지인 스바시에의 항구에는 알카사스의 깃발을 단 선박들이 이미 몇 척인가 왕래를 시작하고 있었고, 수십 척의 선박들이 건조 중에 있었다. 그리고 본토와 왕래가 가능한 영구 이동 마법진도 건설 중이었다. 이 항구들이 제몫을 하게 된다면, 알카사스의 번영은 영원히 약속되는 것이나 다름없었다.

그런데 바로 그날 새벽 알카사스는 미래를 향한 원대했던 꿈을 빼앗겼다. 몬스터의 대군단이 돌진해 들어와서 항구를 박살 냈고, 건조 중이었던 선박들을 불태웠다. 그리고 한쪽 귀퉁이의 크로나사 평원의 일부도 토해 낼 수밖에 없었다. 그리고 그것도 모자라서 엔테미어 공국을 향해 몬스터의 대군이 침입을 개시한 것이다.

그것이 알려지자 원로원은 경악할 수밖에 없었다. 이제 더 이상의 침략 작전은 없을 것이라 생각하고 전방에 포진하고 있던 기사단은 후퇴시켰고, 앞으로 모든 점령지는 스바시에 공국이라는 새로운 허수아비 괴뢰 국가를 만들어 편입시킬 예정이었던 것이다. 그런 다음 엔테미어 공국처럼 누군가 협상 능력 좋은 놈을 대공으로 앉혀 놓으면 일은 끝나는 것이었다. 그런데 그것이 토대부터 무너지고 있는 것이다.

"젠장! 그렇게 빨리 기사단을 철수시키는 것이 아니었는데 말이오."

"기사단 철수를 제일 먼저 주장한 것은 당신이 아니었소? 국왕파의 힘이 더 이상 강해지면 안 된다며 철수시키는 것이 좋겠다고 하지 않았소!"

"하지만 당신들도 그것에 찬성하지 않았소? 왜 그것이 모두 내 잘못인 양 말하는 거요!"

"시치미 떼지 말고 잘못을 시인하시오. 다 당신의……."

"쾅쾅!"

제일 상석에 앉아 있는 의장이 탁자를 몇 번 두들긴 후 한심하다는 듯 말했다.

"우리가 모인 것은 누가 잘못했는지를 가려내어 벌을 주자는 것이 아니지 않소? 지금 본국은 피땀 흘려 얻어 냈던 것을 모두 다 뺏기는 어처구니없는 사태에 직면해 있소. 그런 상태에서 꼭 집안싸움을 하고 싶소?"

의장의 질책에 모여 있던 마법사들은 일제히 사과를 했다.

"죄송합니다, 의장님."

"이번 일을 어떻게 처리하는 것이 좋겠소?"

"왜 그렇게 많은 몬스터들이 모여서 공격을 펼치는 지 알 수 없지만, 일단 상대는 엄청난 규모라고 합니다. 그러니 우선 팔콘(Falcon) 기사단을 보내어 급한 불부터 끄는 것이 좋을 듯합니다."

"말도 안 되는 소리 마시오. 왜 원로원 직속의 기사단을 보내자는 거요? 국왕 직속의 기사단을 보냅시다. 그래야만 나중에 잘못되어도……."

"지난번 전쟁에서 국왕 직속의 기사단 둘을 보냈었소. 그러니 이번에는 그들을 예비로 돌리고 원로원 직속의 기사단을 보내는 것이 이치에 맞소. 안 그러면 반발이 일어날지도 모르오. 거기에다가 레드 이글이나 콘도르 기사단을 보내려면 국왕과 협의를 해야 하오. 지금 사태는 급박한데 괜히 그런 데다가 소비할 시간이 어디 있소?"

아르곤과 알카사스의 위기

"자네 말이 맞겠군. 팔콘 기사단을 보내기로 하는 것이 좋겠어. 자네는 지금 바로 팔콘 기사단에게 출동 준비를 지시하게. 그런 다음 어느 정도 적의 규모가 파악되는 대로 국왕파의 기사단을 보내든지, 아니면 호크(Hawk) 기사단을 추가로 파견하기로 하는 것이 좋을 것 같군."

"저도 그렇게 생각합니다."

전면에 나서는 용병대장 키에리

 몬스터의 공격이 시작된 그날, 코린트에는 3개국의 사신이 약속이나 한 듯 꼬리를 물고 방문했다. 사신들은 모두들 코린트를 사실상 장악하고 있는 로체스터 공작을 만나기를 원했다. 황제는 이미 내정되어 있었지만 아직 대관식도 치르지 않은 상태였기에 로체스터 공작을 만나려고 하는 것이다.
 "크라레스의 사신이 도착했습니다."
 크라레스의 사신이 자신을 만나자고 청했기에, 로체스터 공작은 버럭 짜증을 냈다. 사신 따위가 자신에게 찾아올 이유가 없기 때문이었다.
 "뭐? 크라레스의 사신을 왜 나한테 데려온다는 말인가?"
 "전하를 만나 뵙고 청할 것이 있다고 하옵니다. 딴 사람은 안

되고 전하께 그 말씀을 올려야 한다고 고집을 부리고 있사옵니다. 어떻게 하실 것인지 하명해 주시옵소서."

로체스터 공작은 왜 자신을 만나려고 하는 것인지 궁금했다. 자신을 암살하려고 그러는 것일까? 하지만 이곳에 도착하려면 비무장 상태로 들어와야 할 것이고, 그런 상태에서 자신을 암살할 수는 없을 것이다. 그렇다면 왜?

"좋다. 들라고 해라."

곧이어 문이 열리고 뚱뚱한 와리스 후작이 겨울인데도 땀을 닦으며 들어와서 인사를 건네 왔다. 실내에 불을 지펴서 뜨뜻하기는 했지만, 그렇다고 저렇게 땀을 흘릴 정도는 아니었기에 로체스터 공작은 궁금하게 여기면서 물었다.

"무슨 일이오?"

"예, 공작 전하. 실은 본국에서 혁명이 일어난 것은 잘 알고 계실 줄로 믿고 있사옵니다."

"그런데? 그래서 귀국의 황제를 보내지 못하겠다는 것이오?"

"그것은 아니옵니다. 조만간에 토지에르 폐하께서 직접 항복 문서에 조인하기 위해 오실 것이옵니다."

뚱돼지의 말에 로체스터 공작은 콧방귀를 뀌었다. '네놈들 속을 내가 모를 줄 알았냐?' 하는 비웃음이었다.

"토지에르가 황제가 되었건 말건, 그것은 중요하지 않소. 항복 문서에 서명해야 하는 것은 토지에르가 아니라 지금 지하 감옥에 갇혀 있는 폐위된 프랑크 폰 그래지에트 황제란 말이오. 무슨 말인지 알겠소?"

"알겠사옵니다, 전하. 폐하께 직접 여쭤 본 후에 결과를 알려 드리겠사옵니다. 그건 그렇고, 제가 전하를 뵙기를 청한 것은 지원군을 보내 달라는 요청을 드리기 위해서이옵니다."

갑자기 뜬금없는 소리에 로체스터 공작은 아연한 표정으로 물었다.

"지원군이라니, 무슨 지원군 말이오?"

"말토리오 산맥에서 몬스터들이 집단적으로 난리를 일으켰사옵니다. 지금 그들은 말토리오 산맥에 있는 모든 도시들을 점령한 상태이옵고, 크라레인시로 진격 중이옵니다. 본국의 기사단들이 반격을 개시한 상태이오나 놈들의 저항이 너무나 거세기에 전하께 도움을 청하고자 왔사옵니다."

"겨우 몬스터의 난동 때문에 기사단까지 밀린다는 것은 말도 안 되오."

"그렇지 않사옵니다. 벌써 5개 사단이 전멸한 상태이옵고, 중앙 기사단의 2개 전대가 큰 피해를 당했사옵니다."

"도대체 그 난동을 부린다는 몬스터의 규모가 어느 정도이기에 그토록 엄청난 피해를 입었다는 말이오?"

"족히 5만은 된다는 보고를 받았사옵니다."

5만이라는 말에 로체스터는 경악했다. 어떻게 5만이나 되는 몬스터들이 집단적으로 난리를 일으킨단 말인가? 하지만 로체스터는 냉정을 회복하려고 노력하면서 말했다.

"이 일은 내 독단으로 처리할 수 없는 것 같소. 일단 부하들과 상의한 후 추후에 통보해 주겠소."

"예, 전하. 아무리 본국이 귀국과 사이가 나빴다고 하지만 그래도 같은 사람이 아니옵니까? 부디 몬스터에게 짓밟히고 있는 본국의 국민들을 저버리지는 말아 주시옵소서. 양국의 새로운 미래를 위하여 좋은 결과를 기다리겠사옵니다. 그럼 이만 물러가겠사옵니다."

와리스 후작이 물러간 후에 로체스터 공작은 풍돼지가 한 말의 신빙성에 대해 곰곰이 궁리하기 시작했다. 그놈이 왜 몬스터의 침입이라는 말도 안 되는 거짓말을 했는지 이해할 수가 없었던 것이다. 하지만 와리스 후작을 시작으로 알카사스와 아르곤의 사신들이 줄을 이어 도착하여 위급함을 알려왔다. 그들을 통해 로체스터 공작은 와리스 후작의 말이 거짓이 아님을 알 수 있었다.

코린트의 군부는 재빨리 움직이기 시작했다. 일단 코린트의 모든 작전을 담당하는 부서는 작전 지휘부다. 이곳에서 각 기사단의 작전관들끼리 모여 회의를 하여 각 부대가 앞으로 해야 할 모든 작전에 대한 토의를 하게 된다. 그들끼리의 토의가 끝난 후 각 기사단 및 사단의 지휘관들을 앞혀 놓고 브리핑이 시작되는 것이다.

"현재, 각국의 보고를 분석한 결과 몬스터들은 산맥을 따라 이동하며 난동을 부리는 것으로 결론을 지었습니다."

장교는 널찍한 지도의 산맥을 가리키면서 말을 이었다.

"몬스터들은 말토리오 산맥과 쟈코니아 산맥을 그 근거지로 삼고 있는 듯합니다. 거대한 쟈코니아 산맥을 중심으로 말토리오 산맥, 오실라니아 산맥이 모두 연결되어 있습니다. 그런 만큼 그 모든 산맥에 살고 있는 모든 몬스터들이 대군(大群)을 형성한 것으로 추측됩니다. 일단 몬스터들은 3개의 큰 군집으로 나뉘었습니다.

첫 번째 군집은 쟈코니아 산맥을 근거로 하여 서쪽으로 진격하며 아르곤의 점령군을 괴롭히고 있습니다. 그리고 두 번째 군집은 말토리오 산맥을 기점으로 북쪽으로 진출하며 크라레스 제국을 집어삼키는 중입니다. 세 번째 군집은 말토리오 산맥의 말단부에서부터 시작하여 서쪽으로 진출하며 엔테미어 공국을 격파하는 중입니다. 각국의 사신들이 올린 보고를 종합해 봤을 때 그중에서 제일 규모가 큰 곳은 두 번째 집단으로서 총수가 5만에 이르고 있습니다. 그 이외 다른 각국에 침입한 규모는 각각 3만 정도입니다."

"그럼 총 11만이란 말인가?"

그 엄청난 숫자에 질린다는 듯한 노장군이 물었다. 몬스터의 수가 엄청날 때, 타이탄을 주력 병기로 하는 기사단의 피해야 별로 없겠지만 몸으로 때워야 하는 말단 병사들의 피해는 엄청날 것이 뻔하기 때문이다.

"예, 장군님."

"놀라운 일이군."

일단 대답을 해 준 후 장교는 다시금 설명을 이었다.

"지금 몬스터가 집단행동을 일으킨 곳은 쟈코니아 산맥과 말토리오 산맥뿐이라는 겁니다. 쟈코니아 산맥과 말토리오 산맥이 연결되어 있다는 것을 토대로 생각해 본다면 어쩌면 그 난동은 오실라니아 산맥이나 발렌시노 산맥으로까지 이어질 가능성도 있다는 사실입니다."

　장교의 말이 끝나자마자 장군들과 기사단장들이 웅성거리기 시작했다. 그들도 바보는 아니었기에 장교가 한 마지막 말이 무엇을 뜻하는지 알고 있었기 때문이다. 하지만 장교는 준비해 놓은 자료를 모두 다 읽어 줘야 하는 의무가 있었기에 그들을 조용히 시킨 후 말을 이었다.

　"이것을 예상해 볼 때, 현재 본국은 몬스터의 침입을 받고 있지 않지만 그것이 얼마나 지속될 지 알 수 없다는 것입니다. 쟈코니아 산맥의 가장 끝자락과 발렌시노 산맥은 본국과 연결되어 있습니다. 지금이라도 발렌시아드 공국과 쟈코니아 지방에 대한 방어 태세를 강화해야만 한다는 것이 작전 지휘부의 공통된 의견입니다."

　자국이 침공당할 수도 있다는 말에 모두들 웅성거리기 시작했다. 로체스터 공작은 부하들을 진정시킨 후 말했다.

　"현재 작전 지휘부에서 내린 판단은 방금 설명을 들은 바와 같다. 그에 대해 귀관들의 의견을 듣고 싶다."

　"몬스터들이 행동을 통합하기 전에 토벌군을 파견하는 것이 좋을 듯하옵니다, 전하."

　"그것보다는 방어 태세를 완비하는 것이 우선이라고 생각하옵니다. 지금까지 산맥 주변에 위치한 요새들은 소규모의 몬스터들만을 상대해 왔사옵니다. 만약 그런 대규모 침공을 당한다면 속수무책으로 당할 수밖에 없을 것이옵니다."

"방어보다는 공격이 우선이옵니다. 적들의 능력을 알아야 어느 정도 수준까지 대처를 해야 할지 정해질 것이 아니옵니까?"

서로의 의견이 분분한 가운데 방금 전 의견을 내놨던 장군 한 명이 앞의 의견을 내놨던 장군에게 따지고 들었다.

"그러다가 공격을 당한다면 누가 책임질 거요, 당신이 책임질 거요?"

오는 말이 곱지 않으니 당연히 가는 말도 곱지 않았다. 모두들 각 기사단을 책임지는 인물들, 계급은 똑같으니 한판 해 보자는 의도가 확실했다.

"뭣이? 그럼 당신은 눈과 귀를 틀어막고 집구석에만 처박혀 있으면 끝인 줄 아시오? 놈들의 규모와 전력을 알아야 대비를 할 거 아냐?"

둘이 싸우기 시작하자 모두들 패를 나눠서 수비를 하자는 쪽과 공격을 하자는 쪽으로 갈라져서 저마다 한마디씩 해 대기 시작했고, 곧이어 회의장은 소란스러워지기 시작했다. 거기다가 이곳에 모인 인물들은 모두 다 교양보다는 실력을 앞세우는 무인들이 아닌가? 급기야는 욕지거리까지 오고 가기 시작했다. 이제 더 이상 놔둬서는 안 되겠다고 느낀 로체스터 공작이 탁자를 큰 소리가 나게 몇 번 두들긴 후 엄하게 호통 쳤다.

"모두들 닥쳐랏! 여기가 시장통인 줄 아는가? 안 그래도 국내외적으로 어려움이 많은데 서로 싸워서 뭐가 남는 것이 있겠는가?"

이제 장군들 및 기사단장들의 의견은 거의 들은 상태였기에, 로체스터 공작은 단안을 내렸다. 일단 현 상태에서 군대를 바로 산맥 안으로 투입한다면 위험천만할 것은 분명했다.

"장군들은 모두 각자가 맡은 부대로 복귀하여 몬스터와의 전투 준비를 행하시오. 그리고 변방의 각 요새 및 성에는 공문을 띄워 전투 준비에 만전을 기하라 이르시오. 그리고 금십자 기사단은 준비 태세를 갖추고 대기하고 있다가 언제든지 지원 요청이 들어오면 출동하도록 하라."

"예, 전하."

"현재, 본국의 기사단 전력은 위태로울 정도로 줄어들어 있는 형편이다. 그런 만큼 몬스터들의 규모 및 전력에 대한 조사는 용병 기사단에 일임하도록 한다."

로체스터 공작의 말이 끝나기가 무섭게 금십자 기사단장인 프레드 드 알파레인 후작이 벌떡 일어서서 반론을 제기했다.

"전하, 그것은 불가하옵니다. 어떻게 용병을 믿을 수 있겠사옵니까? 거기에다가 용병대장으로 선임한 자는 여태껏 자신의 부하들은 돌보지 않고 시외의 자택에 들어앉아 놀고 있다고 들었사옵니다. 그런 자를 어떻게 믿을 수 있겠사옵니까? 그러지 마시고 저를 보내 주시옵소서. 생명을 바쳐 임무를 완수해 내겠나이다."

제임스는 제1근위대장의 신분으로 이 회의에 참석하고 있었다. 그는 용병대장의 신분을 이미 알고 있었지만 참견하지 않았다. 아버지는 이미 전사했다고 되어 있었고, 또 그것을 뒤집는 것은 불가능했다. 로체스터 공작의 권력이 하늘을 찌르는 지금 키에리의 복권이 어려운 것은 아니었지만, 정작 당사자인 키에리가 그것을 원하지 않았기 때문이다.

로체스터 공작은 알파레인 후작에게 표정을 부드럽게 하여 타일렀다.

"물론 나도 경을 보내고 싶다. 하지만 금십자 기사단이 빠진다면 본국에 남은 기사단은 믿을 수 없는 용병 기사단과 근위 기사단밖에 남지 않는다. 적의 규모와 전력을 알지 못하는 상태에서 그 위험한 곳에 경을 보낼 수는 없다. 경을 아끼는 나의 마음을 좀 헤아려 줄 수는 없겠는가?"

로체스터 공작의 은근한 말에, 이 단순한 무인은 엄청나게 감동했는지 즉시 고개를 숙였다.

"전하의 마음을 헤아리지 못한 저를 용서해 주시옵소서."

로체스터 공작은 씁쓸한 미소를 지으면서 다독거렸다. '무식한 놈' 하고 생각하면서…….

"물론 용서하네. 그럼 이렇게 결정 난 것으로 알고 각기 자신의 부대로 돌아가서 준비 태세에 만전을 기하라."

"옛, 전하."

로체스터 공작은 회의가 끝나는 대로 용병대장의 사택으로 갔다. 그는 호위 기사들을 밖에다가 세워 둔 후 혼자서 집 안으로 들어갔다. 용병대장은 우울한 얼굴로 앉아 있었다. 크라레스가 거의 끝장난 상태였기에 돌아가겠다는 뜻을 로체스터에게 슬쩍 비쳤다가 격렬한 반대에 부딪쳐서 발목을 잡힌 채 고민 중이었던 것이다.

"어서 오게."

"아무리 빠져나갈 궁리를 해 봐야 별수 없을 걸세."

"왜?"

"벌써 일이 터졌거든."

"무슨 일? 크라레스는 완전히 끝난 상태 아닌가? 그녀까지 잡혀왔다면 이제 더 이상 큰일은 없지 않……."

키에리는 말을 하다가 말고 갑자기 어떤 생각이 미쳤는지 놀란 어조로 외쳤다.

"설마, 드래곤이 다시 찾아왔나?"

"아닐세. 그게 아니고 몬스터들이 대규모로 난동을 부리고 있다네."

"겨우 몬스터 따위가 난동을 부려 봤자 별것 있겠나?"

"이번 난동은 보통 규모가 아니야. 현재 확인된 것만 11만이 넘는다네. 아르곤 측의 보고로는 2개 용병 기사단이 삽시간에 전멸 당했다는군."

"정말인가?"

"내가 자네에게 거짓말을 할 이유가 없지 않나? 그것 때문에 자네에게 부탁할 것이 있어서 왔네. 바람도 쐴 겸 자네 부하들을 이끌고 그놈들 동태나 좀 알아 봐 달라는 거지."

"내 부하? 내 부하가 어디 있는데?"

"벌써 모아 놨네. 대륙을 떠돌던 용병 기사 녀석들인데, 그런대로 쓸 만은 할 거야. 한 20명 정도 모아 놨으니 데리고 가게. 그리고 마법사는 이쪽에서 두세 명 정도 지원해 주겠네."

"허헛, 그따위 오합지졸들을 거느리고 산책을 하라고? 그런 일이라면 나 혼자 가는 것이 더 좋을 텐데? 오두막에 남아 있는 죠

드보고 같이 가지 않겠냐고 물어보면 좋아할 테지."

"그러면 죠드도 데려가게. 대신 그 부하들도 함께 데려가야 해. 지난번 전쟁에서 그놈들을 뽑아 놓기만 하고 쓰지를 않았기에 부하들의 원성이 자자하다네. 좀 더 불만이 쌓인다면 그놈들과 함께 자네도 쫓겨나는 수가 있어. 자네 때문에 그놈들을 뽑아 놓은 것 아닌가?"

용병대장의 얼굴에 슬그머니 미소가 어렸다. 물론 해골 가면에 가려 위쪽은 안 보였지만, 그가 웃고 있다는 것은 눈과 밑 부분의 턱선을 통해서 드러나고 있었다.

"좋은 일이군. 그럼 나는 이 지긋지긋한 곳을 떠날 수 있겠어."

"그렇게 말하지 말고 그 일부터 해 주게. 우리는 옛날부터 함께 아니었나? 자네가 그만둔다면 나도 그만둘 거고, 자네가 남아 있는 다면 나도 남아 있을 거야. 제임스 녀석도 제법 기사티가 나고 있으니 조금만 더 기다려 보게. 제임스와 까미유에게 모든 것을 물려주고 떠나자구."

"훗, 압력만 가해 가지고는 안 되니까, 이번에는 꼬드기는 거냐?"

"마음대로 생각하게."

"좋아. 조금 더 기다려 보기로 하지."

"일단 그곳에 가기 전에 나하고 함께 황궁에 가세."

"황궁에는 왜?"

"어떤 위험이 도사리고 있는지 모르는데, 어쩌면 타이탄을 써야 하는 사태까지 갈지도 몰라. 그럼 자네는 헬 프로네를 그대로 쓸 작정을 하고 있었나?"

"글쎄. 그럴지도 모르지."

"그걸 까미유에게 물려주고 새 것을 쓰게. 솔직히 헬 프로네보다는 성능이 좋을 걸세. 그리고 까미유의 타이탄은 박살이 났으니 물려주기도 좋을 거야."

"그놈 벌써 퇴원했나?"

"그건 아니지만……."

"그러다가 크로테아가 딴 놈을 찾아서 도망가 버리면 어쩔 건가?"

"크로테아라면 까미유의 잠재력을 이해할 테지. 또 그놈은 까미유의 진면목을 알고 있지 않은가? 아마도 몸이 완쾌될 때까지 기다려 줄 거야."

"좋아. 그렇게 하지. 리사의 아들에게 물려주는 것인데 아깝다고 생각할 수는 없는 노릇이지. 자, 그럼 내 새로운 귀염둥이를 보러 갈까?"

"이 녀석이야. 자네를 위해 특별히 설계했네. 적기사의 두 번째 변형 모델이야."

용병대장은 지하 광장 한가운데 서 있는 거대한 타이탄의 모습에 압도감을 느꼈다. 몸체 전체에 예전의 흑기사처럼 시커먼 페인트를 칠해 놓은 이 타이탄은 웬만한 타이탄보다 월등한 크기를 가지고 있었다. 오른손을 쓰는 키에리를 위해 타이탄 또한 오른손에 거대한 검을, 왼손에는 방패 대신 묵직해 보이는 소드 스토

퍼를 달고 있었다.

"크기가 청기사하고 비슷한 것 같은데?"

"당연히. 청기사하고 똑같은 크기야. 그리고 덩치도 비슷한 것 같지? 하지만 청기사에 비해 이놈은 알맹이가 비었어. 적기사 I 과 같은 중공장갑을 썼기에 120톤밖에 안 나가는데도 아주 크게 보이는 거지. 그녀가 사로잡히기 전에, 그녀를 상대하기 위해서 만든 녀석이야. 어때, 훌륭하지? 이놈 하나만을 만들었기에 정식 명칭은 정하지 않았어."

용병대장은 엄청난 위용을 과시하며 지하 공간에 서 있는 타이탄을 홀린 듯이 바라보았다.

"정말 대단하군."

"키에리 발렌시아드가 살아 있다는 것을 숨기고 싶다면 싫더라도 이놈을 써야 할 거야."

"알겠네. 별로 내키지는 않지만, 선택의 여지는 없는 것 같군."

키에리는 자신의 타이탄, 크로테아를 불러냈다. 크로테아는 키에리의 말을 듣고는 말도 안 된다는 듯 반박했다.

〈내가 미쳤냐? 너 같은 놈을 어디서 찾을 수 있다고 계약을 해지해 달라는 것이냐? 말도 안 되는 소리 하지 마!〉

오랜만에 모습을 나타낸 크로테아의 그 걸쭉한 입담에 키에리는 미소를 지었다. 하지만 이놈을 떼어 놔야 저기 대기하고 있는 녀석과 계약을 맺을 수 있을 것이 아닌가?

"나는 지금 너를 쓸 수 없다. 너 또한 계약의 사슬을 통해 나에게 일어난 일을 잘 알고 있지 않나? 나와 계약을 맺고 있는 한 더 이상 너는 모습을 드러낼 수 없을 거야. 그러지 말고 까미유에게로 가는 것이 좋지 않을까?"

〈까미유라고? 그 애송이 말이냐?〉

"몇 년 더 기다려 봐. 훌륭한 놈으로 성장할거야."

〈그럴까?〉

"당연하지."

키에리는 슬쩍 마음이 움직이기 시작하는 크로테아를 어르고 달래서 떼어 놓는 데 성공했다. 크로테아는 까미유의 몸이 낫기를 기다린다며 공간의 저편으로 사라졌다. 키에리는 크로테아와의 계약 해지에 성공하자 성큼성큼 시커먼 타이탄에게로 걸어갔다.

〈그대는 누구인가?〉

"나는 키에리 드 발렌시아드다. 앞으로 내게 남은 생의 동반자가 되어 주지 않겠나?"

엄청난 능력을 소유한 인물이 동반자가 되어 달라는 데 거절할 이유는 없었다. 그렇기에 타이탄은 재빨리 응답해 왔다.

〈나는 기꺼이 그대의 종이 될 것을 수락하겠다. 이제부터 그대와 나는 태곳적부터 내려오는 골렘의 맹약에 따라 주종이 되었다. 내 이름은 게레리아다. 언제든지 내가 필요할 때 불러다오.〉

"알겠다. 공간의 저편에서 기다려라."

시커먼 타이탄이 공간의 저편으로 모습을 감추는 것을 보며 키에리는 중얼거렸다.

"게레리아."

"뭐?"

무슨 말인가 해서 의아한 표정으로 서 있는 로체스터를 향해, 키에리는 친절하게 설명을 해 주었다.

"앞으로 저놈은 게레리아야. 적기사Ⅲ로 불리는 것보다는 게레리아로 불리는 것이 낫겠지."

"좀 특이한 이름이기는 하지만 뭐, 자네 좋을 대로 하게."

몬스터와 인간의 대 결전

　가니에 법왕은 열 명의 성기사를 호위로서 대동한 채 비룡을 타고 날아올랐다. 통신의 권능을 가진 사제를 통해 일단 대략적인 보고는 해 놨지만, 아무래도 이번 일의 심각함에 대해 교황을 비롯하여 세 명의 법왕들과 상의하는 것이 좋을 거라고 생각했기 때문이다. 하지만 이번 사건의 배후에 마왕이 있다면 얼마나 위험한지, 정작 법왕 자신도 잘 모르고 있었다.
　법왕 일행이 쟈코니아 산맥 주위에 다다랐을 때였다. 본토와 점령지를 가르고 있는 것이 쟈코니아 산맥이었으니 그들은 어쩔 수 없이 그곳을 향해 날아갔고, 본토로 가는 도중에 혹시나 몬스터의 대 부대가 이동하는 모습도 정찰을 해 두는 것이 좋을 듯하기에 잡은 진로였다. 그런데 그들의 진로 저 앞쪽에서 작은 점 수십 개가 모습을 드러냈다.

"저것들은 뭐냐?"

수십 개의 점들은 점점 더 가까워 오고 있었다. 법왕 일행은 그것이 비룡을 타고 있는 사람들이라는 것은 진작 알아봤다. 하지만 그들이 적인지 아군인지는 알 수 없었다. 저들은 적일까? 아니면 본토에서 황급히 오고 있는 증원군일까?

"거리가 멀어서 잘 모르겠사옵니다. 좀 더 접근해야 알 수 있사옵니다."

법왕 일행은 조금 더 접근한 후에야 접근해 오는 와이번들이 아군이 아니라 마왕에게 포섭된 몬스터들이라는 것을 알 수 있었다. 와이번 위에 타고 있는 것은 사람이 아니라 트롤들이었다.

"모두들 퇴각하라."

명령이 떨어짐과 동시에 법왕 일행은 왔던 곳으로 방향을 선회했다. 하지만 마왕의 사악한 마력을 받은 적들의 비룡은 이쪽보다 월등하게 빨랐다. 곧이어 자신들이 따라잡히자 성기사들은 각자 오라 소드를 뽑아 들고 적들과 싸우기 시작했다.

일단 성기사들이 오라 소드를 뽑아 들자 몬스터들은 상대가 되지 않았다. 트롤들은 준비해 뒀던 강철 도끼나 창 따위를 던졌지만, 오라 소드가 형성하는 굳건한 반원형의 방어벽을 뚫지는 못했다. 강철 도끼를 간단하게 튕겨 낸 성기사는 그대로 전진해 들어가서 트롤의 상체를 베어 버렸다.

사람이 길들인 와이번이라면 위에 타고 있는 사람이 죽으면 도망가는 것이 보통인데, 이 와이번들은 위에 아무도 없는데도 도망가기는커녕 혼자서 공격을 가해 왔다. 하지만 와이번이 뿜어내는 불길마저도 막강한 오라 소드의 방어벽을 뚫지는 못했다. 이렇게 일방적인 싸움이 전개되는데 뒤쪽에 쳐져 있던 와이번이 앞쪽으로 쓱 나섰다. 그 와이번에는 트롤이 아닌 시커먼 로브를 걸친 인간이 타고 있었다.

그 마법사는 곧바로 검붉은 원구를 만들어 냈다. 성기사들은 그 마법사가 원구를 언제 던질 것인지 대비하는 순간, 자신이 타고 있던 와이번이 미친 듯이 발작을 일으키기 시작했다. 성기사들과 법왕의 안색이 노래지는 그 순간, 그들이 타고 있던 와이번은 하늘 높이 비상하면서 별의별 곡예비행을 해 대며 그 위에 타고 있는 사람을 떨어뜨리려고 했다.

하지만 그런 곡예비행을 해도 떨어지지 않도록 해 주는 안장에 앉아 있는 그들은 사력을 다해 안장에 몸을 고정시키며 버텼다. 그것을 침착하게 보고 있던 로브를 입은 사내가 외쳤다.

"떨어져랏!"

그와 동시에 열한 마리의 와이번은 방금 전까지 자신의 주인이었던 인간들을 태우고 땅바닥을 향해 급강하하기 시작했다. 인간들이 길들인 와이번의 경우 자신의 목숨을 버리라는 명령을 결코 듣지 않았지만, 흑마법에 의해 제어되기 시작한 와이번에게는 자신의 생명을 지킨다는 자연의 법칙조차도 통하지 않았다.

와이번이 급강하함에 따라 순식간에 땅바닥이 성기사들의 눈앞으로 다가오고 있었다. 그들은 모두들 더 이상 앞을 보고 싶지 않은 듯 눈을 질끈 감았다. 그리고 곧이어 엄청난 굉음을 울리며 흙

먼지와 함께 피에 젖은 고깃덩이들이 흩뿌려졌다.
그것을 만족스런 표정으로 내려다보고 있던 로브를 입은 사내는 자신의 옆에 있는 트롤에게 명령했다.
"밑에 모습을 드러낸 타이탄들을 수거하라고 육상 부대에게 연락해라."
명령을 받은 트롤은 크르르 목이 울리는 기묘하면서도 굵직한 저음으로 대답했다.
"크르르, 이예."
트롤은 와이번을 몰아서 급하강을 하며 저 밑 숲 쪽으로 빠른 속도로 날아가기 시작했다.

아르곤 제국의 군대나 기사단은 이동 속도가 느렸기에 아직까지 몬스터의 주력 부대와 충돌하지 않고 있었지만, 알카사스의 주력 부대는 엔테미어 공국으로 재빨리 급파되어 이미 몬스터의 대군과 접전을 펼치고 있었다. 이것도 다 알카사스에 거미줄처럼 퍼져 있는 영구적인 공간 이동 마법진 덕분이었다.
몬스터들은 지능지수가 낮기 때문인지 처음부터 작전이나 각 병과의 병사들끼리의 상호 보완 따위는 생각도 안한 채 저돌적인 돌진을 감행해 왔다.
2만 마리에 다다르는 오크를 주력으로 하는 몬스터의 대 부대에는 트롤과 오우거, 고블린 따위들이 뒤섞여 있었다. 그리고 그들이 도끼나 철퇴 따위를 휘두르며 돌진해 들어오는 장면은 사람의 오금을 저리게 할 만큼 공포스런 그 무엇이 있었다.

알카사스 본토로부터 황급히 파견된 군대는 재빨리 방어 태세를 정비했다. 시간이 너무 없었기에 완벽한 방어선을 구축할 수는 없었지만, 일단 2개 보병 사단과 1개 기병 여단이 우선적으로 도착한 상태였기에 기사단이 올 때까지 시간을 버는 것이 그들의 임무였다.

중갑 보병(重鉀步兵 : Havy Footman)들이 3열로 늘어서서 창을 앞으로 곤두세운 상태로 두터운 방패로 막아 튼튼한 방어진을 형성했다. 그런 후 그 뒤에 궁병(弓兵 : Archer)들이 언제든지 쏠 수 있도록 준비한 상태로 대기했다. 궁병들과 함께 쇠뇌(弩)나 투석기(投石機)도 발사 준비를 갖추고 있는 상태였다.

기동력이 빠른 타이탄 따위가 등장할 가능성이 많은 통상의 전투에서는 쇠뇌나 투석기 따위의 굼뜨고 명중률도 낮은 무기를 들고 다니지 않지만, 상대는 몬스터였기에 몇 개 가지고 온 것이다. 그리고 중갑 보병을 중심으로 좌우익은 기민한 움직임을 보일 수 있는 경갑 보병(輕鉀步兵 : Light Footman)이 자리를 잡았고, 중갑 보병의 뒤에는 경갑 기병들로 이루어진 기병 여단이 대기하고 있었다.

원래 저 우악스런 몬스터를 상대로 하는 데는 최강의 전투력을 가지고 있는 중갑 기병(重鉀騎兵 : Havy Trooper)을 가지고 있는 편이 좋겠지만, 그래도 없는 것보다는 훨씬 듬직했다.

모두들 몬스터들이 돌진해 들어오는 것을 보며 떨리는 마음을 억누르고 전의를 불태우고 있을 때, 기사들이 도착했다. 그것도 일부만이 아니라 원로원 소속의 정예 기사단이 통째로 온 것이다. 팔콘 기사단은 원로원으로부터 명령을 전달받은 즉시 출동했고, 엔테미어 공국에 도착한 후에야 사태가 위급함을 알았다. 그래서 그들은 서둘러서 전선에 도착한 것이다. 하지만 이것도 다 원로원에서 그들을 투입할 것을 재빨리 결정한 덕분이었다.

그들이 서둘러 전투 준비를 하고 있을 때 상공을 까맣게 덮으며 수백 마리의 크고 작은 와이번들이 날아오는 것이 보였다. 보통 와이번들은 매우 난폭한 성격을 가지고 있기에 야생의 와이번을 잡아서 길들인다는 것은 거의 불가능했다. 보통 알에서 깨어난 새끼 때부터 공들여서 키우는데, 그 과정에서 성질을 못 이기고 적응하지 못하는 것들이 태반이 넘었기에 와이번의 가격은 엄청나게 비쌌던 것이다.

그런데 어떤 나라에서 저렇게 많은 와이번을 보유하고 있다는 말인가? 저마다 생각에 잠겨 있을 때, 와이번은 급속도로 거리를 좁혀 왔고 곧이어 시커먼 덩어리들이 하늘 위에서 떨어져 내리기 시작했다.

"우왓! 피해랏!"

와이번들은 화살이 닿지 않는 저 높은 곳에서 저마다 발에 움켜쥐고 온 바위 덩어리를 떨어뜨렸다. 하늘 위에서 처음 떨어뜨릴 때야 별것이 아니었는지 몰라도 수백 미터 높은 곳에서 떨어져 내리다 보니 엄청난 가속도가 붙어 버렸다. 그리고 그것은 몬스터들과 일전을 벌이기 위해 촘촘하게 대형을 짜고 있는 보병들 머리 위로 사정없이 떨어져 내렸다.

바윗돌에 맞아서 납작하게 바뀐 전우들을 바라보며, 병사들은 길길이 뛰며 살길을 찾아 버둥거렸다. 그리고 바로 이때 몬스터의 떼거리가 보병들의 코앞에 당도했다. 와이번들은 몬스터가 도착하기 직전에 보병들이 화살이나 창 따위로 공격하지 못하도록 기가 막히게 막은 것이다. 그리고 사방에서 몬스터들의 괴성이 들려오며 살과 피가 튀기 시작했다.

중무장한 인간들 2만 5천과 몬스터 3만의 대결. 몬스터의 주력부대가 비교적 덩치가 작은 오크였던 점을 감안한다면 그렇게 무리한 대결도 아니었다. 거기에다가 기사단까지 도착한 상태가 아닌가? 하지만 와이번의 바윗돌 투하로 인해 우왕좌왕하다가 적을 맞은 알카사스의 정규군은 초전부터 밀리고 있었다.

바로 이때, 알카사스 군 후방에서 타이탄들이 모습을 드러냈다. 그리고 그 수는 급속히 늘어나기 시작했다.

"벌써 적의 기사단이 도착해 있는 모양입니다."

시커먼 로브를 뒤집어쓰고 있는 인물이 인상을 찡그리며 말했다. 상대방이 몬스터들을 상대로 초장부터 기사단을 투입할 것이라고는 예상하지 못했던 것이다.

"몬스터들을 후퇴시키는 것이 좋겠소."

발칸 폰 크로아 후작의 결정에 로브를 입은 사내는 의아한 듯했다.

"예? 적들은 50대 남짓입니다. 이쪽도 그 정도는 되지 않습니까?"

이번에는 크로아 후작과 함께 서 있던 카슬레이 백작이 끼어들었다.

"각하의 말씀이 옳으신 것 같습니다."

"그건 또 무슨 말씀이십니까?"

카슬레이 백작은 난투극이 벌어지고 있는 전장을 가리켰다.

"저놈들이 지켜보고 있는 상황에서 타이탄을 꺼낼 수는 없다는 말일세. 전투는 그대들이 해야 하는 거야. 잊었나?"

로브를 입은 사내는 무너지는 전세 때문에 자신이 잠시 잊고 있었던 사실을 기억해 냈다. 그는 즉각 고개를 숙이며 공손하게 대답했다. 이 두 명의 기사단장들은 지금은 아니꼽더라도 자신의 상관이었기 때문이다. 그만큼 마법사들보다는 기사들의 계급이 한 단계 높은 것이다.

"아, 죄송합니다. 즉시 각하의 말씀을 따르겠습니다."

로브를 입은 사내는 앞에 대기하고 있는 오크에게 재빨리 지시했다.

"후퇴 신호를 보내라, 빨리."

뿌우우우우~~~.

뿔 나팔 소리가 길게 이어지자 몬스터들은 재빨리 뒤로 후퇴하기 시작했다. 그리고 그들을 따라서 타이탄과 병사들이 맹렬하게 추격해서 따라붙으며 도망치는 몬스터들을 살육했다. 후퇴 신호가 나오자 발이 빠른 오우거 같은 초대형 몬스터들은 이미 도망친 지 오래였고, 그다음으로 트롤들이 긴 다리로 날쌔게 튀어 버렸다. 남은 것은 자그마한 고블린이나 상체에 비해 하체가 짧은 오크였다.

병사들이나 기사들이 1미터도 채 안 되는 자그마한 고블린들을 베고, 뒤뚱뒤뚱 도망치는 오크들을 때려잡는 동안 타이탄들은 더욱 속도를 높여 오크나 트롤들을 깔아뭉개며 초대형 몬스터들을 잡기 위해 달려 나갔다.

자신이 마왕에게 할당받은 몬스터들이 떼죽음을 당하는 것을 보며 로브를 입은 사내는 분노를 참지 못하고 부들부들 떨고 있었다. 엔테미어 공국의 수비대를 간단하게 전멸시켰고, 여기저기의 성과 요새들을 무참하게 박살 냈을 정도로 몬스터들의 전투력은 뛰어났다. 그런 몬스터들이 자신이 보는 앞에서 떼죽음을 당하고 있는 것이다. 그리고 이것이 마왕에게 보고 되면 자신은 엄한 질책을 받게 될 것이 분명했다.

바로 이때, 카슬레이 백작이 슬그머니 미소를 지으면서 말했다.

"조금 더 깊숙이 들어온다면 가능성이 있겠는데요? 후작 각하."

크로아 후작도 미소를 머금으며 대답했다.

"경도 그렇게 생각했나?"

"예."

카슬레이 백작은 크로아 후작에게 대답한 후, 로브를 입은 사내에게 시선을 돌려 지시했다.

"오우거들 보고 저 뒤편으로 도망치라고 하게."

카슬레이 백작이 가리킨 곳은 높직한 언덕이었다.

"예?"

"저것을 이용해서 놈들의 시각을 차단한 후에 적 타이탄을 상대하자는 말일세."

"아, 예. 알겠습니다. 즉시 신호를 보내겠습니다."

호된 질책을 당할 것이라며 떨고 있던 로브의 사내는 다시금 솟아오르는 희망을 안고 재빨리 지시를 내렸다. 그리고 타이탄들에게 쫓겨 맹렬히 도망치던 오우거들은 뒤쪽에서 동료가 죽어 나가건 말건 신경도 쓰지 않고 죽자고 산 뒤편으로 달아났다. 그리고 타이탄들도 그 뒤를 쫓았다.

크로아 후작은 기사들을 인솔하여 산 쪽으로 달려가면서 외쳤다.

"놈들이 산 뒤쪽으로 돌아가면 곧장 몬스터들에게 반격 명령을 내리게. 놈들이 저 뒤쪽의 장면을 볼 수 없게 해야 하네. 알겠나?"

"명심하겠습니다."

산 뒤편으로 팔콘 기사단의 타이탄이 뒤쫓아 들어가자, 여태껏 열심히 도망치기만 했던 오우거들이 갑자기 뒤로 돌아서며 공격을 가해 왔다. 오우거가 휘두르는 거대한 도끼와 철퇴, 그것의 위력은 엄청난 것이었지만 타이탄의 방패를 꿰뚫지는 못했다. 그리고 웬만한 타격으로는 오우거가 두르고 있는 두터운 강철 갑옷을 뚫고 상처를 주기도 힘들었다. 그때부터 치열한 난타전이 전개되었다.

50대의 타이탄과 50여 마리의 오우거들. 처음에는 거의 80여 마리나 되었지만 도망치는 과정에서 상당수가 죽어 나자빠지고

몬스터와 인간의 대 결전 271

겨우 50여 마리가 남은 것이다. 팔콘 기사단의 오너들은 이제 곧 이것들을 전멸시킬 수 있을 것이라고 예상했다. 아무리 오우거의 힘이 대단하고, 또 두터운 강철 갑옷을 입고 있다고 하지만 그래도 상대는 생명체였다. 이쪽처럼 통짜 쇠가 아닌 것이다.

바로 그때, 그들의 뒤쪽에 50여 대의 타이탄들이 모습을 드러냈다.

"크라레스의 지원군이 온 모양입니다, 각하!"

'몬스터(Monster)'라는 것은 인간의 역사가 시작된 이래, 줄곧 인간에게 피해만 입혀온 족속들을 말하는 단어였다. 그렇기에 이 몬스터라는 존재는 모든 인간들의 공통된 적이었다. 그런 만큼 크라레스의 기사단이 모습을 드러내자, 그들은 지원군이거나 아니면 크라레스 쪽에서 몬스터를 밀어붙이다가 이쪽까지 온 것이라고 생각했던 것이다.

크라레스의 타이탄들은 두 종류였다. 크라레스 중앙 기사단의 문장인 히아신스를 흉갑에 그려 넣은 테세우스 30대와 아무런 문장도 그려져 있지 않은 금빛 나는 타이탄 17대였다. 미카엘과 팔시온, 그리고 미디아가 행방불명되었기에 3대의 타이탄이 빠진 것이었다.

어쨌건 알카사스의 기사들은 이 금빛 나는 타이탄을 본 적은 없었지만 치레아 기사단의 타이탄이 금색이라는 소문을 들은 터였다. 또 테세우스는 지난번 전쟁에서 알카사스의 기사들이 고전을 면치 못했던 강적이었다. 하지만 이런 전쟁의 소용돌이 속에서 그들을 만나자 든든한 생각이 앞섰다. 강력한 적이 한순간에 동지가 된다면 얼마나 든든하겠는가?

 하지만 저마다 검을 빼들고 돌진해 온 크라레스의 타이탄들은 오우거는 본체만체하고, 곧장 알카사스의 타이탄들을 향해 검을 날렸다. 갑작스럽게 기습을 당한 그들은 속수무책으로 당할 수밖에 없었다. 십수 대의 타이탄들이 목 뒤쪽에 검이 푹 박힌 채 나뒹굴었다. 그곳은 타이탄의 관절 부분이었고 속에 기사가 탑승해야 하므로 두께가 비교적 얇았다. 그곳을 꿰뚫었으니 속에 타고 있는 기사가 멀쩡할 리 없었다.

 곧이어 사태가 어떻게 전개되는 것인지 눈치 챈 팔콘 기사단은 크라레스의 기사단들과 맹렬한 격투를 벌였다. 하지만 이미 십수 대의 타이탄이 먼저 고철이 된 상태에서 그들보다 더 월등한 실력을 지닌 기사들을 상대로 살아남기를 바랄 수는 없었다.

 그리고 산 뒤편에서 전개되는 전투도 마찬가지였다. 산 뒤편으로 도망쳤던 오우거 50여 마리가 다시 돌아오는 것을 시작으로 전개된 몬스터들의 반격, 재생력이 강한 트롤과의 격전, 이 모든 것은 정말 피비린내 나는 악전고투일 수밖에 없었다.

 산 뒤쪽에서 들려오는 커다란 쇳소리가 아군 타이탄의 생존을 알려 주고는 있었지만, 정작 그들이 이곳으로 달려오지 않는 바에야 하나도 도움이 되지 않았다. 그리고 그 커다란 쇠끼리 부딪치는 굉음이 잦아들기 시작할 무렵, 알카사스의 군대는 몬스터들에게 쫓겨 후퇴하기 시작했다.

 "흠, 이놈들이 내 부하라는 말인가?"

거드름을 떠는 듯한 용병대장의 말에, 그를 이곳에 안내해 온 기사의 눈초리가 썩 곱지 않게 바뀌었다. 어디 감히 용병 기사 따위가 대 코린트 제국의 기사에게 이따위 반말 짓거리를 내뱉는다는 말인가? 하지만 그 기사는 괜히 상대와 말다툼을 벌이는 대신 슬쩍 고개를 끄덕이는 것으로 결말을 맺었다. 그런 다음 로체스터 전하의 명령서를 전해 주었다.

"내일 즉시 출발하라는 전하의 명령서다."

기사는 더 이상 용병대장의 꼬락서니를 보고 싶지 않은 듯 서둘러 떠나 버렸다. 그리고 그곳에는 40여 개의 눈동자들이 이 해골 가면을 쓴 인간을 나름대로 품평하고 있었다. 이윽고 그들 중의 한 명이 앞으로 쓱 나섰다. 구레나룻을 아주 풍성하게 기른 털보 사내였다.

"당신이 우리들의 대장이오?"

용병대장이 고개를 살짝 끄덕여 답하자 그 털보 사내는 요란한 웃음을 터뜨렸다.

"하하핫! 만나서 반갑소. 여태껏 이름만 들어왔기에 어떤 빌어먹을 녀석이 우리 대장인 줄 알 수가 있어야지. 먼저 대장을 처음 만난 만큼 신고식을 해야 하지 않겠소?"

여태껏 용병 생활이라고는 해 보지도 않았던 키에리는 그게 무슨 소린가 해서 되물었다.

"신고식이라니?"

"용병에게 있어서 마지막까지 남아 있는 밑천은 이 알몸뚱이 아니겠소? 돈을 많이 준다고 해서 왔지만, 아무리 돈이 좋다고 해도 죽고 나면 아무것도 아니지."

"그래서 감히 내 실력을 알고 싶다는 거냐?"

"그렇다고 볼 수 있지. 그대가 어느 집구석에서 검술을 배웠는지 모르지만, 일단 이름을 알려 줘야 당신을 알 것 아니오? 또 사실 이름을 알려 준다고 해도 거짓말일 가능성도 있기에 그걸 믿기도 힘들고 말이오. 우리들은 당신에게 목숨을 맡겨야 하는 만큼 당신의 실력을 알고 싶소."

털보 사내는 동료들이 빙 둘러서 있는 한가운데로 걸어가며 용병대장에게 손짓을 했다. 거기에서 한판 하면서 자신을 꺾는다면 실력을 인정해 주겠다는 몸짓이었다. 용병대장은 가소로운 듯 미소 지으며 털보를 따라 그곳으로 걸어 들어갔다.

바로 이때, 한 용병이 자신의 옆을 통과하려는 용병대장의 발을 슬쩍 걸었다. 그놈은 용병대장이 자빠지기를 기대하고 건 것이었겠지만 결과는 조금 예상과 달랐다. 용병대장의 발이 슬쩍 들리더니 그대로 내리찍어 버린 것이다.

"으아아악!"

비명을 질러 대며 자신의 발등을 주무르고 있는 그에게 눈길 한 번 안 주고 용병대장은 털보에게로 다가갔다. 털보는 슬쩍 검을 뽑아 들었다. 그리고 그 순간 검 주위로 살벌하게 요동치는 마나의 기운을 내뿜기 시작했다. 전력으로 한판 해서 서로 간의 상하관계를 확실하게 해 보자는 몸짓이었다.

그 순간 용병대장의 몸이 거의 3미터의 거리가 무색하게 느껴질 만큼 엄청난 속도로 털보에게 파고들었다.

"헉!"

털보가 기겁을 하며 놀랐을 때, 그때 이미 그의 멱줄은 용병대장의 우악스런 손에 꽉 잡힌 상태였다. 용병대장은 멈추지 않고 상대를 들어 올림과 동시에 주먹을 휘둘러 털보의 복부에 눈에 보이지도 않을 정도로 빠르게 주먹을 몇 방 먹였다.

퍽퍽퍽!

몇 번의 타격음이 연이어 들려오고 나서 털보는 눈이 반쯤 돌아간 채 입에 거품을 물고 있었다. 음식 찌꺼기가 섞여 있는 거품을 말이다. 멱줄이 꽉 막혀 있으니만큼 위에서 꾸역꾸역 올라오는 토사물이 밖으로 힘차게 배출될 길을 찾지 못하고, 조금씩 조금씩 흘러나오고 있는 것이다.

용병대장은 털보의 목을 꽉 움켜쥔 상태에서 높이 들어 올렸다. 털보는 이미 기절해 버렸는지 얼굴색까지 거무죽죽하게 변한 채 대롱대롱 매달려 있었다. 용병대장은 매서운 눈매로 주위를 삥 둘러보며 으르렁거렸다.

"또 누가 내 실력을 시험해 볼 텐가?"

용병들은 털보가 손 한 번 써 보지 못한 채 무지막지하게 박살 나는 것에 간담이 서늘했는지 서로의 눈치만 볼 뿐, 아무도 선뜻 나서지 않았다. 용병대장은 차디찬 시선으로 용병 기사들을 쓱 훑어본 후 털보를 옆으로 내던진 다음 자신에게 배정된 천막으로 걸어갔다.

"저 털보 놈이 깨어나면 나한테 보내. 그리고 여태껏 서로 실력은 다 재봤을 테니 제일 윗줄 세 명도 털보와 함께 오면 될 거야."

용병대장의 뒷모습을 바라보던 용병들은 그가 천막 안으로 들어간 후에 털보 쪽으로 시선을 돌렸다. 털보는 기절한 채 입으로는 구토물을 꾸역꾸역 쏟아 내고 있었다.

용병대장은 안으로 들어서는 털보와 그 일행들을 날카로운 눈초리로 쏘아봤다. 용병이란 것들은 아무리 돈에 팔려 왔다고는 하지만 일단 살아야 뭔가를 해먹을 수 있기에 각자 자신의 안위를 엄청나게 따지며, 자유분방한 족속들이기에 처음부터 기를 죽여 놔야 편히 부려먹을 수 있기 때문이다.

"이제부터 상부의 명령을 전달하겠다. 몬스터들이 각국에서 날뛰는 만큼 우리들은 그곳에 가서 놈들의 규모와 세력, 그리고 어떤 놈이 감히 몬스터들을 규합한 것인지 밝혀내라는 것이다."

아직까지 몬스터들이 그렇게 엄청난 규모로 세력을 응집했다는 것을 알 리 없는 용병들은 조용히 서 있었다. 집단행동을 하는 몬스터라고 해 봐야 오크나 고블린 정도였고, 그런 놈 몇 백 마리 정도 때려잡는 것쯤이야 별로 어려울 것은 없다고 나름대로 생각한 것이다.

"이제부터 너희 네 놈이 네 명씩을 맡아서 1개조를 편성한다. 여기는 군대나 기사단처럼 상하 관계가 확실하지 않으니 그렇게 확실하게 선을 그어 놓는 것이 좋겠다. 너희들이 조장이라는 책임을 맡는 대신 월급을 10골드 더 올려 주마. 이의는 없겠지?"

사납게 노려보며 윽박지르는 것을 보면, 이의를 들어줄 마음은 처음부터 없음이 확실했기에 용병 넷은 일제히 대답했다.

"예."

"조금 있다가 황궁에서 마법사 두 명이 올 것이다. 그들이 도착하는 대로 출발할 테니 준비하도록 해라."

"알겠습니다."

"전하 첩자들이 재미있는 정보를 보내 왔사옵니다."

"뭔데 그러느냐?"

"예, 몬스터들이 집단적으로 난동을 부리고 있는 모양이옵니다."

"그래? 겨우 몬스터들 따위가 난동을 부려 봤자 별수 있겠느냐? 겨우 그것을 가지고 재미있는 정보라고 하는 것이냐?"

"그것이 아니옵니다. 이번 난동은 오크 몇 개 부족이 연합해서 일으킨 그런 작은 규모가 아니옵니다."

무슨 소린가 하며 미네르바가 자신을 향해 시선을 올리자 이블리스는 의기양양하게 말했다.

"말토리오 산맥과 쟈코니아 산맥에 있는 모든 몬스터들이 모여들었사옵니다. 현재까지 알려진 것으로는 거의 10만에 가까운 숫자이옵니다."

"뭣이?"

"예, 이 정보가 들어왔으니까 드리는 말씀이옵니다만, 전에 렉손 요새에서 일어난 사건을 기억하시옵니까?"

미네르바는 슬쩍 고개를 끄덕였다.

"그때 본국 타이탄 2대가 파괴되었지 않았사옵니까? 단독 행동이었다면 몰라도 2대가 함께 나가서 몬스터들에게 파괴된 적은 단 한차례도 없었는데 말이옵니다. 그것을 보면 그때 오우거들이 떼를 지어 이동하고 있었다고 가정할 수 있지 않겠사옵니까?"

"그래서?"

"그들은 계속 산맥을 타고 남하하여 이번 난동에 참여하려고 했다고 볼 수도 있지 않겠사옵니까? 아르곤의 2개 용병 기사단이 하룻밤에 전멸한 것을 보면 오우거 같은 초대형 몬스터들이 함께 하고 있다고 봐야 하겠습지요."

"뭣이? 기사단까지 피해를 입었다는 건가?"

"예, 여러 가지 정보를 종합하여 판단하건데, 무슨 일인지는 모르지만 몬스터들은 남쪽에서 세력을 집결하여 난동을 부리기로 작정을 했다는 것이지요. 그렇게 되면 본국은 또 다른 중흥기를 맞이할 수 있지 않겠사옵니까? 타국들이 몬스터들의 등살에 시달리고 있을 때 말이옵니다."

미네르바는 슬그머니 미소 지었다. 이블리스의 예상이 정확하다면 이것은 또 다른 기회를 그녀에게 제공하는 것이었기 때문이다.

"경의 말도 일리가 있군. 몬스터의 이동 경로에 대해서 철저하게 조사해 보게. 그리고 산맥에 접해 있는 요새들의 경비를 강화시키고 말이야. 그런 다음 일이 어떻게 진행되는지 지켜보자구. 본국에게까지 불똥이 튀지만 않는다면 몬스터들의 세력이 강하면 강할수록 이익이 아니겠는가?"

"예, 그렇사옵니다."

"이것으로 코린트의 힘이 좀 약화될까? 아니면 아르곤의 힘은?"

"코린트는 몰라도 아르곤은 상당히 고생을 할 것으로 추정되옵니다. 난동의 중심에 아르곤의 점령지가 위치하고 있으니까 말이옵니다."

"좋아좋아! 아르곤의 세력이 약해진다면 본국에는 더할 나위 없이 좋은 거겠지. 이렇게 되면 아르곤의 세력권이라 넘보지 못했던 동쪽으로의 진출이 쉬워지지 않겠나? 쓸데없이 빙 둘러갈 필요 없이 직통 항로를 개설할 수도 있을 테고 말일세. 각국의 세력과 몬스터의 세력을 파악하는 데 모든 첩자들을 풀어 보게나."

"옛, 전하."

아르티어스의 과거

"야, 이 망할 녀석아! 내가 그렇게 일렀거늘 어떻게 그렇게도 동족 간에 불화를 일으키는 것이냐? 네놈은 꼭 그렇게라도 해서 이 애비 얼굴에 똥칠을 하고 싶냐? 위대한 골드 일족에 너 같은 놈이 태어날 거라고는 꿈도 꾸지 못했다. 더군다나 왜 나한테서 너 같은 개망나니가 태어났다는 말이냐? 응?"

"누가 개망나니라는 겁니까?"

뻔뻔하게도 말대답을 하는 아들놈을 향해 아르티엔은 손바닥을 있는 힘껏 날렸다. "퍽"하는 소리와 함께 "에구"하는 아들놈의 비명 소리가 들렸다. 아르티엔은 손으로 직접 이 아들을 가리키는 대신 구타하는 형식으로 그 위치를 알려 준 것이다.

"네놈이지 누군 누구야! 네놈이 태어나고 나서 내가 한시도 편안할 날이 없으니 으이구! 너처럼 있는 대로 말썽만 부려 댄 헤즐링이 있었다는 말은 내 평생 들어 본 적이 없다. 아이구! 내 평생 그렇게 큰 잘못도 없었는데, 왜 너 같은 놈이 태어났느냔 말이다.

근처 드래곤 둥지들을 찾아가서 인사라는 명목으로 그들의 낮잠을 방해한 것도 모자라서, 애지중지하는 물건들을 도둑질하고, 부수고……. 네놈이 헤즐링만 아니었다면 목숨이 몇 개 있어도 모자랐을 거다. 헤즐링이란 점을 악용하여 이웃 드래곤을 괴롭히는 것도 모자라서, 산에 살고 있는 모든 생명체들에게 해코지를 했잖아! 엘프들을 이리저리 괴롭히고, 그래서 그놈들이 너를 잡아서 닦달하려고 하면 헤즐링이라는 것을 알려 주며 손도 못쓰게 만들고 말이야. 그러다가 웬만큼 괴롭히는 것으로는 양이 안 찼는지 산에 불까지 질러서 결국은 엘프들이 짐 싸들고 도망가게 만들지 않았냐?"

"그런 적 없습니다. 증거를 대시라니까요."

"헛소리하지 마! 누가 네놈이 불 질렀다는 걸 모를 줄 알아?"

또다시 작렬하는 아르티엔의 손바닥. 아르티어스는 뒤통수를 어루만지며 투덜거렸다.

"제발 말로 하자구요."

"말로 하고 있잖아! 내 아들만 아니었으면 벌써 죽여 버렸을 거라는 거 몰라? 그건 그렇고 어디까지 얘기했더라? 그렇지, 엘프들을 쫓아낸 후에 건드리기 시작한 것은 드워프였지. 별의별 방식으로 드워프들을 볶아 대더니, 나중에는 드워프들이 광산이 무너지지 않도록 군데군데 설치해 놓은 버팀목을 부숴 버리고 말이야. 그 덕분에 드워프 수십 명이 압사(壓死)하는 바람에 내 원대했던 계획에 얼마나 큰 차질이 왔었는지 네놈은 아느냐? 내 그런 식으로 악질적으로 노는 헤즐링이 있다는 말은 들어 본 적이 없었어."

"뭐가 악질적이라는 겁니까? 그냥 어렸을 적에 재미 삼아 해 본 것을 가지고 아직까지도 기억하고 계시다니……."

"뭐가 재미 삼아야!"

"퍽!"

"쿠엑!"

"말썽만 부려 대는 흉악한 놈을 겨우겨우 5백 년을 참아 낸 후에 분가시키며 기뻐한 것이 며칠이나 지났다고 그 후부터 들려오는 것은 몽땅 다 최악의 소문들뿐……. 그래도 그때는 괜찮았어. 네놈이 둥지를 틀고 난 후 처음에 시작한 것은 유희였으니까 말이야. 이리저리 돌아다니면서 검술을 익힌다고 깝죽거리면서 영웅이 되겠답시고 패거리를 끌고 왔다 갔다 하며 말썽을 부려 댔지만, 뭐 그것도 다 젊을 때의 혈기 때문이라고 생각했었다. 하지만 영웅이 되려면 타도해야 할 사악한 마법사가 있어야 하는데, 그런 마법사를 찾을 수 없자 네놈은 어떻게 했냐?"

"글쎄요. 기억이 잘 안 나는데요?"

또다시 뒤통수를 때린 후 아르티엔은 말을 이었다.

"왜 기억이 안나? 이번에는 네놈이 그 사악한 마법사가 되어, 얼마나 많은 사람들을 괴롭혔냐? 주변에 있던 수많은 국가들을 공포에 떨게 만들고, 온갖 못된 짓은 다 해 대고……. 그러다가 두목이 되어가지고는 못된 짓을 하기가 체면상 조금 힘들다고 생각했는지 그다음에는 이리저리 패거리를 끌어 모아서 산적질, 도적질에다가, 살인, 강간, 약탈, 방화……

뭐 그것도 좋다 이거야. 조금 과격하기는 했지만 네놈 나름대로 호비트들과 어울려 유희를 즐기겠다는데 누가 뭐라고 해? 그런데 왜 급기야는 그런 쓰레기들을 모아서 드래곤 슬레이어가 되려고 했느냐 말이다. 그린 드래곤 그레사이어가 찾아와서 하소연을 할 때 나는 쥐구멍이 있다면 들어가고 싶었단 말이다. 알겠냐? 어떻게 드래곤이란 놈이 하고 많은 놀이를 놔두고 드래곤 슬레이어 노릇을 하려고 할 수가 있냐?"

"그거 다 옛날 옛적에 했던 일이라구요. 요즘은 시켜도 그런 짓 안 해요."

"떽! 어른이 말하면 듣고 있어!"

"쿠엑!"

아르티엔은 호되게 아르티어스의 머리통을 쥐어박은 후 말을 이었다.

"내가 오우거로 변신하고 닦달하지 않는 것만도 천행으로 여기란 말이다."

사실 아르티엔이 소녀가 아닌 거대한 오우거로 변신한 채, 인간으로 변신해 있는 아르티어스의 머리통을 향해 일격을 휘둘렀으면 곧장 변사체로 바뀌었을 것이다.

"네놈이 드래곤 슬레이어 놀이를 하며 많은 드래곤들을 괴롭힐 때 내가 알아봤어야 했어. 그때 드래곤들이 내 얼굴을 봐서 네놈을 용서해 준 것이 이렇게도 내 기나긴 생에 치명적인 오점을 남길 줄이야……. 그때 반쯤 죽여 놨으면 그런 일은 절대로 하지도 않았을 텐데 말이다. 네놈이 드래곤 슬레이어가 되겠답시고 설쳐대며 말토리오 산맥을 휘저어 댄 덕분에 거기에 터전을 잡고 살던 드래곤들이 모두 다 귀찮아서 떠난 것 아니겠냐? 얼마나 네놈의 악행이 하늘을 찔렀으면 드래곤들이 다 떠날까! 아이구, 내 팔자야! 그러다가 나중에는 드래곤 슬레이어 놀이도 싫증이 나니까…….”

 어쩌구 저쩌구……. 아르티엔의 잔소리는 끝이 없었다. 아르티엔은 아르티어스가 4천3백여 년을 살아오는 것을 옆에서 지켜보고 살아온 증인이었다. 사실 옆에서 지켜볼 필요도 없었다. 그놈이 뭔가 못된 짓거리를 했을 때는 곧장 누군가가 달려와서 고자질을 했으니까 말이다.

 아르티엔은 드래곤의 그 엄청난 기억력 때문에 아르티어스가 저질러 놓은 얼토당토않은 짓거리들을 본의 아니게 모두 다 기억하고 있었다. 그리고 그것들을 아르티어스에게 잔소리 삼아 쏟아붓고 있었다. 그런데 문제는 아르티어스가 수천 년을 살아온 만큼 그 잔소리 또한 하루 이틀에 끝날 일이 아니었다.

 '으아아악! 나를 제발 죽여 줘요. 이런 생고문을 하지 말고요!'
 아르티어스는 속으로 울부짖고 있었지만, 그래도 아르티엔의 잔소리를 듣지 않을 수가 없었다. 만약 잔소리를 듣지 않겠다고 대들면, 드래곤들 중에서 가장 높은 마법 실력을 가지고 있는 노룡이자 자신의 아버지가 그를 가만히 놔둘 가능성이 없었던 것이다. 파워와 실력, 모든 면에서 뒤지니 할 수 없이 오늘도 잔소리를 듣고 있는 아르티어스 옹이었다.

"으아아악!"

한참 훈계(?)를 듣고 있다가 갑자기 괴성을 지르기 시작하는 아르티어스의 뒤통수를 "딱" 치는 소리가 레어 안을 울릴 정도로 호되게 갈긴 아르티엔은 또다시 잔소리를 이어 가기 시작했다.

"내가 너를 때린 것도 아닌데 웬 비명이얏! 조용히 하고 듣고 있어! 다 네놈에게 뼈가 되고 살이 되라고 얼마 남지 않은 귀중한 시간을 바쳐서 설교하고 있는 거야. 그러니까 그게 언제냐! 네놈이 나에게서 독립하고 나서 2백 년이 흐른 시점인데 말씀이야. 그때 네놈이 무슨 황당한 짓거리를 했냐 하면……."

아르티어스는 죽을 지경이었다. 지금이 어떤 때인데 이런 노망난 드래곤의 옛날 옛적 추억담을 듣고 있어야 하는 것인가? 뭐 간혹 가다가 뒤통수가 번쩍번쩍하며 골이 띵해 왔지만 그런 것은 아무것도 아니었다. 그 보배와도 바꿀 수 없는 아들 녀석이 어디에 잡혀 가서 무슨 일을 당하고 있는지도 알지 못하는데 여기에 잡혀서 오도 가도 못하고 있는 자신이 정말 한심스러워지기 시작했다. 그놈은 지금쯤 아비가 구출해 주기를 애타게 기다리고 있을지도 모르는데 말이다.

아르티엔의 옛날 옛적 추억담을 듣고 있자니, 장난 삼아 계집들을 잡아다가 저질렀던 못된 짓거리들이 머릿속에 확연히 떠올랐다. 노예 상인에게 팔려가며 천벌을 받을 거라고 바락바락 저주를 퍼붓던 계집부터 시작해서, 네놈의 딸년도 이런 일을 당할 거라는 물귀신 저주 등등 수없이 많은 저주를 들었지만, 그때 그에게는 아무런 감흥을 주지 못했었다.

그런데 갑자기 아들놈이 사라지고 나니 그때 일이 덜컥 떠오르는 것은 왜일까? 그러면서 아르티어스는 등줄기가 서늘해지며 오한이 나는 것을 느꼈다. 자신이 원체 그런 짓을 소싯적에 많이 해봤기에, 계집이 잡혀가면 무슨 일을 당할 것인지 확연히 알고 있는 것이다. 그러니 그런 일을 조금이라도 덜 당했을 때 아들놈을 구출하려고 그렇게 노력하는 것인데, 왜 이렇게 일이 꼬이는 것일까? 갑자기 통곡이라도 하고 싶어지는 아르티어스 옹이었다.

『〈묵향14 - 외전 : 다크 레이디〉에서 계속』

마도 전쟁의 서막

몬스터/드래곤/정령
정규군의 체제와 편성

♣ 몬스터 ♣

판타지 세계에 돌아다니는 포악하면서도 음흉한 괴수들.

❖ **수인족(獸人族 : 아인종(亞人種)이라고도 함)**

◇ 견인족(犬人族)

개와 비슷한 머리 모양을 가지고 있는 종족으로 2미터에 달하는 키와 강인한 신체를 자랑한다. 뛰어난 맷집과 강인한 근력으로 상대를 제압하는 특징을 가지고 있다. 특히나 후각이 발달되어 있는 데다가 충성심까지 뛰어나서 군대에서 많이 사용한다.

◇ 조인족(鳥人族)

사람들이 상상하는 천사와 비슷한 모습을 하고 있다. 하지만 아름다운 모습만 보고 조인족을 판단했다가는 낭패를 당하기 일쑤다. 공중으로부터 행해지는 강인한 발톱 공격은 매우 가공할 만한 위력을 지니고 있다.

◇ 묘인족(猫人族)

변신을 시작하면 손톱이 튀어나오고 근육의 일부가 부풀며 등의 털이 곤두서기 때문에 실제보다 덩치가 커 보인다. 변신을 풀었을 때 모습이 매우 예뻐 주로 노예로 애용된다.

◇호인족(虎人族)
고양이과 수인족들 중에서 최강. 육상 거주 수인족들 중 가장 덩치가 크고 포악하다. 수컷의 경우 2.5미터에 달하기도 한다. 강인한 신체와 뛰어난 균형 감각, 거기에 날렵한 몸놀림까지 갖춘 공포의 존재이다. 하지만 그 수가 극히 적다.

※ 이 외에도 여러 아종이 있겠지만, 개처럼 생겼으면 덩치의 대소에 관계없이 견인족에 포함시키고, 날아다니면 무조건 조인족, 고양이과 종류 중에서 덩치가 작으면 묘인족, 덩치가 크면 호인족으로 부른다. 그 외에 바다에 사는 인어라든지 여러 종류가 있지만, 그런 종족은 상품 가치가 없기 때문에 인기가 없다(노예 상인들의 관점에서).

❖ 기타 몬스터

◇와이번(Wybern)
드래곤과 가장 비슷하게 생긴 괴수로서, 날아다니는 도마뱀류의 총칭. 크기는 드래곤에 비교할 수 없을 정도로 작다. 와이번은 불을 토할 수 있는 특별한 능력과 날 수 있다는 장점을 동시에 가지고 있다. 그렇다고 해서 와이번을 강인한 종족의 범주에 포함시키지는 않는다. 와이번은 원래 도마뱀의 일종으로 하늘을 나는 쪽으로 진화한 생명체다.

◇ 랙스(Rex)

포악한 육식 도마뱀의 총칭. 여러 종류가 있다. 키 2~8미터, 강력한 입과 칼도 들어가지 않는 강인한 가죽을 가진 도마뱀 종류의 괴수. 랙스에는 여러 가지 종류가 있으며, 위에서 언급한 와이번 또한 랙스의 일종이라 할 수 있다. 드래곤에 비길 수 있는 강력한 가죽과 뼈대를 가지고 있기에 상대하기 매우 어려운 족속이다.

◇ 미노타우르스(Minotaur)

키 6.5~7미터의 괴수. 최강의 파워를 지니는 몬스터. 오우거 같이 단독 생활을 즐긴다. 무기는 몽둥이나 돌도끼 따위의 원시적인 것을 사용한다. 머리에는 소와 같은 뿔이 두 개 나 있고 지능이 매우 낮은 편이다. 그 수가 매우 적은 종족이기 때문에 수명이나 서식 방법 따위 등 모든 것이 불명확하다.

◇ 오우거(Ogre)

키 4~4.5미터의 괴수. 강력한 파괴력을 지닌다. 보통 1~3마리 정도가 돌아다니는 단독 행동을 즐긴다. 몽둥이나 돌도끼 또는 아무거나 손에 잡히는 대로 무기로 사용하며, 미노타우르스 같은 뿔은 없다. 지능이 매우 낮으며 수명은 80년 정도로 추정된다.

◇ 트롤(Troll)

돌도끼를 잘 쓰는 매우 강인한 몬스터. 특히 상처 회복 능력이 불가사의 할 정도로 뛰어나기 때문에 웬만한 상처로는 죽지도 않는다. 키 2~2.5미터. 트롤의 수명이 어느 정도인지는 알려져 있지 않다.

◇ 오크(Orc)

키 1.5~2미터 정도의 괴수. 떡 벌어진 어깨에 생긴 것은 꼭 돼지처럼 생겼고, 삐죽삐죽한 송곳니가 튀어 나와 있다. 힘이 매우 좋고 잔인하다. 지능이 매우 좋은 편이라 말도 곧잘 한다. 이빨 사이로 바람 빠지는 소리가 나며 동족들끼리 있을 때는 그르렁거리는 비음이나 꿀꿀거리는 소리로 의사소통을 한다. 수명은 보통 50년 정도.

◇ 고블린(Goblin)

1~1.5미터 정도 크기의 작은 몬스터. 땅굴을 파고 산다. 다른 몬스터에 비해 파워 면에서 밀리기는 하지만 지능이 뛰어난 편이기에 독침 따위를 주 무기로 사용한다. 30년 정도 사는 것으로 알려져 있으며, 매우 영악한 족속이다. 땅굴 주위에서 망을 보다가 눈에 띄면 그게 무엇이든 닥치는 대로 독침을 날려서 사냥한 후 동굴로 끌어들여 나눠 먹는다.

♧ 드래곤 ♧

최강의 몬스터. 수명은 8천 년 정도. 통산 5천 살이 넘으면 노화기에 들어간다. 특히 5천 년 이상 된 노룡을 에인션트급이라고 부른다. 5백 년 이상이 되어야 독립하여 새로운 생활을 시작한다. 5백 살이 안 된 녀석들은 종족의 보호를 받게 되며, 이 시기의 어린 드래곤을 건드렸다간 목숨이 백 개라도 모자랄 정도로 심한 보복을 받게 된다. 하지만 일단 독립해 무리에서 떨어져 나간 드래곤은 철저한 단독 생활을 하게 된다.

드래곤은 지성이 생기는 1백 살까지는 여러 가지를 사냥해서 포식하지만 일단 1백 살이 넘어 지성이 생기면 대자연을 떠도는 생명의 근원 마나를 직접 흡수하기 시작한다. 5백 살이 될 때까지는 성장을 위해서 포식을 병행하지만 1천 살이 넘으면 거의 먹지 않고도 살아갈 수 있는 무적의 상태가 된다.

❖ 드래곤의 종류와 특징

◇ 실버 드래곤
- 작은 뿔 4개
- 물을 이용한 브레스(물에서 사는 유일한 드래곤)
- 'J'로 시작하는 이름

최강의 드래곤. 물에서 서식하며 육지로는 잘 나오지 않는다. 그렇다고 육지로 아예 나오지 못하는 것은 아니다. 성격은 그런대로 온순한 편으로 물속에 살기 때문에 사람에게 해를 끼치지는 않는다. 대양을 헤엄치며 돌아다니는 것을 좋아한다. 보통 그들은 레어를 수중 동굴이나 작은 섬 하나를 통째로 차지하고 살며 근처에 아예 접근이 불가능하게 해류를 조작해 놓는다. 물에서는 가히 무적이다.

다리 모양은 꼭 상상 동물인 네시처럼 생겼고, 날개는 없다. 대신 물속에 살기 때문에 유선형 몸체를 가진다. 발은 꼭 노처럼 생겨 수중 생활에 적합하지만 육지에서 돌아다니기에는 부적합하다. 하지만 마법의 힘에 의지해서 그 거대한 덩치가 날아다닐 수는 있다. 물 밖으로는 잘 나오지 않기 때문에 드래곤 중 두 번째 서열로 평가하기도 한다. 하지만 사실상 파괴력이나 그 힘으로 본다면 최강의 드래곤이라 할 수 있다.

◇ 레드 드래곤
- 긴 뿔 3개
- 화염(불)을 이용한 브레스
- 'B'로 시작하는 이름

드래곤들 중에서는 지능이 그린 드래곤과 비슷하다. 성격은 드래곤들 중에서 가장 더러우며, 불과 같은 매우 급한 성격을 지니고 있다.

◇ 블루 드래곤
- 긴 뿔 1개
- 브레스가 아닌 뇌전을 내뿜는다
- 'K'로 시작하는 이름

매우 광폭한 성격의 드래곤. 블루 드래곤은 드래곤 중에서 유일하게 브레스를 뿜지 못하는 드래곤으로, 대신 이마에 박혀 있는 하나뿐인 긴 뿔에서 뿜어져 나오는 뇌전의 위력은 어마어마하다(꼭 레이저포 같다고 생각하면 됨).

◇ 골드 드래곤
• 긴 뿔 2개
• 바람을 이용한 브레스(폭풍을 일으킨다고 전해짐)
• 'A'로 시작하는 이름

잘난 척하며 뻐기기 좋아하는 드래곤. 드래곤들의 지능이 다른 생명체들보다 높긴 하지만, 이들의 지능은 드래곤들 중에서도 월등하여 가장 마법을 잘 사용하는 드래곤이다.

◇ 그린 드래곤
• 작은 뿔 2개
• 대지의 기운을 이용한 브레스(생명체는 죽이지만 초목의 성장에는 도움이 됨)
• 'G'로 시작하는 이름

엘프들이 좋아하는 유일한 드래곤. 드래곤들 중에서는 유일하게 파괴적이지 않다. 성격은 대체로 유순한 편. 물론 다른 드래곤들에 비해서 유순하다는 말이다.

※ 드래곤 나열 순서는 강한 순서이다.

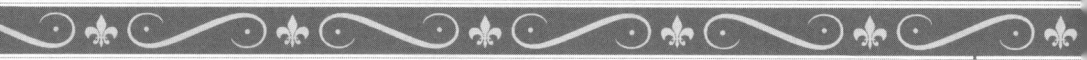

❖ 드래곤의 명칭

5백 살 이하	드래곤이라고 부르지 않고 '헤즐링'이라고 부른다.
5백~2천 살	그냥 드래곤이라고 부름.
2천~5천 살	웜급 드래곤이라 부르며, 이때부터 번식이 가능하다.
5천 살 이상	에인션트(Ancient)급이라 부르며, 그 수가 많지 않다.

❖ 드래곤의 크기 비교

드래곤들은 모두 다 수륙양용이다. 엄밀히 말하면 날기도 하니까 공수륙 겸용이라 할 수 있을 것이다. 그 몸체 길이 순으로 보면, 실버, 레드, 블루, 골드, 그린이다. 실버는 엄청나게 크고 길며 또한 무게도 많이 나간다.

❖ 드래곤의 수

드래곤의 수는 그린이 아무래도 좀 많고, 그다음이 실버, 골드, 블루, 레드 순이다. 주변의 마나를 끌어 모아야 하는 마법이 아닌, 자신의 체내에 있는 방대한 마나를 직접 이용하는 용언 마법에 통달한 존재들. 그 때문에 그들의 마법은 대단히 빠르고 또 마나의 움직임이 느껴지지 않는다 (단, 트랜스포메이션한 상태에서 용언 마법은 4, 5사이클 정도가 한계라고 알려져 있음).

❖ 드래곤의 습성

드래곤은 심심풀이로 많은 마법 도구를 만들기도 하고, 또 트랜스포메이션해서 세상을 떠돌기도 한다. 하지만 제일 좋아하는 건 자신의 둥지에서 낮잠을 자는 것. 매우 게으른 족속들이다.

일부러 사람들을 골탕 먹이기도 하고 또 도움을 주기도 한다. 마음에 드는 사람들에게 때로는 선물을 주기도 한다. 어쨌든 변덕이 죽 끓듯하는 존재이기에 접근하지 않는 것이 상책이다. 똑같은 드래곤에게 똑같은 방식으로 방문해도 드래곤의 그때 기분에 따라 선물을 받기도 하고, 잡아먹히기도 한다.

❖ 드래곤의 브레스와 마법

아무리 드래곤이라도 배우지 않고 마법을 쓸 수는 없다. 그들도 그들 나름대로 공부를 한다. 하지만 5백 살이 넘어가면 위력이 좀 약하지만 브레스를 사용하기 시작한다.

브레스는 자신의 몸 안에 갈무리되어 있는 불의 기운이나 냉기 등을 자신의 숨결에 섞어 뿜어내는 것이기 때문에 그 기운이 소진될 때까지 브레스를 뿜을 수 있다. 최대 위력으로는 3회만 가능하지만 적당히 위력을 조절할 경우 몇 회라도 발사 가능하다. 하지만 굳이 브레스를 사용하지 않고 보통의 경우 마법이나 정령 마법 등을 즐겨 사용한다.

2천 살 정도만 되어도 대마법사급 마법을 자유로이 사용하기에 적이 나타나면 힘들여 브레스를 뿜기보다 간단히 마법으로 없애 버린다. 용들만의 고 수준, 고 파워의 용언 마법을 사용한다.

드래곤과 정령은 꽤나 잘 통하는 것으로 알려져 있다. 레드 드래곤은 불의 정령만, 실버는 물의 정령만, 골드는 바람의 정령만, 그린은 대지의 정령만, 블루는 뇌전의 정령만 불러 낼 수 있다. 즉, 각각의 드래곤은 5대 정령과 깊은 연관을 가진다. 거기에 막강한 정신력과 체력을 이용한 마법의 위력은 상상을 초월한다.

❖ 드래곤의 뼈와 보검

드래곤의 뼈, 즉 드래곤본은 금속성이라고 보는 게 옳으며 가벼우면서도 대단히 강력하다. 그렇기 때문에 대부분 이름난 보검들의 경우 드래곤본으로 만들어져 있다. 하지만 사람이 드래곤을 잡아서 만든 경우는 거의 없고, 최고의 마법사인 드래곤 자신이 자신의 뼈 일부를 마법으로 꺼내 심심풀이로 마력검을 만드는 경우가 대부분이다.

드래곤의 뼈의 무게가 얼마나 가벼운지 살펴보면 1.5미터 길이의 바스터 소드를 철로 만들면 40킬로그램 정도 나가지만 똑같은 규격을 드래곤본으로 만들면 8킬로그램 정도로 줄어든다. 철의 5분의 1 무게이다. 하지만 강도 면에 있어서는 철보다 훨씬 강하다. 드래곤본은 불로는 절대 녹일 수 없고, 고 수준의 마법으로만 녹일 수 있다.

✣ 정령 ✣

정령에 친화력이 있는 존재들만이 부릴 수 있다. 정령에는 정령, 상급 정령, 정령왕이 있으며 정령왕의 힘은 가히 가공할 만하다 하겠다. 요정과 달리 특정한 모양이 있지만 변화가 가능하다.

정령은 어린 소녀의 모습을, 상급 정령은 성숙한 처녀의 모습을 하고 있으며, 정령왕은 특정한 모습 없이 그때그때 변화한다. 그 이유는 정령왕은 정령들과 달리 자신의 이성을 가지고 있기에 불러내는 상대자의 취향이나 자신의 취향에 맞추기 때문이다.

❖ 4대 정령과 5대 정령

	정령	상급 정령	정령왕		
바람	실피드(Sylphid)	실프(Sylph)	아리엘(Ariel)	4대 정령	5대 정령
불	살로스(Salos)	살라만더(Salamander)	이프리드(Iprid)		
물	운디네(Undine)	닉스(Nix)	나이아드(Naiad)		
대지	노움(Gnome)	오리어드(Oread)	다오(Dao)		
뇌전	엘렉터(Electer)	디지니(Digini)	카르스타(Karstar)		

✣ 정규군의 체제와 편성 ✣

정규군은 과거 상상할 수 없을 정도의 대규모 병력으로 구성되어 있었으며, 그 많은 병력이 한꺼번에 전투를 치르는 경우가 많았다. 그러나 타이탄이 나온 후부터 군대는 대규모로 이동할 필요성이 없어졌으며, 그 규모도 최대 1만 명으로 축소 편성되었다.

1만 명	1개 사단(사단장 또는 만부장이라 부름)
5천 명	1개 여단(여단장이라 부름)
1천 명	1개 연대(연대장 또는 천부장이라 부름)
1백 명	1개 대대(대대장 또는 백부장이라 부름)
10명	1개 소대(소대장 또는 십부장이라 부름)

사단의 경우 그 주력 부대를 무엇으로 하느냐에 따라, 기병 사단, 경보병 사단, 중장 보병 사단, 중보병 사단 등으로 세분화되어 있다. 하지만 중보병 사단이라고 해서 기병 부대가 전혀 없는 것은 아니다. 정찰용으로 1개 대대 정도 편성하여 운영하며, 그 외에 경장 보병이나 궁병 부대도 편성되는 것이 일반적이다. 그래야만 사단 단독으로 전투를 수행할 수 있기 때문이다.

❖ 정규군 군사의 구분

◇ 중갑보병(重鉀步兵 : Heavy Footman)
두터운 갑주(甲冑)와 묵직한 방패, 그리고 비교적 짧은 미들 소드(Middle Sword)를 허리에 차고, 3미터 길이의 창으로 무장한다. 이들은 묵직한 장비의 무게 때문에 기동력은 뛰어나지 못하지만 그 파괴력이나 방어력이 놀라울 정도로 뛰어나 정면 접근전에 투입하는 것이 정석이다.

◇ 경갑보병(輕鉀步兵 : Light Footman)
비교적 가벼운 갑주와 얇은 방패, 긴 롱 소드로 무장하며, 필요에 따라서 창을 사용하기도 한다. 기동력이 중갑보병보다는 뛰어나지만, 파괴력이 약하기 때문에 보통 보조 공격이나 패퇴하는 적들에 대한 추격 섬멸전에 투입된다.

◇ 궁병(弓兵 : Archer)
활을 주 무기로 한다. 활은 크기가 크고 사거리가 긴 것이 주로 사용되지만, 일부 국가에서는 사거리보다는 정확도를 높인 석궁을 사용하기도 한다. 대규모 부대들의 경우 궁병 외에도 쇠뇌(弩 : Catapult)나 투석기(投石機)를 배치하기도 하는데, 적군에게 타이탄이 있을 때는 몇 대의 투석기로는 별로 위력을 발휘하지 못하므로 보통의 경우 사용하지 않는다.

◇ 중갑기병(重鉀騎兵 : Heavy Trooper)
두터운 마갑(馬甲)을 말에다가 입혀서 방어력을 높이고, 말을 타는 병사 역시 두터운 갑주로 무장하여 방어력을 극대화시킨다. 랜서(Lancer : 마상용 장창)를 주 무장으로 하며, 특히 적진에 대한 돌격력이 강력하다. 일단 뒤엉킨 다음에는 보조 무장인 롱 소드를 사용한다. 전체적으로 무겁기 때문에 속도라든지 지구력이 떨어지는 것이 단점이지만, 그 파괴력은 대단히 강력하다.

◇ 기병(騎兵 : Trooper)
기동력을 위해서 마갑은 사용하지 않는다. 그리고 각 병사들의 갑주 또한 얇다. 이들은 속도를 이용해서 추격전이나 적의 후방 교란, 또는 중갑기병에 대한 보조로서 투입된다. 정찰의 목적으로 투입되기도 한다.

※ 창병이 따로 있기는 하지만 중갑보병이나 경갑보병 또한 창을 주요 무기로 사용하기 때문에 보병들의 경우 주로 어떤 무기를 사용하느냐에 다라 구분되어지는 것이 아니라 그 방어 상태(갑옷 두께)로 구분되어지는 것이 일반적이다. 왜냐하면 그로 인해 기동력이 결정되기 때문이다.

❖ 정규군과 용병의 차이
정규군과 용병의 차이라면 아무래도 그 월급을 주는 사람이 누구냐에 따라 결정된다고 생각하면 된다. 월급을 주는 사람이 귀족이면 용병이 된다. 그리고 황제나 왕 또는 국가가 월급을 준다면 정규군이 되는 것이다. 정규군은 용병보다 신체적으로는 자유롭지 못하지만 월급이 많기 때문에 일반적으로 전투력이 용병에 비해 높다.
그 외에 평민들이 병역에 종사하기 위해 의무적으로 일정 기간 정규군에 편성되기도 한다. 노예나 귀족은 원칙적으로 병역이 없다. 대신 군주가 소집령을 내리면 귀족들은 자신이 데리고 있는 용병들을 거느리고 나가서 싸워야 하는 의무가 있다.

❖ 비정규군

비정규군은 각 나라에 엄청나게 많다. 백작 이상만 되면 각 영지의 치안을 유지하기 위해 사병(私兵)을 양성할 수 있다. 귀족들이 거느리는 사병의 수는 꼭 정해져 있는 것은 아니고, 영주의 재산 규모나 영지에서 발생되는 수입에 따라 그 규모가 결정된다.

일반적으로 작위가 높을수록 넓은 영지를 받게 되므로 작위가 낮은 귀족이 큰 규모의 사병을 육성하기란 매우 힘든 일이다. 자신의 영지에 아주 수입이 많은 도시가 갑자기 만들어지든지, 혹은 광산 등의 수입성 많은 새로운 사업이 발견되지 않는 한 그것은 어렵다. 게다가 작위가 낮은 귀족의 영지에서 커다란 광산이 발견되었다면 옆에 있는 높은 귀족이 그것을 가만두지 않는다. 황제나 왕에게 건의하여 그에 걸맞은 주인에게로 영지가 넘어가게 만들어 버린다.

이렇게 귀족들이 키운 비정규군들의 대부분은 자신의 취향대로 가지각색의 무장을 하고 있다. 비정규군들의 대부분은 고용 관계에 따라 계약된 용병(傭兵)들이다. 그들은 평상시에 치안 유지와 몬스터, 산적 토벌 따위를 주요 임무로 한다. 그러다가 국가의 유사시에 왕이나 황제가 소집령을 내리면 자신의 영주를 따라서 전쟁터로 달려가게 된다.

황제에게는 타이탄이라는 궁극의 병기를 보유한 기사단이 있기에 귀족들이 아무리 많은 사병을 거느린다고 해도 상관하지 않는다. 그렇기에 귀족들은 자신의 경제력과 주변의 치안 여건에 맞춰 자율적으로 사병들을 키우고 있다.